Marco Schreiber

Marschblut

Untiedt ermittelt

CW Niemeyer

Kapitel 1

Mal eben nach Weddingstedt. Natürlich geht das. Geht alles, wenn es muss. Aber ausgerechnet Dithmarschen, muss das wirklich? Muss wohl! Vielleicht eine glatte Stunde Fahrt von Kiel. Untiedt hätte lieber im Archiv Staub gewischt, als nach Norderdithmarschen zu fahren. Und das hatte er der Wischnorek auch so gesagt. Mehrfach.

„Stellen Sie sich nicht so an“, hatte sie gesagt, „ist doch nur eine kleine Routine. Abends sind Sie wieder zu Hause, und morgen können Sie dann immer noch in den Keller und Akten sortieren, versprochen.“

Am Arsch!

Direkt vor der Absperrung parkte er seinen Wagen am Straßenrand und stieg angesäuert aus. Auf dem kleinen Seitenweg, den er gehen musste, stand das Gras knöchelhoch. Mit Storchenschritten versuchte er seine Schuhe zu schonen und rutschte fast aus. Der Weg war minimal abschüssig, bot aber kaum Halt, so aufgeweicht, wie er war. Nach knapp vierzig Metern blieb er stehen und betrachtete das Szenario. Zu allem Überfluss hing feinster Nieselregen wie ein feuchter Lappen in der Luft. Mieser hätte Untiedt gar nicht drauf sein können. Trotzdem war der Anblick, der sich ihm bot, wie ein Extra-Tritt in den Magen.

„Gut 150 Meter." Die Bedeutung dieser Worte schaffte es nicht sofort, zu ihm durchzudringen.

„Gut 150 Meter, so weit liegt er verteilt", wiederholte Katja Greets und trat noch ein paar Schritte näher an Untiedt heran.

Untiedt ahnte, was ihre Worte bedeuten sollten, als er entlang des Bahndammes neben dem Weg überall kleine Fähnchen mit Nummern drauf in der Erde stecken sah.

„Kein schöner Anblick", versuchte sie es aufs Neue.

Eine Leiche ist nie ein schöner Anblick, dachte er, sagte aber nichts. Dann drehte er sich zu ihr um und musterte sie einen Moment lang. Beiger Sommermantel, mittellange braune Haare, total verdreckte Schuhe. Und obwohl der Tag erst zu dämmern begann, sahen ihre Augen schon übermüdet aus. Ihre leichte Gewichtsverlagerung vom linken aufs rechte Bein sagte ihm, dass der Moment zu lange dauerte. „Wieso ER, ist das schon sicher?"

„Sicher! Das gibt da so ein besonderes Merkmal. Wir haben dahinten …"

Untiedt wollte gar nicht so genau wissen, was er dahinten unter einer der Plastikplanen würde sehen können. Die Vorstellung reichte ihm voll und ganz aus. Er winkte ab und ging dicht an Katja Greets vorbei Richtung Bahnschienen. Der Regen der letzten Tage hatte den Boden in eine gallertartige Masse verwandelt, und der fast schwarze Schlamm drückte sich mit jedem Schritt wulstig an den Sohlen seiner ausgetretenen Segelschuhe empor. Normalerweise wurde der Grasweg zwischen Bahndamm und Wäldchen nur von einigen Spaziergängern genutzt, vermutete er. Jetzt verwandelte sich alles unter den Füßen der versammelten Polizisten und Forensiker immer mehr in klebrigen Morast. Untiedt zog seinen Mantel enger um die Schultern und ärgerte sich, ihn nicht schon beim Aussteigen ordentlich zugeknöpft zu haben. Das Leder seiner Schuhe war jetzt schon durchweicht und seine Füße nass.

Die Bimmelbahn von Heide nach Büsum hatte ganze Arbeit geleistet. Das war offensichtlich. Die Lokführerin tat ihm leid. Seiner Meinung nach verdienten Lokführer viel zu wenig, um Selbstmörder von ihren Scheiben kratzen zu müssen. Gleiches galt allerdings auch für ihn. Eigentlich verdiente niemand genug, um sich so einen Scheiß anzutun, und schon gar nicht irgendwo in der Feldmark zwischen Heide und Büsum. Hier schon gar nicht.

„Jedenfalls hat die Lokführerin nichts gesehen", sagte ihm Katja Greets. „Im ersten Moment hat sie wohl noch geglaubt, dass sie ein Schaf erwischt hätte. Deswegen hat sie den Unfall nicht sofort gemeldet."

Mit einem Stirnrunzeln schaute Untiedt wieder an der Fähnchenreihe entlang.

„Hat sie jedenfalls ausgesagt!"

„Habt ihr sonst irgendwas gefunden, was meine Anwesenheit hier rechtfertigt?"

Der Anblick des Toten hatte Katja Greets alleine beinahe zum Kotzen gebracht. Mehrere Stunden war sie auch schon auf den Beinen, seit mitten in der Nacht die Meldung hereingekommen war: Bahnunfall mit Personenschaden. In der Eile war sie ungeduscht in die Klamotten des Vortages geschlüpft. Schlimmer Fehler. Sagte jedenfalls ihre Nase. Da war das gallige Macho-Gehabe von diesem Untiedt genau, was sie brauchte.

„Wir haben bisher noch gar nichts Brauchbares gefunden, Untiedt!“, blaffte sie ihn an. Sie klang unfreundlicher, als sie wollte. „Und das ist ja auch der Grund, warum uns Kiel jemanden vorbeischicken sollte. Das, und weil sich vor zwei Wochen genau hier schon einer vor den Zug geschmissen hat.“ Fröstelnd schaute sie gen Himmel. Bald mussten es wenigstens die ersten Sonnenstrahlen über die Baumwipfel schaffen und diese Mischung aus Nebel und Nieselregen vertreiben. Mit Glück würde die Sonne sie sogar etwas wärmen. Noch hatte sie Kraft, aber die letzte Nacht war schon lausig kalt gewesen. Ein Vorgeschmack auf das, was kommen sollte.

Langsam schälte sich Untiedts Verstand aus seinen grauen Wolken, und Greets' scharfer Ton half ihm dabei. Er ließ seinen Blick über das Gelände gleiten. Ein Feldweg neben dem Bahndamm. Völlig ausgefahren und zertreten. Die Bergung des Leichnams vor zwei Wochen, der zwischenzeitliche Regen und die Neugierigen, alles zusammen würde eine Unmenge an kaum zu verwertenden Spuren ergeben. „Wir wissen also noch gar nichts!“, stellte er fest und schaute sie dieses Mal dabei nur kurz an.

Katja Greets nickte. „Nichts. Nur, dass er tot ist. Kein Handy, kein Portemonnaie, keine Schlüssel, kein Abschiedsbrief, nichts!“

Nichts. Fünf, sechs Mal rollte Untiedt dieses „Nichts“ in seinem Geiste hin und her. Nichts. Tatsächlich war da nichts, wo er jetzt sofort hätte ansetzen können. Nichts, was sofort Klarheit herstellte. Ziellos ging er ein paar Schritte, und langsam kroch in ihm der Gedanke empor, dass dieses Nichts die Rechtfertigung für seine Anwesenheit hier war. Er würde nicht abends wieder in seiner Wohnung sein. Er würde hierbleiben müssen. Vielleicht zwei Tage, vielleicht drei. Wenn's ganz bescheiden laufen sollte ... Aber so weit mochte er nicht denken.

Vor sich hin grantelnd hatte er nicht registriert, dass eine weitere Person, die eben noch bei einem der Fähnchen gehockt hatte, gemeinsam mit Katja Greets in seinem Rücken an ihn herangetreten war und ihn ansprach.

„Was?“ Aus seinen trüben Gedanken gerissen, drehte Untiedt sich abrupt um. Plötzlich war sein Gesicht nur wenige Zentimeter von Katja Greets' Gesicht entfernt. Der hünenhafte Mann hinter ihr in weißer Schutzkleidung machte Anstalten, sich zwischen die beiden zu schieben, als Katja Greets ihn ruhig, aber bestimmt beiseitezog.

„Lass gut sein, Holger!“, sagte sie und schob den Mann ein Stück zurück.

Ein Gegenstand wechselte vom Hünen zu ihr. Er beugte sich zu ihr, und sie flüsterte dem Riesen etwas ins Ohr.

Was da zwischen den beiden gesprochen wurde, verstand Untiedt nicht. Den abweisenden Blick des Hünen schon. Es war ihm egal, der Typ war ihm egal. Der Hüne ging.

„Wir haben doch etwas. Eine kleine Herrenhandtasche", sagte Katja Greets. Untiedt zog sich seine Latexhandschuhe an und nahm ihr das Täschchen aus den Händen, noch ehe sie daraus ein abgewetztes Lederportemonnaie herausfischen konnte.

Mit, „Guck doch mal, ob da noch mehr drin ist!", nahm er das Portemonnaie an sich und drückte ihr die Tasche wieder vor die Brust. Auf dem schlammigen Boden verlor sie kurzzeitig den festen Stand. Sie musste einen Ausfallschritt machen, um nicht zu fallen. Fassungslos starrte sie ihn mit offenem Mund an. Nun war sie es, die ihn musterte, und sein leichter Bauchansatz in Kombination mit seinen blonden, vollen und strähnigen Haaren ließ ihr erstes Urteil auch nicht gerade milder ausfallen: ungehobelter Fatzke!

Ihre abschätzigen Blicke bemerkte Untiedt gar nicht. Konzentriert untersuchte er die Geldbörse. „Bingo! Ein Personalausweis mit Adresse in Heide. Hier!" Er hielt Katja Greets das Lederportemonnaie hin. „Dein Buddy von der KTU soll sich das angucken und mich direkt benachrichtigen, wenn er was herausfindet. Ich hol mir eben einen Kaffee, und dann treffen wir uns an meinem Wagen."

Ihren genervten Blick konnte und wollte Katja Greets nicht verbergen. Aber auf Untiedt schien das keinerlei Eindruck zu machen. In den letzten Minuten hatte sie das Gefühl gehabt, dass er sie teilweise überhaupt nicht registrierte. Immerhin hatten sie nun schon einmal einen Namen. „Thoralf Hemke", murmelte sie, „und eine Meldeadresse haben wir jetzt auch. Helgoländer." Vorsichtig stapfte sie ein paar Meter durch den weichgetretenen Boden hinüber zu Holger Jungbier, der die Kapuze seines Schutzanzuges mittlerweile abgestreift hatte. Neben ihm, mit seiner gut liegenden dunkelbraunen, welligen Haarpracht, wurde sie sich sofort ihrer mangelnden Morgentoilette schmerzlich bewusst.

„Aus welchem Schaufenster ist der Wicht denn geflohen?", fragte er sie.

„Wie, Holger? Is' Untiedt nicht dein Typ? Zu klein? Zu schick?" Katja Greets hielt ihrem Kollegen von der KTU das Täschchen und das Lederportemonnaie mit dem Personalausweis hin.

„Zu Arschloch!", sagte Holger Jungbier und schaute in die Richtung, in der Untiedt gerade verschwand. „Zeig mal her." Er nahm ihr Ausweis und Portemonnaie aus der Hand und betrachtete das Passbild genau.

„Dauert das lange?", fragte sie und nickte mit dem Kopf in Richtung der Leichenteile.

„Kann eigentlich nicht so lange dauern, bis ich dir sagen kann, ob die Person auf dem Ausweis der Tote ist." Jungbier verstaute die Fundstücke in einer Plastik-

Zip-Tüte. „Was' das eigentlich für ein Typ. Was macht der hier?"

„Untiedt heißt der. Karsten Untiedt. Vom LKA. Das war meine Idee."

„Diesen Stenz da zu holen?"

„Jetzt nicht unbedingt Untiedt. Den kenn' ich ja auch nicht. Nee, irgendwen aus Kiel. Ich hatte sofort so ein komisches Gefühl. Schon gleich, als ich hier ankam. Ein Zweiter, der vor den Zug springt, und nichts weiter zu finden. Kein Auto, kein Fahrrad. Das wollte ich nicht verbocken", sagte sie und schaute hoch in Jungbiers Gesicht. Der reagierte aber nicht und schaute Untiedt weiter hinterher. Also setzte Katja Greets ihre Erklärung fort: „Das hab' ich dem Alten gleich noch in der Nacht gesagt. Der hat das auch so gesehen und in Kiel angerufen. Die wollten dann gucken, ob sie so kurzfristig noch was Vorzeigbares an die Westküste schicken können."

Jetzt schaute Jungbier zu ihr hinunter und nickte. „Hat ja nicht so gut geklappt! Dann mal viel Spaß mit dem Typen. Wir haben hier noch ein bisschen Arbeit vor uns. Sobald ich was Neues hab, meld' ich mich bei dir." Mit der Rechten streifte Jungbier leicht ihren Unterarm und wandte sich ansonsten grußlos von ihr ab.

Das Gefälle von der Straße zu ihr war nur leicht. Unter normalen Umständen hätte sie es vielleicht nicht einmal bemerkt. Aber mittlerweile war der Untergrund so tief ausgetreten, dass sie mit jedem Schritt seitlich wegschmierte. Es kostete sie einige Mühe, zum Plattenweg hochzugehen. Ihre Jeans starrte inzwischen vor

Dreck und klebte an den Oberschenkeln. Die Schuhe konnte sie wegschmeißen.

Kapitel 2

„Kann man hier irgendwo einen vernünftigen Kaffee bekommen?“ Missmutig saß Untiedt hinter dem Steuer seines Dienst-Passats und hatte zugesehen, wie seine Heider Kollegin sich durch den Morast gekämpft hatte. Noch bevor Katja Greets richtig auf dem Beifahrersitz Platz genommen hatte, startete er den Motor und warf eine Kladde mit einer Liste von bereits gefundenen Gegenständen und Kleidungsstücken auf den Rücksitz.

„Bist du so diensteifrig, oder kannst du es einfach nicht abwarten, wieder nach Kiel zu kommen?“ Greets hatte knapp die Füße im Wagen, da knirschte schon der Sand auf dem Plattenweg unter den Reifen. „Dass da einer von euch zur Unterstützung kommen sollte, war zwar meine Idee, Untiedt, aber dass es nun ausgerechnet dich trifft, dafür kann ich nichts. Wenn du also mies drauf bist, weil dir der Urlaub gestrichen wurde oder weiß der Geier was, lass es nicht an mir aus, klar? Im Moment können wir sowieso nur die Adresse überprüfen. Es besteht also kein Grund zur Eile.“

Untiedt wusste, dass seine Kollegin recht hatte. Das änderte aber nichts an diesem zugeschnürten Gefühl in seiner Magengegend. Er hoffte, dass ein Kaffee zumindest ein bisschen helfen würde. „Kaffee?“

„Ich dachte, du wolltest dir von den Kollegen einen holen. Die haben doch da eine kleine Versorgungsstation aufgebaut.“

„War leer.“ Viel zu schnell jagte Untiedt die Alte Weddingstedter Landstraße an dem kleinen Wäldchen, den Kreistannen, vorbei. Am Ende der Geraden bog er ohne zu blinken links ab und schoss geradewegs auf einen eigentlich gesperrten Sandweg zu.

„Rechts!“, schrie Katja Greets.

Untiedt riss das Lenkrad herum und ging vom Gas.

„Am Ende wieder rechts, über die Bahnschienen, dann siehst du den Bäcker schon.“ Katja Greets löste langsam ihren verkrampften Griff von der Autotür. Sie war reichlich angefressen. „Leck mich, Untiedt! Wenn du dich umbringen willst, mach das“, sagte sie, „aber da muss ich nicht unbedingt dabei sein!“ Sie kannte Untiedt noch keine Stunde, und er ging ihr jetzt schon gegen den Strich.

„Schon gut.“ Dass er viel zu hoch drehte, fiel Untiedt selbst auf. Er nahm sich vor, sich ab jetzt zusammenzureißen und das Beste aus der Situation zu machen. Schließlich hatte diese Katja Greets recht. Es war nicht ihre Schuld, dass er in diesem grausigen Heide sein musste, und fürs Wetter konnte sie auch nichts. Es wurde Zeit, sich ins Schicksal zu fügen. Zeit, sich auf die Arbeit zu konzentrieren.

„Der Kaffee geht auf mich, Greets.“ Mit zwei Pott Kaffee kam Karsten Untiedt zu seiner Kollegin an den Stehtisch der Bäckerei zurück. „Ich bin Karsten, moin. Beim Du sind wir ja schon so irgendwie.“

„Moin Karsten. Katja." Katja Greets nahm zögerlich Untiedts Hand. Sie beschloss, ihren Ärger erst einmal runterzuschlucken und Untiedt die Chance für einen zweiten Start zu geben, auch wenn ihr das reichlich schwerfiel. „Das Du hast du vorhin ja schon festgelegt. Ist mir aber ganz recht. Und, was denkst du?"

„Zum Toten von der Bahn?"

Katja Greets nickte und nahm abwartend einen Schluck heißen Kaffee.

„Ich befürchte, du liegst richtig."

„Das beruhigt mich. Aber geht's auch etwas genauer?"

„Die Auffinde-Situation! Ich finde nicht, dass die für einen Selbstmord spricht." Untiedt pustete in seinen Kaffee. Als seine Kollegin nichts sagte, fuhr er fort: „Wie ist er nach Weddinghusen an den Bahndamm gekommen?"

„Zu Fuß!"

„Okay. Nehmen wir mal an, der Tote ist dieser …" Untiedt kramte in seinem Gedächtnis.

„Hemke. Thoralf Hemke!", sagte Katja Greets, nachdem sie Untiedt einen Moment zappeln ließ.

„Wenn das also der Hemke war und der tatsächlich aus Heide kommt, läuft der dann bis Weddinghusen, um sich umzubringen?"

„Na ja, die Helgoländer Straße ist jetzt nicht so weit weg. Vielleicht drei, vier Kilometer."

Da hat die Greets recht, dachte Untiedt, vielleicht war es sogar noch dichter. „Trotzdem, Katja. Wie war das Wetter in der Nacht?"

„Es hat geregnet. Es regnet seit fast zwei Tagen, aber diese Nacht war echt die Härte." Sie guckte an sich herunter, und tatsächlich fing sie an zu frösteln, als sie realisierte, wie nass ihre Klamotten eigentlich waren.

„Selbst wenn du dich umbringen willst, latschst du da noch drei Kilometer durch den Regen, wenn die Bahnschienen fast die ganze Zeit parallel zu deinem Weg verlaufen?"

„Das ist ziemlich dünn, oder?" Katja Greets war tatsächlich etwas erleichtert gewesen, dass ihr Kollege vom LKA ihre Einschätzung teilte. Aber wirklich überzeugend war das hier nicht gewesen. Immerhin hatte sie für eine etwas größere Welle im Heider Kommissariat gesorgt und von jetzt auf gleich auch das LKA in Trab gebracht. Andererseits wurde ihr allmählich bewusst, was es bedeutete, wenn sich ihre Vermutungen bestätigen sollten. Ein gewaltiger Aufriss, noch mehr Kollegen aus Kiel, Überstunden ohne Ende. Trotzdem, irgendwie wollte sie auch die große Action, und sie wusste, dass sie sich dafür schämen sollte. Tat sie aber nicht.

„Verdammt dünn", gab Untiedt zu. „Wir sollten abwarten, was uns in der Wohnung des Toten erwartet. Vielleicht liegen da ja ein Abschiedsbrief und der Pyjama gefaltet auf dem gemachten Bett ..." Plötzlich war da dieser kleine Funke Hoffnung, dass diese Chose bald vorbei sein könnte.

Katja Greets' Handy klingelte. Sie ging sofort ran. „Nein, noch nicht ... Bist du sicher, Holger? Okay. Ja, Helgoländer, wissen wir schon. Gute Idee. Hab' ich vorhin vergessen. Mach das bitte. Ja, wir sind ganz in der Nähe. Jo, danke, Holger.“ Das Handy glitt zurück in ihre Manteltasche. „Das war Holger Jungbier von der KTU. Den hast du grade eben kennengelernt. Er meint, er ist sich fast sicher, dass der Tote tatsächlich auch der Besitzer des Personalausweises ist. Er fotografiert den Ausweis ab und schickt mir das.“

Wie zur Bestätigung meldete sich ein ‚Pling‘ aus der Manteltasche.

„Fast sicher? Muss reichen! Das ging verdammt schnell.“ In einer fließenden Bewegung nahm Untiedt seinen fast vollen Kaffeebecher, drehte sich um und ließ ihn mit einen vernehmbaren ‚Platsch‘ in den Mülleimer wandern. Greets hastete ihm hinterher Richtung Auto. Als sich der Wagen abrupt in Bewegung setzte, verteilte sich ihr Kaffee großzügig über ihrem Mantel und hinterließ einen dunklen Fleck auf ihrer Jeans, was deftige Flüche zur Folge hatte. Der winzige Anflug von Sympathie für diesen Untiedt war wie weggeblasen.

Wenige Augenblicke später stieg sie vor den grässlichen Mietskasernen in der Helgoländer Straße aus, und ihr fiel auf, dass Untiedt den Weg ohne ihre Hilfe und ohne Navi gefahren war. Ein leichter Nieselregen setzte wieder ein und würde recht schnell dem, was von ihrer Frisur noch übrig war, den Rest geben.

„Schau nach, ob du einen Hausmeister zu fassen bekommst. Ich geh schon zum anderen Block.“ Noch bevor sie irgendetwas entgegnen konnte, war Untiedt zum Nachbargebäude entschwunden, und sie sah wieder mit geballter Faust in der Tasche ihrem neuen Kollegen in seinem abgewetzten parkaartigen Mantel hinterher. Die Handy-Nummer des Hausmeisters war im Eingangsbereich des Mietshauses leicht zu finden. Zu ihrer Erleichterung nahm fast sofort jemand ab, und eine unangenehme Männerstimme plärrte ihr entgegen. Immerhin versprach der Hausmeister, in wenigen Minuten da zu sein. Das Warten verbrachte Katja Greets damit, ihren Mantel irgendwie von Kaffeeflecken zu befreien, was sich als unmöglich erwies und dazu führte, dass sie leise vor sich hin schimpfte. Das erste Mal, seit sie diesem Untiedt begegnet war, kam sie etwas zur Ruhe, und ihr wurde klar, dass nicht nur der Kaffeefleck sie verbiesterte. Die ganze Art und Weise, wie dieser Untiedt mit ihr umsprang, nervte sie. Schon als Polizeischülerin hatte sie es gehasst, wie eine Polizeischülerin behandelt zu werden. Aber jetzt so einfach von ihm hier stehen gelassen zu werden, war definitiv nicht nach ihrem Geschmack. Immerhin kam der Hausmeister wie versprochen quasi sofort.

„Ein Thoralf Hemke wohnt hier, da bin ich mir ziemlich sicher“, sagte er auf ihre Nachfrage hin. Aber wer das von den ganzen Mietern sein sollte, wüsste er nicht zu sagen.

„Kennen Sie den hier?“ Katja Greets zog ihr Handy aus der Tasche und zeigte das Ausweisfoto.

„Ja, ja schon. Der wohnt hier.“ Mehr, als dass der junge Mann von dem Foto nur selten grüßte, konnte Katja Greets aber nicht in Erfahrung bringen. Der Hausmeister versicherte aber, dass er alles aus seinen Unterlagen heraussuchen würde, was es zu Thoralf Hemke und dessen Wohnung zu finden gab.

Die Treppen in den vierten Stock zeigten Katja Greets auf, wie müde sie mittlerweile war. Oben angekommen fühlte sie eine unangenehme feuchtwarme Nässe unter den Achseln, und ein Zupfen am Kragen ihres Rollis verriet ihr, dass sie mittlerweile auch so roch, wie sie sich fühlte. Umso mehr bereitete es ihr eine Genugtuung, dass ihr Kollege Untiedt wartend auf dem Treppenabsatz neben der Wohnungstür saß und sich mit einem Papiertaschentuch den verkrusteten Schlamm von seinen braunen Halbschuhen pulte. Erst als der Hausmeister seinen Schlüsselbund aus der Jacke kramte, sprang Untiedt auf und hielt ihn mit ausgestrecktem Arm von der Wohnungstür fern. „Frau Kriminaloberkommissarin Greets, erklären Sie dem Herrn bitte, dass wir hier ermitteln und er unten am Eingang auf uns warten muss."

Katja Greets rollte mit den Augen. „Sie haben den Herrn Kriminalhauptkommissar Untiedt gehört." Sie nahm den Schlüsselbund an sich und wartete, bis der Hausmeister sichtlich enttäuscht und beleidigt abzog. „Haben wir die Hierarchien jetzt geklärt, Herr Kriminalhauptkommissar, oder brauchen Sie noch eine besondere Huldigung?", sagte sie und machte keinerlei Anstalten, mit ihrem Ärger hinter dem Berg zu halten.

„Mein Gott, Katja!", sagte Untiedt und reichte ihr ein Paar Latex-Handschuhe. „Die Hauptsache ist doch, dass der Typ uns hier nicht um die Füße läuft und seine neugierige Nase in die Wohnung steckt." Vorsichtig öffnete er die Wohnungstür und vermied, irgendetwas zu berühren.

Genauso vorsichtig schloss Katja Greets die Tür hinter sich und ließ ihren Blick durch die Wohnung schweifen. Eine von drei Türen im Flur stand halb offen, und etwas Licht fiel in den Flur. Jacken hingen an der Wand, drei Paar Schuhe standen in Reih und Glied. Nichts Auffälliges. Untiedt hielt sich links, sie schob rechts die Tür zum Bad auf. Wie sie erwartet hatte: Das Waschbecken stumpf von Zahnpasta-Resten, der Spiegel voll Sprenkel. Ungepflegt, aber nicht völlig versifft. Die Toilette sah sogar sauber aus, nur die Abdeckung des Spülkastens hing schräg an der Wand. „Untiedt!" Katja Greets fotografierte die lose Spülabdeckung und nahm sie von der Wand.

„Hast du was?" Erwartungsvoll schaute Untiedt ihr über die Schulter.

Katja Greets hielt ihm die Abdeckung entgegen. „Die war nur angedrückt. Vielleicht hat da jemand was gesucht?" Mit einem Kopfnicken forderte Untiedt sie auf, mitzukommen. Wortlos standen beide in einem größeren Zimmer mit Bett, Sitzecke und Schreibtisch. Auf den ersten Blick war nichts ungewöhnlich. Auch dieses Zimmer spiegelte den extensiven Pflegeaufwand eines jungen, allein wohnenden Mannes wider. Keine Pflanzen, eine dünne Staubschicht auf allen Oberflächen. Zwei Bilder an den Wänden, eines schief. Ein

Pullover, zerknüllt. Socken auf dem Sofa. Eine riesige Tennistasche. Ein kleiner silberner Koffer. Kein Fernseher, mittlerweile normal. Kein Laptop oder Computer. Auffällig war ein knallroter rollbarer Werkstattschrank. Obendrauf eine Lampe für Bastler und ein Minimotor. In den Schubladen ein heilloses Chaos aus Kabeln, kleinen merkwürdigen Bauteilen und Werkzeug. Sowie eine Fernbedienung. „Modellbauer!", stellte Katja Greets fest. Dann wanderte das Interesse der beiden Ermittler weiter. Sie schauten sich an, und wie auf ein geheimes Zeichen hin gingen beide zum kleinen Schreibtisch.

„Hier hat etwas gestanden, jede Wette." Mit latexbewehrtem Finger strich Katja Greets über die Arbeitsplatte, und es wurde deutlich sichtbar, wo vor Kurzem noch etwas gestanden haben musste. Untiedt bückte sich. Er brachte ein Ladekabel zum Vorschein.

„Prüfaufkleber!", sagte Untiedt. Katja Greets wusste, was das bedeutete. Alle elektrischen Geräte in öffentlichen Gebäuden mussten im Zwei-Jahres-Rhythmus überprüft werden. „Vielleicht hat Hemke in einer Behörde gearbeitet."

„Oder er hat da was mitgehen lassen. Einen Laptop beispielsweise."

„Wenn du einen Laptop klaust, Katja, machst du dir dann die Mühe und lässt auch das Ladekabel mitgehen?"

„Ist das 'ne Prüfungsfrage?", fragte sie gereizt zurück, wartete eine Antwort aber nicht ab. „Wahrscheinlich nicht", sagte sie, „höchstens, wenn ich eine ganze Tasche mitnehme." Automatisch blickte sie sich suchend im Zimmer um. Vergeblich. Nichts, das wie eine Laptoptasche aussah. Vielleicht hatte hier jemand etwas gesucht, vielleicht auch nicht. Holger Jungbiers Kollegen von der Kriminaltechnik würden das sicher noch herausfinden. Mechanisch griff sie in ihren Mantel und zückte das Handy.

Währenddessen inspizierte Untiedt den silbernen Koffer. Mehr als Jetons und Poker-Karten war aber nicht zu finden. Katja Greets fischte noch ein paar Fotos aus einem Ordner. Wenig später übernahmen die Kollegen von der Schutzpolizei. Mit fast leeren Händen zogen sie und Untiedt ab.

KAPITEL 3

Über Michels, den Leiter des Polizei-Bezirksreviers Heide, mochte Katja Greets nicht klagen. Sie hatte ihn nur als fairen und umsichtigen Chef kennengelernt. Trotzdem hätte sie sich eine andere Lösung gewünscht, als dass man Untiedt einfach mit zu ihr ins Büro setzte. Klar, das Heider Revier war ein Sanierungsfall, auch wenn es von außen vielleicht noch nicht so aussah. Aber sie war schließlich keine Touristin, die über den Heider Marktplatz schlenderte und sich an dem recht gelungenen Spät-80er-Backsteintrumm erfreute. Sie musste hier arbeiten, und ihr Büro war schon für eine Person zu eng. Aber noch hatten sie ‚nur' einen Selbstmord zu untersuchen, obwohl vieles schon jetzt auf ein Tötungsdelikt hindeutete.

„Weißt du schon, wo du heute Nacht bleibst?" Sofort bereute sie die Frage, die sich für Karsten Untiedt wie eine Einladung anhören musste, was sie aber ganz sicher nicht sein sollte.

„Ich werde mich in Lunden einquartieren, ist ja jetzt schon klar, dass das hier länger dauert. Trotzdem, danke für das Angebot." Ohne hochzuschauen, richtete Untiedt weiter seinen Computer ein.

Katja Greets wusste nicht, was sie mehr ärgerte, dass Untiedt ihre Frage tatsächlich für eine Einladung gehalten hatte oder die Art und Weise, wie er anscheinend gleichgültig über die vermeintliche Einladung hinwegging. Sie beschloss, sich nichts anmerken zu lassen. „Eine Freundin von mir leitet in Lunden die Polizeistation. Ich glaube, der Lindenhof hat gute Zimmer. Aber wieso nimmst du dir nichts in Heide?"

Zu einer Antwort kam es nicht. Sabine Lüders, ehrgeizige Polizeikommissaranwärterin, platzte in Katja Greets' Büro und wedelte mit einem Notizblock. „Die Eltern von Thoralf leben in Heide, und er arbeitete beim Finanzamt!" Erwartungsvoll blickte PKA Lüders zuerst ihre Vorgesetzte und dann den LKA-Mann aus Kiel an. Anstatt eines Lobes oder eines anerkennenden Schulterklopfens erntete sie aber nur ratlose Blicke. Untiedt starrte die junge Frau mit flachsblonden schulterlangen Haaren an. Richtig, dachte er, morgens am Bahndamm hatte er sie schon gesehen. Kaffee ist alle, hatte sie gesagt. Lüders ließ sich von dem stieren Blick nicht irritieren. Mit leichtem Vorwurf in der Stimme wiederholte sie: „Thoralf Hemke! Eltern in Heide, Lessingstraße!"

Jetzt fiel der Groschen. Der Tote hatte einen Namen, Thoralf Hemke. So stand es ja auch im Personalausweis. Aber noch war aus „dem Fall" in Katja Greets' Vorstellungen kein Mensch geworden. Und Karsten Untiedt war es offensichtlich ähnlich ergangen. Das würde sich jetzt schnell ändern. Ändern müssen, wenn sie alles verstehen wollten. „Oh, klasse, Sabine." Ein Blick zu Untiedt reichte. Sein kaum merkliches Nicken zeigte ihr, dass er den gleichen Gedanken dachte: Eine gute Gelegenheit für die Anwärterin, sich auszuzeichnen. „Morgen machen wir genau da weiter. Bist du so gut und bereitest die Befragung im Finanzamt vor? Zuerst schauen Untiedt und ich bei seinen Eltern vorbei, Lessingstraße sagst du?" Lüders nickte. „Dann nehmen wir uns das Finanzamt vor. Wir sollten ..."

Ein lauter Knall unterbrach Katja Greets' Redefluss. Untiedt war aufgestanden und hatte dabei seinen Stuhl umgeschmissen. Offensichtlich hatte es an seinem provisorischen Arbeitsplatz noch nicht für einen ordentlichen Bürostuhl mit Rollen gereicht. Er ging geradewegs zu Sabine Lüders, nahm ihr den Notizblock aus der Hand und riss das oberste Blatt heraus. „Ich schlage vor, Frau Lüders legt dir morgen um 8 Uhr eine Planung auf den Tisch?"

„Du hast Untiedt gehört, Sabine! Morgen um acht. Schaffst du das?" Der Kerl hat sich gerade in die Führung meiner Anwärterin eingemischt, schoss es ihr durch den Kopf, doch Sabine Lüders' freudestrahlender Anblick besänftigte sie.

„Ja klar, Katja. Um acht. Ich mach mich dann an die Arbeit." Mit breitem Lächeln verschwand Sabine Lüders wieder aus dem jetzt viel zu engen Büro, und Karsten Untiedt beugte sich über die Schulter seiner Kollegin. Ein saurer Geruch zog ihm in die Nase, und er hoffte inständig, dass er selbst nicht so ausdünstete. Vor ihr lag die Handvoll Fotos, die sie aus Thoralf Hemkes Wohnung mitgenommen hatte.

„Soll ich das übernehmen?“, fragte Katja Greets und tippte auf ein Foto, das den wahrscheinlichen Toten mit einem älteren Ehepaar zeigte.

„Sieht nach Abi-Feier aus“, stellte Untiedt fest. Er nahm das Foto in die Hand und betrachtete es eine Weile, wobei er es etwas drehte. So als könnte er den Blickwinkel des Betrachters verändern, dachte Katja Greets und fragte sich, was Untiedt auf dem Bild entdeckt haben mochte oder zumindest suchte. „Ich mach das schon mit den Eltern“, sagte Untiedt und gab das Foto seiner Kollegin zurück.

„Ist vorm WHG aufgenommen worden“, bestätigte sie die Vermutung ihres Kollegen mit der Abitur-Feier und legte das Foto beiseite. Hinter ihrem Rücken blitzten Untiedts Augen kurz auf. „Also vorm Werner-Heisenberg-Gymnasium!“, erklärte sie und drehte sich zu ihm um. „Kannst du sehen, wenn du hier vom Parkplatz fährst. Vielleicht kommt es dir deswegen bekannt vor.“

Untiedt ging nicht weiter darauf ein, sondern lenkte Katja Greets’ Aufmerksamkeit auf ein anderes Bild. „Wer ist die hier? Eine Freundin? Seine Freundin?“

Jetzt nahm sie das Bild in die Hand, konnte aber nichts Konkretes darauf erkennen. Zwei Personen, in etwa gleich alt, vor einem absolut nichtssagenden Hintergrund. Das Foto hätte überall aufgenommen worden sein können. Schlichter roter Backstein, graue Fugen. Das war alles. „Ganz hübsch!“, stellte Katja Greets fest und drehte das Bild automatisch in Untiedts Richtung.

„Die Frau? Ich hab' mir abgewöhnt, in solchen Kategorien zu denken. Was heißt schon hübsch? Aber ja, vielleicht." Untiedt ging wieder auf seine Seite des Schreibtisches, hob den Stuhl auf und nahm seine Jacke von der Lehne. Das Bild mit den Eltern blieb auf Katja Greets' Schreibtisch. Der Rest verschwand wieder im Umschlag und dann in ihrer Schublade. „Mir reicht's für heute", sagte Untiedt. „Wir sehen uns morgen früh."

„Tschüss", rief Katja Greets ihrem neuen Kollegen hinterher und wunderte sich, dass sie mit ihm gerne noch auf einen Absacker in den Schumacher Ort, Heides Kneipenviertel, gegangen wäre. Und das, obwohl dieser Typ ihr die meiste Zeit des Tages gehörig auf den Zeiger gegangen war. Stattdessen nahm sie ihr Handy und tippte eine Nachricht an Holger Jungbier. Vielleicht saß der schon bei seiner Familie auf dem Sofa. Vielleicht auch nicht ...

Kapitel 4

Kein Wind, keine Wellen, beste Sicht. Ideales Wetter zum Arbeiten, aber nicht, um schnell mal was über Bord gehen zu lassen. „Sach bloß, du willst den wegschmeißen. Geht der nich mehr? Mein Schwager kricht den bestimmt wieder hin. Zeich ma!“

Selbstverständlich musste Friedjof mitbekommen, wie er den Laptop aus der Tonne zog. „Lass gut sein. Mein Nachbar hat Ärger mit seiner Ollen. Die hat rausgefunden, dass er da jede Menge Schweinkram auf'm Rechner hat. Der muss nu wech!“

„Der kleine Dicke?“ Friedjof grinste breit und dreckig. „Du spinnst doch, das gucken wir uns gleich an. Is doch eh grad nix zu tun. Gib schon her!“

Mit zwei schnellen Schritten war Friedjof bei Hannes, und seine wettergegerbte Pranke schloss sich wie eine Schraubzwinge um den schwarzen Klapprechner. Schweinkram war natürlich genau das verkehrte Stichwort, das war Hannes in dem Moment klar, als er es ausgesprochen hatte. Aber wenn er im Denken schneller wäre, müsste er nicht für Friedjof bei jedem Schietwetter die Knochen hinhalten. Nun ging es darum, die Kuh schnell vom Eis zu bekommen, also den fuck Laptop zu versenken. „Das willst du gar nicht sehen“, versuchte es Hannes, und Friedjof ließ tatsächlich los.

„Kinderpornos?“, schrie Friedjof, „die Sau zeig ich an, und dann schlag ich ihn tot!“

Jetzt hatte Friedjof zwar seine Schraubstockhände nicht mehr an dem Gerät, sah aber plötzlich extrem bedrohlich aus und war es vermutlich auch, wie Hannes befürchtete. „Nein Mann, der is ganz normal. Aber er hat seine Nachbarin gepimpert, hat er gesagt. Und das ist auf Video drauf, und das muss weg, bevor seine Frau das spitzkricht.“ Und im hohen Bogen flog das vermaledeite Ding in die schmutzig graubraune Nordsee.

Friedjof guckte hinterher, fing erst an zu glucksen und prustete dann laut los. Verständnislos schaute Hannes seinen Chef an. Der brauchte etwas, um sich wieder einzukriegen, legte dann aber väterlich seinen baumdicken Arm um Hannes. „Du wohnst doch in einer Sackgasse, Hannes, oder?“, begann Friedjof in seinem besten Hochdeutsch.

„Jo, ganz am Ende“, bestätigte Hannes, der tatsächlich besonders stolz auf diese gute Lage war.

„Und vor dir wohnt der kleine Dicke, der mit den Klobürsten-Hunden und dem Laptop?“

Wieder konnte Hannes nur bestätigen: „Jo, Yorkshire-Terrier.“

Friedjof biss sich auf die Lippen und lief rot an, als er sich zusammenriss, um nicht wieder lauthals loszulachen. „Und vor dem Typen mit den Kötern wohnt die alte Diercks, richtig?“

„Richtig." Verwirrung machte sich in Hannes' Schädel breit.

„Mensch Hannes, die is' doch nu bald über 90!" Voller Erwartung blickte Friedjof in Hannes' völlig verdaddertes Gesicht. Der rallte immer noch nichts. „Hannes, ich glaub nicht, dass der mit der alten Diercks was hatte. Die Nachbarin auf dem Video, Hannes, das ist deine Moni. Der vögelt deine Moni und drückt dir den Laptop in die Hand, damit du ihn verschwinden lässt!" Friedjof war nicht mehr zu halten. Schreiend, weinend, wiehernd vor Lachen schleppte er sich in die Kajüte. „Du bist echt das dämlichste Schaf auf'm Deich, Hannes!"

Hannes dachte über Friedjofs Erklärung nach und musste erkennen, dass das recht schlüssig war. Lumpige 100 € hatte er für die Entsorgung bekommen, und nun durfte er sich für den Rest seines Lebens diese Geschichte anhören, die er zu allem Überfluss auch noch selbst erfunden hatte. Und Friedjof sagen, dass er sich den Scheiß nur ausgedacht hatte, um ein paar Kröten dazuzuverdienen, konnte er auch nicht. Wenn Friedjof merken würde, dass er auf seinem Kutter krumme Dinger auf eigene Rechnung machte; oh Mann, der würde ihn in der Nordsee ersäufen wie einen jungen Hund. Immerhin konnte er ihn bitten, die Schnauze zu halten. Und das würde Friedjof auch tun. Auf seine Art war sein Chef ein anständiger Kerl ... und 'ne Pottsau.

Kapitel 5

Gemächlich rollte Katja Greets auf den Parkplatz des Heider Polizeireviers. In täglicher Routine sicherte sie ihr Fahrrad mit dem besten Schloss, das man für Geld im Zubehörhandel bekommen konnte. Und wie jeden Morgen, wenn sie ihr Fahrrad abschloss, dachte sie daran, dass ihr Lieblingsrennrad tatsächlich vor zwei Jahren vom Gelände der Polizei weggeklaut worden war. Und weil sie sich sicher war, dass ein ehemaliger Kollege jetzt im Besitz ihres Rades war, murmelte sie wie so häufig das Wort ‚schäbig' hinterher. An diesem Morgen meinte sie aber schon zum wiederholten Male nicht den Fahrraddieb. Das mit Holger musste aufhören. Wie viele Male hatte sie diesen Gedanken in den letzten Wochen schon gedacht. Wenn sie ihn doch nur aus ihrer Kontaktliste streichen könnte ... Aber natürlich ging das nicht. Dafür hatten sie viel zu oft dienstlich miteinander zu tun. Viel zu oft!

Während sie ihre Hose zurechtzupfte und ihren Gefühlskater kraulte, bemerkte sie ein Kieler Kennzeichen auf dem Besucherplatz. Ein Blick auf die Uhr zeigte ihr, dass nicht etwa sie spät dran, sondern Untiedt reichlich früh war. Aber das reichte. Augenblicklich fühlte sie sich gehetzt und hastete durch die Flure des Reviers.

Dass schon mehr Kolleginnen und Kollegen als um diese Uhrzeit üblich ihren Dienst aufgenommen hatten, verunsicherte sie zusätzlich. Beinahe im Laufschritt stürmte sie in ihr Büro und sah, wie Untiedt gerade einen Stoß Papier auf ihren Arbeitsplatz legte. Natürlich hatte Sabine Lüders die Befragung im Finanzamt mit Feuereifer vorbereitet. Und natürlich war es eine gute Idee von Untiedt, der Lüders als Anwärterin die Aufgabe zu übertragen. Schließlich war das keine große Sache und hatte trotzdem einen guten Übungseffekt. Aber dass Untiedt sich so aktiv einmischte, wie sie mit ihrer Anwärterin umging, hatte sie schon gestern gestört. Und nun hatte er nichts Besseres zu tun, als Lüders' Planung Korrektur zu lesen. Noch im Mantel nahm ihr Blutdruck gefährlich zu. Der Ärger wollte gerade aus ihr herausplatzen, als Untiedt ihr ins Wort fiel, ehe sie auch nur eines ausgesprochen hatte.

„Jetzt ist es offiziell!" Untiedt setzte sich auf die Schreibtischecke. „Wir ermitteln in einem Tötungsdelikt. Du lagst mit deiner Einschätzung goldrichtig. Vom ersten Augenblick an. Guten Morgen, übrigens. Dein Spezi von der KTU ..."

„Holger", ergänzte Katja Greets mechanisch.

„Genau, der Jungbier rief an. Die Rechtsmedizin hat einen Eschensplitter am Kopf des Toten gefunden. Die Rekonstruktion des Schädels läuft, aber klar ist jetzt schon, dass er erschlagen wurde. Die Wischnorek und dein Chef ...", Untiedt stockte.

„Michels!"

„Richtig, die haben die Zuständigkeiten abgesegnet."

Katja Greets wollte sich schütteln und schreien, verharrte aber regungslos. Was ging hier eigentlich ab, wenn sie nicht da war? Alles schien an ihr vorbeizulaufen. Schlagartig schossen ihr Erinnerungsbilder aus ihrer Jugend in den Kopf. Katja am Rande des Volleyballfeldes, und die Trainerin wechselt eine Spielerin nach der anderen ein, nur sie bleibt außen vor. Genau so fühlte sie sich. Ausgebootet. Wieso hatte Holger ihr nichts gesagt? Gestern Abend erst ... aber das ließ sich vielleicht erklären. Und welche Zuständigkeiten? „Verdammt, wer ist diese Wischnorek?", platzte es aus Katja Greets heraus.

Untiedt schaute sie fassungslos an. Weder hatte er mit einem solchen Ausbruch gerechnet, noch ergab es für ihn irgendeinen Sinn, als erste Frage die nach seiner Vorgesetzten zu stellen und dann in dem Ton. „Kommst du klar, Katja? Seit einer halben Stunde steppt hier der Papst, und du hast nichts anderes zu tun, als mich anzuschreien?" Untiedt stand auf, ging aus dem Büro, kam nach wenigen Augenblicken mit zwei dampfenden Kaffeebechern zurück, stellte einen vor Katja Greets' auf den Schreibtisch und schloss die Bürotür. Dann zeigte Untiedt mit offen ausgestreckter Hand auf Katja Greets' Bürostuhl. Eine Einladung, sich zu setzten. Sie blieb stehen. Er setzte sich. „Was stinkt dir? Bin ich es?"

„Du kommst gestern hier an, und heute übernimmst du meinen Laden. Klar finde ich das scheiße!" Jetzt setzte sie sich doch.

„Ist das wegen der Lüders, Katja? Ernsthaft? Kein Problem. Da hab' ich dich gestern wohl falsch verstanden. Mein Fehler. Mach mit ihr, wie du willst. Ich misch mich da nicht mehr ein. Ist da noch mehr? Dann hau es jetzt raus!" Untiedt ließ sich in die Lehne seines Bürostuhls fallen. Automatisch verschränkte er die Arme hinter seinem Kopf und schlug die Beine übereinander. Die Cobra, schoss es ihm durch den Kopf. Sofort nahm er die Arme wieder herunter. Bloß nicht provozieren, dachte er. So dünnhäutig, wie seine Kollegin ihm gerade vorkam, musste er auf alles achten. Besonders auf die Körpersprache.

So etwas Ähnliches hätte sie auch gesagt, dachte Katja Greets, dritte Stunde im Seminar für Konfliktgespräche: Deeskalieren. Jetzt hätte sie die Chance, Untiedt klarzumachen, dass sie keine Lust hatte, hinter ihm her zu trotten wie das dumme Mädchen. Stattdessen sagte sie: „Leck mich, Untiedt!", stand auf und ging zu Michels. Er sollte ihr sagen, wie die Dinge jetzt laufen. ER war ihr Chef.

„Kriminalhauptkommissar Untiedt und du, ihr bildet für diesen Fall ein Ermittlungsteam", sagte Michels, „die Leitung übernimmt nominell das LKA in Kiel, aber alle Berichte gehen über meinen Tisch." Katja Greets konnte man mit ihren vierzig Jahren durchaus als erfahrene Beamtin bezeichnen, aber an der Aufklärung eines Tötungsdeliktes hatte sie nach Michels' Wissen noch nicht federführend mitgewirkt. Da war die Anspannung, die sie hier in seinem Büro an den Tag legte, verständlich.

Und jetzt, wo sich ihre Intuition bewahrheitet hatte, nämlich dass hier tatsächlich ein Tötungsdelikt vorlag, war er froh, dass Kiel sich eingeklinkt hatte und dieser Untiedt jetzt hier war.

„Was heißt das, muss ich jetzt zwei Herren dienen?" Anders als sonst hatte Michels' väterliche Art nicht die beruhigende Wirkung auf Katja Greets. Vielmehr stemmte sie die Hände in die Hüften und machte gar nicht erst den Versuch, entspannt zu wirken.

Michels dämmerte langsam, dass er die Lage falsch eingeschätzt hatte. Darum ging es ihr also. Für ihn hatte Untiedt mit seinem Auftreten Zielstrebigkeit vermittelt. Katja fühlte sich dadurch anscheinend in ihrer Position bedroht. Nicht ganz ungefährlich, wenn beide erfolgreich zusammenarbeiten sollten. „Berichte gehen an mich, Katja, Weisungen kommen von mir. Ansonsten organisierst du die Arbeit in deinem Team selbstständig, so wie immer. Und nein, du dienst nicht zwei Herren, wie du es ausdrückst. Du sollst bloß alles dafür tun, dass wir den Fall aufklären. Gemeinsam, Katja! Mit Untiedt!"

Kapitel 6

Lessingstraße sagte Untiedt nichts. Nach einem Blick aufs Navi war aber klar, dass er Richtung Meldorf musste und dann rechts ab. Er schaltete das Navi wieder aus. Die Stimme nervte. Wenigstens schien die Sonne. Zwar nur durch schwere graue Wolken, dafür leuchteten alle Farben unter den Strahlen umso intensiver. Das und nach dem Stunk mit der Greets allein im Auto zu sein tat gut. Der Anlass dafür nicht. Eltern erklären zu müssen, dass ihr Kind tot ist, war so ziemlich das Unangenehmste, was der Beruf für ihn bereithielt. Und Kind blieb Kind, auch wenn es wie Thoralf Hemke schon Mitte zwanzig war. Er bog in eine total ruhige Wohngegend ein. Fünfziger- oder Sechzigerjahre Reihenhaussiedlung. Backstein, Gehweg vor dem Haus, langes handtuchbreites Grundstück dahinter. Hier konnte man Hühner halten und Kartoffeln pflanzen. Machte aber niemand mehr. Er hielt direkt an der Straße, direkt am Jägerzaun. Bevor er ausstieg, atmete er zweimal tief durch. An jeder Hausscheibe blieb er länger als nötig stehen, um nach dem Türschild zu gucken. Neben der Haustür der vorletzten Scheibe las er ‚Familie Hemke'. Untiedt klingelte, zeigte seine Marke, und das Ehepaar Hemke, das gemeinsam im Türrahmen stand, bat ihn ins Wohnzimmer. Gemütlich, einfach, austauschbar.

Die Nachricht vom Tode ihres Sohnes nahmen beide scheinbar sehr gefasst auf. Wahrscheinlich standen sie schlichtweg unter Schock, vermutete Untiedt. Auf seine Bitte hin zeigte Herr Hemke ihm das ehemalige Kinderzimmer des Toten. Es sah gleichsam unbewohnt und auf eine Wiederkehr seines jahrelangen Bewohners wartend aus. Untiedt brauchte gar nicht zu fragen, um zu wissen, dass dieses Zimmer seit Jahren niemand mehr betreten hatte. Er tat es trotzdem und behielt recht. Private Dinge des Toten, die von Belang waren, gab es auch sonst bei den alten Hemkes nicht mehr zu finden. Lediglich eine kleine Truhe mit Jugenderinnerungen kramte Herr Hemke aus einer Abseite hervor. Wenigstens bestätigten ihm auch die Eltern, dass Thoralf beim Finanzamt gearbeitet hatte und die Frau auf dem Foto seine Freundin war.

„Eigentlich hat er sie nur einmal mitgebracht", erzählte Thoralfs Mutter, „ausgestiegen ist sie, aus ihrem Auto. Hübsches Mädchen." Dann versiegten ihre Worte.

„Können Sie mir vielleicht sagen, wie sie heißt?", wollte Untiedt wissen.

„Selina!"

Untiedt hörte eine leichte Verbitterung aus den Worten des Vaters heraus. „Und weiter?"

Weiter wusste er nicht. „Selina, mehr hat sie nicht gesagt. Dann hat Thoralf sie auch schon wieder am Arm genommen und ist gegangen. Er hätte sie uns ja nicht einmal vorgestellt, wenn sie nicht ausgestiegen wäre."

Außer dass sie ein ‚schickes' Auto fuhr, war nichts weiter über die junge Frau zu erfahren. Auch der Anlass des Besuches war unspektakulär. Vor ungefähr zwei Wochen hatte Thoralf seinen Eltern deren Steuerunterlagen zurückgebracht.

„Das ist seine Welt", sagte Thoralfs Mutter, „viel reden tut er ja nicht. Aber wenn das um diesen Kram geht, ist er nicht zu bremsen."

Ein bisschen Stolz klang mit, als sie das erzählte, und Untiedt notierte sich, dass das Verhältnis zwischen Thoralf Hemke und seinen Eltern zwar kühl, aber keineswegs gestört war. Nur dass er ihnen seine Freundinnen nicht vorstellen mochte, das nahmen sie ihm übel. Als er ging, ließ er dem Ehepaar Hemke die Nummer der psychologischen Beratungsstelle da und legte ihnen dringend ans Herz, diese auch in Anspruch zu nehmen. Außerdem sollten sie auf jeden Fall ihn kontaktieren, wenn noch etwas wäre, ob wichtig oder unwichtig.

Die Befragung von Hemkes Eltern hatte länger gedauert als erwartet. Also war die Aktion im Finanzamt schon in vollem Gange, als er eintraf. Vom Deckblatt aus Lüders' Planung wusste er, dass fünf Kolleginnen oder Kollegen die Befragungen durchführten. Katja Greets, Lüders selbst, und die anderen drei Namen sagten ihm nichts. Sinnigerweise hatte Katja Greets Sabine Lüders angewiesen, einen Fragenkatalog zu erarbeiten, was die Auswertung und Vergleichbarkeit der Aussagen erleichtern würde.

Er versuchte gar nicht erst, beim Finanzamt zu parken. Direkt unter der Stadtbrücke fand sich immer etwas, und nach dem deprimierenden Besuch bei den Hemkes waren ihm die paar Schritte Fußmarsch ganz recht. Schon dem Pförtner war anzumerken, dass der Auftritt seiner Kollegen Eindruck hinterlassen hatte. Er wurde gleich durchgelassen und in den zweiten Stock komplimentiert. Eine ähnlich freundliche Behandlung hätte er sich gewünscht, wenn er selbst mit seiner Steuererklärung mal wieder spät dran war.

Er fand Katja Greets sofort und war nicht überrascht, sie mitten in der Befragung von Hemkes Vorgesetzten zu finden.

„Grob gesagt bearbeitet Hemke GbRs im Raum Heide."

Greets runzelte fragend die Stirn, und die Finanzbeamtin mittleren Alters, deren Namen Untiedt noch nicht mitbekommen hatte, klärte sie ohne weitere Aufforderung auf. Wahrscheinlich war sie es gewohnt, dass Nicht-Finanzbeamte wenig bis gar nichts von dem verstanden, was sie tagein, tagaus beschäftigte. „Das sind vor allem kleine Betriebe mit wenig Umsatz. Die brauchen in der Regel nur eine Einnahmeüberschussrechnung zu erstellen und können auf eine doppelte Buchführung verzichten. Kleine Friseurläden beispielsweise oder ein Hausmeisterservice, Dönerbuden, so was halt."

Katja Greets hörte aufmerksam zu, was Untiedt schwer beeindruckte. Ihn erschöpften schon die ersten paar Sätze Beamtendeutsch, und sein Blick blieb matt an den Entenschuhen mit Kreppsohle kleben, die hervorragend zu der groben Cordhose der Finanzbeamtin passten. Seine Gedanken schweiften ab. Die alten Hemkes taten ihm leid. Sabine Lüders klopfte an und kam ohne abzuwarten ins Zimmer. Sie nickte Untiedt kurz zu und flüsterte Katja Greets etwas ins Ohr.

„Hatte Hemke mal etwas mit Bauernhöfen zu tun?", wollte Greets wissen. Lüders blieb hinter ihr stehen. Die Finanzbeamtin bejahte.

„Das ist auch manchmal echt heikel", fuhr sie fort, „es kommt öfter vor, dass unsere Kunden ungern Zeit mit ihren Steuerangelegenheiten verbringen oder schlichtweg damit überfordert sind. Dann laufen schnell mal hohe Steuerschulden auf."

Während vor Untiedts geistigem Auge Bilder von verzweifelten Gesichtern erschienen, fragte Katja Greets: „Und wie schlimm kann das werden?"

„Ganze Betriebe können dabei hopsgehen. Besonders schlimm ist das tatsächlich bei landwirtschaftlichen Betrieben. Da ist das ja viel mehr als ‚nur' die wirtschaftliche Existenz. Oft sitzen da Familien seit Generationen auf einer Hofstelle, gefühlt schon immer. Die haben Stammbäume wie Adelsfamilien und sind da auch nicht minder stolz drauf. Und wenn so jemand seinen Hof verliert ..." Betroffen von ihren eigenen Worten strich die Beamtin ihre Cordhose glatt.

Wieder flüsterte Sabine Lüders ihrer Vorgesetzten etwas ins Ohr.

„So wie bei Broder Evers?“, fragte Katja Greets. Untiedt horchte auf.

„Ehrlich gesagt, habe ich an Evers grade gedacht.“ Die Cordhose rutsche auf dem Stuhl hin und her. „Der war völlig untergegangen in seinem Papierkram. Hemke war für ihn zuständig. Die olle Geschichte ist bestimmt schon zwei Jahre her. Aber dass der Evers jemanden umbringt? Nee! Ich glaube, das ist eigentlich ein guter Kerl.“

Kapitel 7

Malte ging es großartig. Zwischen seinen Fingern rollte er die Scheine auf. Jede Menge Fünfer ein paar Zehner und Zwanziger. Wie geil war der Abend denn gelaufen. So viel Kohle hatte er schon lange nicht mehr auf Tasche. „Ey Alter, bei dir läuft's!“, hatte Nucki zu ihm gesagt, als er das Bündel aus der Tasche gezogen hatte, um für beide das Bier zu bezahlen.

„Du musst halt wissen, wie es geht, Nucki!“ Früher hatte er gerne mit den Scheinen rumgewedelt. Jetzt auch, aber nachdem er schon ein paar Mal übel abgezogen worden war, hatte er begriffen, dass das nicht so klug war. Schon gar nicht, weil er keinen Schutz mehr bekam, und das wussten die anderen auch. Auch Nucki, selbst wenn der so etwas wie ein Freund war. Jedenfalls würde er Nucki heute Nacht nicht wieder loswerden. Nicht bevor die Kohle alle war oder Nucki total zu. Zu spät, er hätte halt besser aufpassen müssen. „Willst du auch 'n Croque?“ Dämliche Frage, natürlich wollte Nucki. Nucki würde alles nehmen, was er ihm gab. Also auch noch ein Bier.

„Und 'ne Flasche Jägermeister“, grölte Nucki dem Wirt hinterher. Der drehte sich gar nicht erst um, als er in die Küche ging, um die Croques zu holen. Nucki grinste Malte wie ein Schneekönig an. Beide kannten das Spiel. Als der Wirt zurückkam, stellte er neben die fettig-schmierigen Teller mit den länglichen Broten die geforderte Jägermeisterflasche. Ohne großartige Mimik schaute er Malte direkt an, seine Hand hielt den Flaschenhals fest umschlossen.

„Ne, lass ma, Kalle“, sagte Malte kleinlaut, „mach ma lieber Korn.“ Ebenso wortlos, wie der Wirt mit dem Kräuterschnaps an den Tresen gekommen war, ging er auch damit wieder.

„Alter, Bert, is doch nich so dicke, wa?“, stänkerte Nucki, „oder musst du noch bei Michi abliefern?“

„Ich mach immer noch auf eigene Rechnung“, log Malte und baute sich, so gut es ging, vor Nucki auf. „Und wenn du mich noch einmal Bert nennst, kriegst du richtig. Dass das mal klar ist!“ Dabei stieß er ihn heftig vor die Brust. Und weil Malte das Geld hatte, kam Nucki mit erhobenen Händen beschwichtigend zurück.

„Alles cool, Alter. Wollt’ ja nur ’n Spaß machen.“

„Euern Spaß könnt ihr draußen machen. Für euch ist hier heute Feierabend!“, sagte Kalle der Wirt, der plötzlich wieder am Tresen stand und die Flasche billigen Korns auf die Theke knallte. „Und du“, dabei fasste er Malte fest in den Blick, „du gibst mir jetzt die 45 Eier für die Croques und den Korn. Das letzte Bier geht aufs Haus, aber hier ist Ruhe.“ Dabei wies er mit ausgestrecktem Zeigefinger auf den Platz vor seiner Kneipe. „Ha’m wir uns verstanden?“

Hatten sie. Malte prökelte die passenden Scheine auseinander und stellte fest, dass gar nicht mehr so viel übrig war, wie er gedacht hatte. Schnell steckte er den Rest wieder ein. Dann schnappte er sich sein Brot und die Kornflasche. Auch Nucki nahm das Brot vom Teller und biss sofort gierig ab. „Blöder Wichser“, murmelte Malte, als er weit genug weg war, um sicherzugehen, dass Kalle der Wirt ihn nicht mehr hören konnte.

Ganz selbstverständlich gingen beide Richtung Tine-Brunnen, ohne sich auch nur mit einem Wort darüber abzusprechen. Sie kauten ihr Brot und kleckerten sich mit der dünnen Kräuter-Joghurt-Soße die Jacke voll. Hin und wieder wechselte die Kornflasche zwischen den beiden. Mittlerweile war die Stadt fast wie ausgestorben. Nur gelegentlich huschte noch eine Gestalt über den Platz vor der Kirche zur Roten Pforte oder entgegengesetzt zur Neustadt oder den Schlosspark. Alle hielten tunlichst Abstand zu den angetrunkenen und ziemlich abgerissenen jungen Kerlen, die jetzt auf der Brunnenmauer vor der Tine saßen.

„Du hast vorhin Scheiße erzählt, oder?“ Nuckis Augenlider waren mindestens so schwer wie seine Zunge. Hätte er Paste gehabt, hätte er sie jetzt genommen, um wieder draufzukommen. Hatte er aber nicht. Also wurde er müde.

Malte ging es genauso. „Was meinst du?“ Hier war niemand, für den es sich lohnte, sich aufzuplustern. Außerdem war er total groggy.

„Na vorhin, mit Michi und dieser Kleinen.“ Nucki konnte kaum den Faden behalten. Sein Kopf sackte immer wieder auf die Brust, und fast wäre er von der niedrigen Mauer gerutscht. Dann zuckte er wie durch ein Wunder hoch und war für Sekunden wieder wach. „Du hast einen für Gjata umgehauen.“ Dann senkte er sich in Zeitlupentempo schwer wie eine Bahnschranke zur Seite und blieb auf der Mauer liegen.

Um Nucki nicht zu wecken, stellte Malte die Kornflasche so vorsichtig er konnte neben die Mauer auf den Boden. Sie fiel trotzdem um und rollte scheppernd über das Pflaster. Nucki zuckte nicht einmal mehr. Höchste Zeit, sich zu verpissen. Hoffentlich ist Michi noch wach, dachte Malte. Daran, dass sein Kumpel vermutlich bald höllisch frieren würde, verschwendete er keinen Gedanken. Es wäre ihm aber auch sonst scheißegal gewesen.

Kapitel 8

Bei der Nachbesprechung der Befragungen im Heider Finanzamt zeigte sich, dass sämtliche Kollegen des Toten den Landwirt Broder Evers für einen ‚guten Kerl' hielten, der einfach nicht mehr in der Lage war, seine Finanzen zu überblicken. „Trotzdem suchst du zusammen, was du über ihn finden kannst, Sabine. Untiedt und ich werden ihm möglichst bald einen Besuch abstatten, da möchte ich wissen, was mich erwartet." Die blonden, zum Pferdeschwanz gebundenen Haare der Polizeikommissaranwärterin wippten eifrig umher, als ihre Besitzerin bestätigend nickte.

Anschließend erzählte Untiedt von seinem Besuch bei Hemkes Eltern, und ihm fiel auf, dass Katja Greets es geschafft hatte, die Gesprächsführung vollständig zu übernehmen und ihn in die Rolle des Berichterstatters zu drängen. „Leider hab' ich zu Hemkes Freundin nur den Vornamen erfahren: Selina! Konntet ihr mehr zu der Frau herausfinden?", fragte Untiedt zum Abschluss und erntete damit nur Schweigen. Offensichtlich hatte gestern niemand mehr daran gedacht, nach dieser Selina zu fragen. Das war dann wohl der Nachteil eines Fragenkatalogs. Was nicht drinstand, wurde auch nicht erfragt. Selbst wenn es als Anweisung hinterherkam.

Vielleicht hatte aber auch niemand während der Befragung die Nachricht gelesen. Oder Katja Greets hatte im Eifer des Gefechts vergessen, sie an ihr Team weiterzuleiten, dachte Untiedt, als er sah, wie Onay und Lüders sich verwundert anschauten.

„Leute ...", tat Katja Greets empört, wurde aber sofort von Untiedt unterbrochen: „Was habt ihr denn mit dem Dienstrechner von Hemke erreicht?"

Das Kribbeln eines heißen Schauers stieg Katja Greets bis zum Scheitel, und sie wusste instinktiv, dass Untiedt, nachdem er ungewollt ihren ersten Fehler offengelegt hatte, sie vor einem zweiten bewahrte.

Und auch Polizeiobermeister Özcan Onay, der die atmosphärischen Spannungen zu spüren schien, nahm den Ball dankbar auf: „Das gab ein ewiges Hin und Her wegen Datenschutz. Aber jetzt ist der Computer bei den Freaks in der KTU. Die stellen uns den Rechner morgen früh fertig hin."

„Sicher?", hakte Katja Greets nach, bemüht, die Fäden wieder in die Hand zu bekommen.

„Sicher, Katja", sagte Onay breitbeinig im Raum stehend mit den Händen hinter dem Rücken verschränkt. „Die waren sich absolut sicher. Das Ding ist nur mit einem persönlichen Passwort gesichert, meinten die. Alles kein Problem."

„Dann drücken wir mal die Daumen ...", sagte Untiedt und machte Anstalten, sich aus seinem Sitz zu erheben, ließ sich aber sofort wieder in den Stuhl sinken und schaute Katja Greets an.

Die war noch immer mit sich selbst beschäftigt und brauchte deshalb eine winzige Sekunde, um zu reagieren, erfasste dann aber die Situation: „Okay, die Aufgaben sind verteilt. Sabine, du kümmerst dich morgen gleich als Erstes im Finanzamt noch einmal um diese Selina. Nimm das Foto von ihr mit. Und du vergiss Evers nicht, Özcan!", dabei schaute sie Polizeiobermeister Onay scharf an. „Sobald der Rechner zugänglich ist, will ich Bescheid haben. So weit alles klar?" Ein allgemeines Nicken war die Antwort. „Dann los. Nächste Besprechung morgen Elfhundert!"

Die Runde löste sich auf, und schnell waren alle beschäftigt und in Arbeit versunken. Dass Untiedt nach einer Weile ebenfalls aufstand und das Büro verließ, registrierte Katja Greets nur aus dem Augenwinkel. Sie nahm sich vor, ihm gleich für die ‚Rettungsaktion' von vorhin zu danken. Im Ärger über ihren Fehler hätte sie doch fast noch das Team gestaucht und beinahe den Bockmist, den sie verzapft hatte, auf ihre Leute abgewälzt. Den Bock hätte sie dann so schnell wohl nicht wieder geradebiegen können. Er hätte mich auch voll auflaufen lassen können, dachte sie. Hatte er aber nicht. Im Gegenteil: Das war ziemlich elegant gelöst von ihm, wie er sie gerade noch davon abgehalten hatte, musste sie zugeben. So tippte sie weiter an ihrem Bericht.

Als sie schließlich ihre Konzentration vom Bildschirm löste und ihre Gedanken sich neu sortierten, war Untiedts Arbeitsplatz leer und auch der Rest des Gebäudes schon verwaist. Der Wunsch nach Entschuldigung ließ sie nicht los, und sie suchte die Telefonnummer des Lindenhofes in Lunden heraus und rief an. Zu ihrer Überraschung hatte sich niemand mit dem Namen Untiedt einquartiert. Sie legte auf, fuhr den Rechner runter, verließ das Revier und radelte heim. Sie hätte ihn auch auf Handy anrufen können, fiel ihr ein. Wieso hatte sie das nicht getan? War der Anruf im Hotel nur ein Vorwand für sie gewesen, ihm nachzuschnüffeln, fragte sie sich selbst. Um eine Antwort zu vermeiden, hielt sie an und scrollte in der Kontaktliste ihres Handys auf J.

Kapitel 9

‚Scheiß Fotze', dachte Malte und balancierte über eine säuerlich ausdünstende Tussi, die Michi gestern Abend mit in die Wohnung geschleppt hatte, hinweg. Wollte ihm den Schlafplatz streitig machen. ‚Nicht mit Malte!' Voll wie ein Klo war die, als er sie vom Sofa gestoßen hatte. Und jetzt lag sie immer noch so da, und er musste über sie rübersteigen. Im Badezimmer schaute Malte in den Spiegel. Haarewaschen könnte nicht schaden. Und die Speedpickel wurden auch ständig mehr. Daran, dass er stank wie ein Büffel, hatte sich seine Nase bereits gewöhnt, es fiel ihm selbst gar nicht mehr auf. Er überlegte ernsthaft, mal wieder zu seiner Mutter zu gehen. Wäsche waschen und was essen. Ihm war schlecht vor Hunger. Der Anblick der Toilette war widerlich. Auf einer sauberen Toilette sitzen, geil. Aber dann dachte er an seinen Vater ... Als er aus dem Bad kam, war Michi auch schon wach. „Ist noch was zu fressen in der Bude?"

Michi hatte gefickt. Deshalb war er ganz gut drauf. Trotzdem sah er aus wie ausgekotzt. „Besorg dir selbst was", blaffte er zurück, „ich hab dich gestern schon durchgefüttert."

Toastbrot mit Ketchup, Malte erinnerte sich. Sein Magen auch. „Hab keine Kohle. Außerdem hat die doch fast alles alleine gefressen." Verächtlich schob er sein Kinn in Richtung des halb nackten Mädchens auf dem Fußboden. Wie ein Kadaver, dachte er angewidert und freute sich, dass ihm das Wort eingefallen war, Kadaver.

„Ich kann dir was geben ... Aber Alter, gestern! Hör auf, so eine Kacke zu labern. Wenn das die Albaner mitkriegen, die ficken dich richtig!" Michi war kein Stück besorgt um ihn, das war Malte klar. Aber angepisst war er. Wahrscheinlich hatte er selber Schiss. Er musste wirklich die Fresse halten, dachte Malte. Zum Glück hatte er nicht alles erzählt, zumindest hoffte er das. Und Nucki hatte sich sowieso das Hirn weggeballert.

Michi ging kurz aus dem Zimmer und kam mit drei kleinen Plastiktütchen wieder. „Aber ich sag dir das, Bert: Heute abend rückst du mit der Kohle rüber. Ich hab' keinen Bock, da wieder drauf zu warten!"

Malte hasste es, wenn man ihn Bert nannte. „Schon gut, Alter. Reg dich ab." Malte zog ein Handy aus der Hose, öffnete die Hülle und stopfte die Tütchen da hinein, wo eigentlich der Akku hingehörte. Hätte er Michi gestern nicht seine letzten Kröten abgedrückt, müsste er jetzt nicht auf die Straße. Aber dann hätte Michi ihn einfach vor der Tür stehen lassen.

Um kurz nach sieben latschte Malte am Bahnhof entlang, fand aber keinen Abnehmer. Also zum Dock-Koog! Ihm war saukalt, schlecht und er hatte Hunger. Und er würde jetzt bestimmt noch 'ne halbe Stunde laufen müssen. Mit dem Kopf tief zwischen den Schultern schaute er gen Himmel und hoffte, dass aus dem gleichmäßigen Grau nicht doch Regen fiel. Er war noch nicht einmal bei der Hafenbrücke, da tastete er das erste Mal nach seinem Fake-Handy. Wenn er selbst etwas Paste nehmen würde, wäre der Hunger weg. Malte riss sich zusammen. Er musste alle drei Tüten verkaufen. Also schleppte er sich weiter am Außenhafen entlang bis zum Deich und über den scheißgraden Weg zum Dock-Koog runter.

Kapitel 10

Der nächste Vormittag begann schleppend. Nach der Erfahrung des Vortages war Katja Greets überrechtzeitig zum Dienst erschienen, nur um festzustellen, dass alle anderen anscheinend beschlossen hatten auszuschlafen. Sie selbst hatte kaum Schlaf gefunden. Wieder machte sich in ihr das Gefühl breit, nicht Teil des Ganzen zu sein, irgendwie außen vor zu stehen. Wie der sprichwörtliche Korken auf dem Wasser. Selbst als Lüders, Onay und die anderen zwar deutlich nach ihr, aber immer noch früher als sonst eintrudelten, verschwand ihre Beklommenheit nicht gänzlich. Und der gestrige Abend machte es nicht besser. Holger hatte sofort auf ihre WhatsApp-Nachricht reagiert und war zu ihr gekommen. Seinen Köter hatte er auch mit. Seit sie sich gelegentlich trafen, hatte er ihn. Das konnte Zufall sein. War es aber nicht. So gut kannte sie Holger mittlerweile. Sie hätte wetten können, dass er das Vieh nur hatte, um ungeschoren aus dem Haus zu kommen und sie zu bumsen. Sie hatte es ihm nie gesagt, aber genau so fühlte es sich an. Jedenfalls seit ein paar Wochen. Er kam, rein, raus und ging. Und sie fühlte sich schlecht und benutzt. Wieso rief sie ihn überhaupt noch an? Was wollte sie eigentlich noch von ihm?

Überraschenderweise war es Untiedt, der als Letzter kam. Ungeduldig sprang Katja Greets auf, als ihr Kollege das Büro betrat und sich noch grußlos von seiner Jacke befreite.

Sie wollte gerade die Bürotür schließen, da drängte sich Özcan Onay durch den kleiner werdenden Spalt. „Tschuldigung, Katja. Bin sofort wieder verschwunden." Er grinste breit in die Runde. „Hier! Das Erste, was ich zu Evers habe. Wird euch interessieren." Voll jugendlichem Elan klatschte Onay je einen Stoß zusammengetackerter Blätter auf Untiedts Seite des Arbeitsplatzes und auf die Seite seiner Vorgesetzten. Mit einem freundlichen und zufriedenen „Tüß" verschwand er genauso schnell, wie er hereingeplatzt war.

Das Foto eines Mittfünfzigers mit der Bildüberschrift ‚Broder Evers' zeigte unmissverständlich, worum es in den Papieren ging. Sosehr das Dossier Untiedt auch interessierte, ein Blick zu seiner Kollegin sagte ihm: Es musste warten.

Katja Greets schloss die Tür mit einem deutlich vernehmbaren Atemzug. Auch sie hätte sich jetzt liebend gern auf die Neuigkeiten gestürzt. Zum einen, weil Onay ihre Neugier geweckt hatte, viel mehr noch aber, weil die Entschuldigung für sie ein Angang war. Trotzdem, sie musste es endlich hinter sich bringen. „Karsten, hör zu. Gestern bei der Besprechung ..."

Pervers laut, wie Katja Greets empfand, zerriss das Klingeln von Untiedts Handy ihren Rede- und Gedankenfluss. Nach kurzem Blick aufs Display ging

Untiedt ran, hob entschuldigend die Hand und drehte sich automatisch zur Seite. So sah er nur flüchtig, wie seine Kollegin genervt oder frustriert die Augen verdrehte. „Moin Meier!“, begrüßte Untiedt seinen Gesprächspartner, und Greets nahm das erste Mal einen völlig neuen Ton in Untiedts Stimme wahr. So etwas wie Überschwang oder Freude, jedenfalls etwas, das ihn sympathischer erscheinen ließ. Auf alle Fälle schien die Person am anderen Ende der Leitung Untiedt mit jedem Wort mehr Energie einzuflößen. Untiedt wuchs förmlich aus seinem Bürostuhl heraus, bis er schließlich stand und, noch immer am Handy, seine Jacke von der Stuhllehne nahm. Viel schneller, als sie nach der Begrüßung vermutete, war die Unterhaltung dann aber auch schon wieder beendet. „Schnapp dir deinen Mantel, Katja!“, rief er ihr zu und eilte aus dem Büro.

Während sie sich in ihre enge Lederjacke zu winden versuchte, hastete Katja Greets ihrem Kollegen durch die Flure des Polizeireviers hinterher.

„Wo ist denn dein Mantel?“, fragte Untiedt leicht amüsiert, als er mit einem Blick über die Schulter die akrobatischen Verrenkungen seiner Kollegin sah.

„In der Reinigung, Karsten!“ Mit hopsenden Schritten schloss sie zu ihm auf. „Klär mich mal auf, wo der wilde Ritt nun hingeht.“

Oh, die rasante Fahrt durch Heide. Karsten Untiedt verstand die Anspielung auf ihre erste gemeinsame Autofahrt und bekam den Hauch eines schlechten Gewissens, musste aber trotzdem grinsen. „Wir fahren nach Husum, die Kollegen da haben was für uns."

Erst als sie neben Untiedt im Auto saß, realisierte Katja Greets, mit welcher Selbstverständlichkeit Untiedt auf seinen Dienstwagen zugesteuert war. Wer fährt und mit welchem Wagen, war gar keine Frage gewesen. Natürlich stank ihr das, aber gesagt hatte sie auch nichts. Das stank ihr wahrscheinlich noch viel mehr. Sie war ihm treu hinterhergedackelt, und nun war sie die Sozia und saß auf dem Beifahrersitz.

Aus Heide raus und auf die Schnellstraße nach Norden ging es zügig, obwohl Untiedt jetzt viel besonnener fuhr, wie Katja Greets beruhigt feststellte. „Wer ist dieser Meier?", fragte sie, bekam aber keine Antwort. Von seinem Schweigen überrascht, schaute sie zu ihrem Kollegen rüber. Der starrte völlig stier auf die Landstraße. Sie waren mittlerweile auf der langen Graden vor Hemme, und sie bemerkte, wie sich Untiedts Finger immer fester um das Lenkrad schlossen. Schneller und schneller fuhren sie die B5 Richtung Norden. Das Tacho zeigte schon beinahe 120 km/h. Ein Fehler, den eigentlich nur noch Touristen oder andere Auswärtige teuer bezahlten. Einheimische wussten, dass der Kreis Dithmarschen hier gewinnbringend in eine Überwachungssäule investiert hatte. Sie wusste das auch, und sie beobachtete, wie sich Untiedts Finger am Lenkrad allmählich weiß färbten und er einen immer ernsteren Gesichtsausdruck bekam. Er schien regelrecht zu verkrampfen. Und das, obwohl er vor wenigen Minuten noch gut drauf gewesen war. Sie hatte keine Erklärung dafür. „Du solltest ein bisschen vom Gas gehen." Keine Reaktion. „Da vorne blitzen die!"

Aber anstatt die Geschwindigkeit zu reduzieren, trat Untiedt nur noch mehr ins Pedal. Er machte schon Anstalten zu überholen, da schrie sie ihn förmlich an: „Mach keinen Scheiß, fahr langsamer!" BLITZ! Zu spät.

„Scheiße!", schrie Untiedt und schlug aufs Lenkrad.

„Verdammt, willst du uns umbringen?", fuhr sie ihn an. „Die Blitzer stehen nicht zum Spaß da. Hier fährt sich alle nasenlang einer die Ohren ab. Und du weißt das!" Katja Greets' Puls raste. Sie hätte Untiedt schlagen können. Aus Angst, weil er am Lenkrad grade fast durchgedreht war. Jedenfalls sah das für sie so aus. Aus Wut, weil der Arsch einfach wieder nicht auf sie hörte. Und vielleicht auch aus Ärger, weil sie bei dieser bescheuerten Aktion mit im Auto saß. Was für ein Blindgänger, dachte sie, aber auch: Reiß dich zusammen, Katja! „Das ist 'ne Einsatzfahrt, Karsten", sagte sie stattdessen, „zwei, drei Telefonate, dann ist das vergessen." Nur nicht noch mehr Öl ins Feuer gießen, war ihre Devise. Diese Sätze in ruhigem Ton herauszubringen kostete sie unendliche Mühe. Viel lieber hätte sie ihn weiter angeschrien, besser noch am Kragen gepackt und geschüttelt. Aber was sollte das bringen? Dieser Stimmungsumschwung bei Untiedt gefiel Katja Greets überhaupt nicht. Er beunruhigte sie vielmehr, und sie hoffte, ihn irgendwie wieder auf Normaltemperatur bringen zu können. Aber dafür musste sie selbst runterkühlen.

Hinter Tönning endete die Schnellstraße, und wer dann auf der B5 nicht durchdrehte, war mindestens Yoga-Meister. Doch zu ihrem Erstaunen beruhigte Untiedt sich aber mit jedem Meter mehr, den sie die Eiderbrücke hinter sich ließen. Das war schlicht völlig unerklärlich, angesichts der Tatsache, dass sie sich nun mit 60 km/h mitten in eine endlose Schlange von Wohnmobilen einreihten.

„Schmidt!"

Irritiert schaute Katja Greets zu ihrem Kollegen. „Was?"

„Du wolltest doch wissen, wer dieser Meier ist." Untiedt sah wieder normal aus.

„Ja, ... vor fünfzehn Minuten."

„Meier heißt eigentlich Schmidt", sprach Untiedt ungerührt weiter, so als wäre nichts gewesen. „Den kenne ich noch aus unser' gemeinsamen Zeit auf der Polizeischule in Eutin. Und weil Schmidt so ein Allerweltsname ist, hat unsere Stube damals beschlossen, ihn Meier zu nennen." Untiedt schien sich noch heute über diesen unfassbar originellen Witz zu amüsieren.

Und obwohl Katja Greets beim Thema Ausbildung in Eutin das Lachen regelmäßig verging, rang sie sich ein belustigt klingendes „Ist ja logisch" ab.

Untiedt kam in Plauderlaune: „Hast du in der Ausbildung eigentlich auch einen Spitznamen verpasst bekommen?"

Augenblicklich war Katja Greets wieder junge Anwärterin auf der Polizeischule: ‚Gerät, du bist die Nächste!‘ Ein Satz hatte gereicht, um klarzumachen, wie ihre Ausbilder über sie sprachen. Wie gierig sie sie anschauten, hatte sie schon vorher bemerkt. Danach brachen bei einigen ihrer männlichen Mitschüler alle Dämme. Von nun an war sie das Gerät. Wahlweise hörte sie auch: ‚Mit Greets geht's!‘ Sexismus war vor zwanzig Jahren schon scheiße und vor allem allgegenwärtig. Und an die Hilflosigkeit, an das machtlose Gefühl würde sie sich auch mit achtzig Jahren noch erinnern können. ‚Stellen Sie sich nicht so an, Greets!‘, klang es in ihren Ohren nach. Damit war die Sache für den Dienststellenleiter erledigt gewesen, als sie sich erdreistet hatte, sich zu beschweren. „Nein, ich hatte keinen Spitznamen“, log Katja Greets, „und du?“

Die restliche Fahrt über reihte Untiedt eine Ausbildungsanekdote an die andere. Er legte eine Lockerheit an den Tag, die Katja Greets ihm noch vor Minuten nicht zugetraut hätte. Trotzdem waren diese Geschichten für sie nur schwierig zu ertragen. Vor allem bestimmte Namen von Ausbildern erzeugten bei ihr schlagartig Brechreiz. Und so war sie dankbar, dass es Untiedt nicht auffiel oder schlicht egal war, dass sie nichts zu dieser Unterhaltung beitrug.

Nachdem Untiedt den Wagen am Bahnhof gewendet hatte und nun in Fahrtrichtung vorm Husumer Polizeirevier parken konnte, stieg sie erschöpft aus. Untiedt hingegen wirkte frisch wie der Frühling. „Fluchtwagenfahrer ...“, scherzte er, „gelernt ist gelernt!“ und schlug die Autotür zu.

Dunkel erinnerte Katja Greets sich, dass in den Geschichten, die Untiedt ihr gerade eben erzählt hatte, auch ein Fahrertraining vorkam. Matter, als sie wollte, sagte sie: „Bravo, Untiedt. Hab' ich auch mal gelernt." Aber diese Spitze konnte Untiedt offensichtlich nicht irritieren, und so betraten sie als ziemlich ungleich gelauntes Ermittlerpaar das Polizeirevier Husum.

Kapitel 11

Während Katja Greets noch das Mäppchen mit ihrem Dienstausweis aus der viel zu kleinen Innentasche ihrer Lederjacke herausfriemelte, war Untiedt schon am Pförtner vorbeimarschiert und wartete nun im Halbdunkel des Treppenhauses auf sie. Wieder blieb ihr nichts anderes übrig, als ihm doof hinterherzulaufen. Zu ihrer Verwunderung trafen sie am Ende der Treppe in den ersten Stock keinen Schmidt oder Meier, sondern Polizeihauptmeister Hansen, wie ihr die Uniform verriet. Anders als sie sah ihr Kollege nicht überrascht aus. Vermutlich hatte er am Telefon ein paar Informationen mehr erhalten und es nicht für wichtig erachtet, sie auch ins Bild zu setzten.

Hohes hartes Friesengewächs, erinnerte sich Untiedt spontan an ein altes Gedicht aus seiner Schulzeit. Auf Volker Hansen passte das. Zwar war er nicht besonders groß oder kräftig, eher drahtig. Alles im Durchschnitt. Aber sein Gesicht erzählte Geschichten. Interessiert betrachtete Untiedt den langen Schmiss, der sich vom Ohr über den Hals bis unter den Uniformkragen zog. Hansen war nicht entstellt, aber deutlich gezeichnet. Vielleicht auch deswegen war Hansen so etwas wie eine Legende. Untiedt wusste im Grunde nur, dass Hansen früher beim KSK, Kommando Spezialkräfte, gewesen war, und allein das nötigte ihm schon gehörigen Respekt ab. Mitglied in einer der berühmtesten deutschen Spezialeinheiten, total in sich ruhend, Narben wie ein alter Pitbull-Rüde. „Guten Tag Herr Polizeihauptmeister Hansen, ich bin Kriminalhauptkommissar Karsten Untiedt, und das ist meine Kollegin Kriminaloberkommissarin Katja Greets."

Katja Greets schaute Untiedt leicht verwundert an, hatte ihre erste Begegnung mit Untiedt doch einen ganz anderen Anfang genommen. Ohne eine Reaktion abzuwarten, reichte sie Hansen die Hand und sagte: „Katja, moin!"

Hansen lächelte und gab ihr die Hand. Alte Brandwunde, dachte sie, griff aber trotzdem beherzt zu. Dann reichte er auch Untiedt die Hand und stellte sich als Volker vor. „Vielleicht wundert ihr euch, dass ausgerechnet ich euch hier in Empfang nehme. Eigentlich mache ich ja seit Jahren nur noch Prävention in den Schulen: Fahrradführerschein, alles, was mit Drogenprävention zu tun hat, Umgang mit Handys und Medien und das alles."

„Nö", sagte Katja Greets, „ich wundere mich über überhaupt gar nichts mehr, Volker!" und blitze Untiedt von der Seite an. „Aber Karsten hat auf dem Weg hierher erzählt, dass ihr was für uns habt."

Hansen lächelte sie wieder an. „Stimmt, Katja! Um es kurz zu machen: Durch die Arbeit mit den Jugendlichen kenne ich viele von unseren Pappenheimern schon, seitdem die in der Grundschule waren. Malte Böttcher, genannt Bert, ist so einer. Um den geht es. Noch keine zwanzig, aber den Leberschaden kannst du schon in seinen Augen ablesen."

Greets und Untiedt nickten. Auch sie kannten zu viele dieser gescheiterten Jugendlichen. Trotzdem wussten beide immer noch nicht, worauf Hansen hinauswollte.

„Also, dieser Malte Böttcher ist ein bekannter Kleindealer hier bei uns in Husum. Von dem wissen schon die Neulinge in der Szene, dass der keinen Saft mehr in den Knochen hat. Und ausgerechnet der erzählt jetzt, dass er für die Gjatas einen Typen weggeklatscht hat."

„Das hört sich ja ganz interessant an, Herr Ha... Volker, aber was hat das mit uns zu tun?", fragte Untiedt, und bevor Hansen weitersprechen konnte, „und vielleicht habt ihr einen Raum …" Er schaute demonstrativ über Hansen und Katja Greets hinweg.

„Ja klar", sagte Hansen und setzte sich zögerlich in Bewegung. Untiedt und Katja Greets trotteten ihm hinterher, während Hansen über die Schulter weiter mit ihnen sprach. „Also, erst einmal habt ihr nichts damit zu tun. Die Geschichte halten alle sowieso nur für Wichtigtuerei. Aber die Gjatas würden Bert, also Malte Böttcher, ganz gewiss keinen Job mehr geben. Der ist schon viel zu kaputt."

„Bevor du weitermachst, Volker", bat Katja Greets, „wer oder was sind die Gjatas?"

„Gute Frage, Katja! Hier kennt die jeder. Das sind im Wesentlichen drei Brüder mit ihrer Familie. Denen gehören einige Häuser in der Neustadt, Dönerlokale, ein Wettbüro, so etwas halt." Während sie sein Büro betraten, redete Hansen einfach weiter. Beruhigt stellte Katja Greets fest, dass es auch nicht größer war als ihres. „Hausintern vermuten wir, dass die die Drogenszene hier im Griff haben, nachweisen konnten wir aber nichts. Wir wissen nicht, wie die sich organisiert haben. Aber klar ist, dass hier in der Stadt kein Kleinkrimineller was macht, was gegen deren Interessen läuft."

„Das kommt mir ja alles nicht ganz unbekannt vor", sagte Katja Greets etwas enttäuscht, „aber Untiedt hat recht mit seiner Frage. Was hat das mit uns zu tun? Ich sehe da keinen Zusammenhang." Sie und Untiedt setzten sich. Hansen blieb stehen.

„Kommt noch", nahm er den Faden wieder auf. „Kollegen haben heute Morgen ...", er schaute auf seine Armbanduhr, „... also vor etwas mehr als zwei Stunden, am Dock-Koog beobachtet, wie Bert einem Obdachlosen was verkaufen wollte. Als er die Kollegen gesehen hat, ist er gleich abgehauen. Aber jetzt kommt's", sagte er mit wichtigem Gesichtsausdruck und machte eine Spannungspause, „dabei hat der Depp sein Handy fallen lassen. Das haben die Kollegen dann an sich genommen. Ihr kennt das vielleicht: Ist bei den Kleindealern und Junkies ein beliebtes Versteck. Die haben zwei Handys, eines hat keinen Akku. In dem Akkufach lassen die dann irgendwelches Zeugs verschwinden. In Berts Handy war Paste, also Aufputschmittel. Der letzte gestreckte Dreck für fünf Euro das Tütchen."

Mit übergeschlagenen Beinen und vor der Brust verschränkten Armen stand Hansen an die Arbeitsplatte seines Schreibtisches gelehnt vor seinen Kollegen aus Dithmarschen.

Katja Greets wurde etwas ungeduldig: „Das ist ja ganz interessant, Volker. Aber das kenne ich aus Heide auch. Und deswegen sind wir doch ganz sicher nicht die B5 nach Norden gezuckelt, oder?“

Volker lächelte unbeirrt. „Das Handy, das die Kollegen gefunden haben ...“ Hansen machte eine weitere bedeutungsschwangere Pause.

„Nun ist gut, Volker. Spann uns nicht auf die Folter“, sagte Untiedt.

Hansen grinste und ging um seinen Schreibtisch herum. „Das Handy ist ziemlich zerditscht. Das Display gesprungen, auch mit neuem Akku geht es nicht mehr an. Aber jetzt kommt's! Auf der Rückseite hat es eine Gravur: T. Hemke.“

Untiedt und Katja Greets schauten sich überrascht an.

„Und als wir nach dem Namen gesucht haben, sind wir auf eure Ermittlungen gestoßen.“ Hansen zuckte entschuldigend mit den Achseln, als er ein Handy in Klarsichttüte aus seiner Schreibtischschublade angelte. „Mir ist klar, dass da jetzt wohl keine brauchbaren Spuren mehr zu finden sind. Aber die Kollegen von der Streife hatten ja keine Ahnung, was ihnen da in die Hände gefallen war.“ Er reichte das Handy an Untiedt weiter.

Der drehte das Handy, zog die Tüte glatt über die Rückseite und las und befühlte die Gravur. Dann gab er es weiter an seine Kollegin. Auch sie schaute sich das Handy genau an und ließ es in die Jackentasche gleiten. „Das Handy ist ja ganz schön und gut, Volker. Die KTU kann da bestimmt noch etwas herauspressen. Aber wie kommt dieser Vogel, von dem du erzählt hast ..."

„Malte Böttcher, genannt Bert!", ergänzte Hansen.

„... also wie kommt Bert an das Handy?", fragte Katja Greets.

„Keine Ahnung, Katja. Aber darum rede ich ja mit euch. Wenn es euch passt, versuchen wir ihn gleich zu finden."

Wieder schauten Katja Greets und Untiedt sich kurz an. Dann stimmten sie zu.

Kapitel 12

Kopflos und außer Atem kam Malte in Michis Wohnung gestolpert. Eigentlich hatte er gehofft, nicht auf Michi zu treffen. Schließlich hatte er weder das Geld, das er ihm nun schuldete, noch etwas zu essen. Aber wo sollte Michi schon sein? Zum Glück war er beschäftigt, stellte Malte erleichtert fest. Die dämliche Tussi lag immer noch vor dem Sofa. Nun aber ganz nackt. Bestimmt noch völlig breit, dachte Malte. Garantiert hatte Michi sie grade gefickt. Vielleicht sollte er Michi fragen, ob er auch über sie rüber darf. Aber sicher nicht jetzt. Außerdem machte Michi sich grade daran, ihr sein Tattoo auf den Handrücken zu stechen. Einen Stern. Sah immer richtig kacke aus. Kein Wunder, Michi konnte ja auch nicht wirklich tätowieren. Aber er fand das irgendwie witzig. War halt sein Zeichen. Würde sie schon merken.

Malte wollte sich gerade in die Küche verkrümeln, als Michi schrie: „Bert, hol ’n Eimer. Schnell!“ Außerdem hörte er ein Würgen. Ihm wurde klar: Die Tusse kotzt gleich. Er griff sich den Eimer unter der Spüle und rannte zu Michi. Verdammt, dachte er, die Schlampe göbelt hier wirklich hin. Da hielt er ihr gerade noch rechtzeitig den Eimer unter.

Janine war völlig benommen. Alles drehte sich. Verwirrt bäumte sie sich auf, nahm zwei Typen nur schemenhaft wahr und übergab sich in den Eimer, der einfach so vor ihr auftauchte. Dann flirrten ihre Augen, und sie fiel zurück auf den Teppich. Unsortiert durchzuckten Schlaglichter von Erinnerungen ihr Gehirn. Dieser Typ am Tine-Denkmal mit der Wodkaflasche. Sie im Bad, wie sie sich föhnte, dies bittere Zeug, ihr Stiefvater, wie er ihre Hand griff und sie zwang ... Wieder krümmte sie sich und erbrach sich abermals. Ihr Magen war leer und krampfte. Wo war sie eigentlich?

Nach dem zweiten Kotzanfall stellte Malte den Eimer zur Seite und warf dem Mädchen die Decke vom Sofa über. Die Kleine war noch ziemlich weg, und die nächsten Stunden würde es ihr echt beschissen gehen, das wusste er aus eigener Erfahrung. Ein bisschen fühlte er mit ihr. Wie alt war sie, vierzehn? Irgendwie so.

„Alter, spinnst du? Nimm die Decke weg und mach ein paar Fotos!“, sagte Michi. Dabei fummelte er umständlich an seinem Tätowierbesteck herum. Richtig sauber sah das nicht mehr aus.

Kapitel 13

„Ist nicht besonders weit", sagte Hansen und stieg hinten in Untiedts Dienstwagen ein. „Zuerst fahren wir zum Marktplatz, zum Tine-Denkmal. Normalerweise hängen da schon morgens einige von unseren üblichen Verdächtigen rum. Fahr mal hier gleich rechts hoch und dann am Hafen wieder rechts! Dann halten wir an der Roten Pforte."

Untiedt folgte den Anweisungen, konnte aber keine rote Pforte sehen.

„Fahr weiter, Karsten! Da ist heute Wochenmarkt. Hatte ich vergessen. Vorne gleich links ..."

Okay, die Rote Pforte war also ein Parkplatz, dachte Untiedt und fuhr weiter nach Anweisung. Wenn er Hansen gefragt hätte, hätte der ihm erzählt, dass die Rote Pforte früher einmal ein Busbahnhof gewesen war. Das hatte er selbst auch nur auf einem Foto in einem der Geschäfte an dem Platz gesehen. Mehr wusste er nicht und gefragt hatte ihn auch niemand.

Schließlich hielten sie direkt an der Sankt-Marien-Kirche, und Hansen stieg aus. Drei verlorene Gestalten saßen tatsächlich bei einer bronzenen Frauenstatue: Tine, Fischersfrau mit Holzpantinen und Ruder in der Hand. Hansen wechselte mit den Kids ein paar Worte und kam zurück. Fehlanzeige. „Weiter zu Michael Gleiwitz. Die beiden sagen, dass Bert vielleicht bei dem zurzeit untergekrochen ist." Untiedt startete den Motor und wartete auf Anweisungen.

Kapitel 14

Michi konnte ein richtiges Schwein sein, dachte Malte. Aber was sollte er schon tun. Ohne Michi würde er auf der Straße pennen. Also trottete er zurück in die Küche und holte sein Handy aus der Jackentasche. Nur kacke, dass er das andere verloren hatte und jetzt die Bullen wussten, wo er sein Zeug versteckte. Das Mädchen, wie hieß das Ding noch gleich, tat ihm fast ein bisschen leid. Trotzdem zog er die Decke weg. Auf dem Display sah der käsig-weiße Körper der Kleinen auf einmal so verletzlich aus. Jasmin, Janine ... irgendwie so heißt sie doch, versuchte Malte sich zu erinnern. So langsam schien sie sich zu berappeln. Jedenfalls rollte sie sich zur Seite, von Michi weg. Der riss sie wieder auf den Rücken zurück. Die Kleine jammerte leise auf.

„Mach schon", befahl Michi, „aber pass auf, dass ich nicht drauf bin!" Während er mit einer Hand ihre Schultern runterdrückte, versuchte er irgendwie mit der anderen, ihr Bein zur Seite zu ziehen. „Hilf mir mal, verdammt!"

Malte wusste, was Michi wollte. Aber instinktiv schlug Jasmin oder Janine die Beine übereinander. Allmählich kam mehr Leben in sie zurück. Es sträubte sich in ihm, aber Malte half. Er zwängte einen Fuß zwischen ihre Schenkel, dann noch einen. Janine begann sich zu drehen und mit den Beinen zu strampeln. Malte kam ins Straucheln. Er verhedderte sich in der achtlos weggeworfenen Decke und stürzte krachend zu Boden. Sein Handy knackte. „Kacke", schrie er, „scheiß Fotze!" Rasende Wut stieg blitzartig in ihm auf, und Maltes Anflug von Mitgefühl war wie weggeblasen. Jetzt war auch noch sein richtiges Handy im Arsch. Dieses kleine Miststück musste büßen. Mit Hass im Bauch stürzte er sich auf Janine, drückte seine Knie auf ihre Oberarme und saß schwer auf ihrer Brust. Die würde schon merken ...

Nun kam sie immer mehr zu sich. Janine riss die Augen auf und fing an, sich panisch zu winden. Angst machte sich explosionsartig in ihr breit und schnürte ihr die Kehle zu. Immer verzweifelter versuchte sie, den Typen über sich loszuwerden. Sie strampelte, krächzte einen ersten Laut, befreite einen Arm und schlug damit den Kotzeimer um. Das Gesicht über ihr schaute kurz in Richtung des Eimers und verwandelte sich dann in eine Fratze aus Zorn. Die Hand, die sie dann traf, sah sie nicht. Wie ein heißer Nagel fuhr der Schmerz durch ihr Ohr direkt in ihren Schädel, und Janine verlor das Bewusstsein.

Auf den zweiten und den dritten Schlag reagierte sie nicht mehr. Bert schnaufte erschöpft. „Halt den Arm fest, du Arschloch!", schrie Michi, „jetzt krieg die kleine Stute mein Brandzeichen." Michi grinste. Er hatte seine Tätowiernadel parat. „Und wenn ich fertig bin, hast du den ersten Ritt frei!“ Dann setzte er die schmutzige Nadel auf Janines Haut.

Kapitel 15

Untiedt parkte den Passat hinter einer schrecklichen, runtergekommenen Mietsbruchbude. Alle drei stiegen aus. Hansen ging vorweg. Durch den offenen Hintereingang kamen sie in einen zugemüllten Hausflur. Hansen schob gerade einen noch ganz passablen Kinderwagen aus dem Weg, als so etwas wie ein Schrei Katja Greets elektrisch durchzuckte. Ihre Nackenhaare stellten sich auf, und auch ihre Kollegen hatten das Geräusch gehört. Hansen machte ein Zeichen. Untiedt und sie folgten ihm die Treppe hoch. Langsam, horchend. Aber es gab kein weiteres Geräusch. Vor der Wohnung von Michael Gleiwitz blieben sie stehen. „Ich hoffe, du hast das besondere Händchen, Volker", sagte Untiedt, „wenn dieser Gleiwitz uns nicht reinlassen will, sehen wir dumm aus. Wir haben keinen Durchsuchungsbefehl, nichts." Hansen nickte, und auch Katja Greets hatte nur zu oft erlebt, dass sie hilflos vor einer Wohnungstür gestanden und genau gewusst hatte, dass da drinnen irgendein Scheiß abgelaufen war. Nur hineingedurft hatte sie nicht.

Kapitel 16

Janines Kopf dröhnte. Ihr linkes Ohr fiepte schrecklich laut, und ihr Verstand versteckte sich hinter der weichen, wattigen Bewusstlosigkeit. Indem er einfach aussetzte, wollte er sie schützen, vor der Erniedrigung, vor der Scham und der Angst. Aber Michi drückte ihr die Nadel in die Haut. Viel zu tief, sodass ein neuer Schmerz Janine ins Jetzt zurückholte. Sie verstand nicht, was mit ihr geschah, warum sie ihre Hand nicht vom Schmerz fortziehen konnte, verstand nicht das sirrende Geräusch der Tätowiernadel, den sauren Geruch um sie herum, das erdrückende Gewicht auf ihrem Brustkorb. Sie sah nur zwei fratzenhafte Gesichter: geifernd, hasserfüllt. Und aus ihrem Entsetzen erwuchs ein animalischer, ein viehischer Schrei.

Als Hansen den zweiten Schrei hörte, zögerte er nicht einen Moment. Mit voller Wucht trat er gegen das flötige Türschloss, und der Verriegelungszapfen brach einfach aus der splitternden Zarge. Mit der gleichen fließenden Bewegung rollte er sich flach in den Flur und Untiedt ihm hinterher. Katja Greets sicherte, während beide weiter rechts in ein Zimmer vordrangen. Sie sah sie nicht, hörte nur ein Poltern, Schreie, Flüche. Schließlich schob Untiedt eine käsige Gestalt vor sich in den Flur der Wohnung. Mit einem plötzlichen Ruck drehte sich der aaldürre Kerl aus Untiedts Griff und rannte auf sie zu. Reflexartig zog sie den Ellenbogen hoch und nach vorn. Es gab ein lautes Knacken, und sie spürte an ihrem Arm etwas brechen. Malte Böttcher, genannt Bert, sackte vor Katja Greets einfach in sich zusammen. Beim Anblick seines völlig deformierten Unterkiefers wurde ihr schlecht. Erst als sie die ganze Situation erfasste, als sie das gequälte hilflose Mädchen sah, Hansen mit dem Knie in Michael Gleiwitz' Genick, das Tätowierzeug, da wich diese Übelkeit hilflosem Zorn. Sie waren zu dritt in dieses Loch von Wohnung gekommen, und Katja Greets wusste nicht, ob sie ohne ihre Kollegen ihre Aggressionen hätte bändigen können.

Kapitel 17

Es war Untiedt, der auf dem Rückweg als Erster die Stille durchbrach. „Das wird wohl ein paar Tage dauern, bis wir das Arschloch vernehmen können."

Katja Greets wusste nicht, was sie darauf antworten sollte, ob sie überhaupt darauf antworten sollte. Sie war noch immer wie in Nebel. Vermutlich stimmte der Gesprächsbrocken, der es vor Ewigkeiten bis zu ihr durch geschafft hatte. „... leichter Schock ...", hatte irgendwer zu irgendwem gemurmelt und auf sie gezeigt. Untiedt redete weiter, während er fuhr. Sie sagte nichts. Sie bekam es nicht einmal richtig mit.

Minuten später schoss ihr das Handy in den Sinn, Hemkes Handy. Sie griff in ihre rechte Jackentasche. Nichts. Dann tastete sie die andere Jackentasche ab, dann hektisch ihren ganzen Körper. Wo war das verdammte Ding?

Untiedt nahm ihre Bewegungen aus dem Augenwinkel wahr. „Was ist?", fragte er.

„Scheiße!"

„Was ist denn, Katja?", wiederholte er seine Frage.

„Das Handy ..."

„Welches Handy?"

„Na das Handy, verdammt! Das Handy, das Volker uns gegeben hat. Böttchers Handy. Es ist weg!“ Katja Greets' Stimme überschlug sich fast.

Untiedt atmete tief durch. „Schon längst auf dem Weg nach Kiel. Du hast vorhin noch mit diesem Holger Jungbier telefoniert. Weißt du das nicht mehr? Der meinte, dass er in Heide nicht die Möglichkeiten hat, ein kaputtes Smartphone zu knacken. Deshalb haben die Husumer Kollegen gleich jemanden mit dem Ding nach Kiel gejagt.“ Untiedt langte zu Katja Greets rüber und fasste ihren Arm. „Dich hat's vorhin ganz schön umgehauen, was?“

Einen kurzen Moment ließ Katja Greets die Berührung zu, dann entzog sie Untiedt ihren Arm. „Muss wohl, wenn ich mich nicht mehr daran erinnern kann! Wie geht es jetzt weiter, Karsten?“

„Zunächst einmal sollten wir auf ein Bier oder zwei ins Buddy's gehen. Gibt's das noch?“, fragte Untiedt.

Katja Greets war sich sicher, dass er sich allergrößte Mühe gab, so etwas wie Beschwingtheit oder Lockerheit in seine Stimme zu legen. Es wirkte. Dankbar stieg sie darauf ein: „Ja, das sollten wir tun, und ja, das gibt es noch ... Aber das meinte ich nicht.“

„Was Husum angeht, müssen wir wohl oder übel abwarten“, sagte Untiedt. „Der Böttcher muss erst operiert werden. Mit dem können wir die nächsten drei Tage ganz sicher nichts anfangen. Aber die Kollegen in Kiel brauchen bestimmt nicht lange für das Handy. So etwas machen die normalerweise zwischen zwölf und

Mittag.“ Untiedt atmete noch einmal tief durch. Dann nahm er die rechte Hand vom Lenkrad und fuhr sich damit durchs Haar. Auch an ihm war die Nummer in der runtergekommenen Bruchbude mit dem Mädchen, das vom Alter her leicht seine Tochter hätte sein können, nicht spurlos vorübergegangen. Abwechselnd sah er sie und diesen Bert vor seinem inneren Auge auf dem Boden liegen. Es dauerte eine Weile, bis er wieder aus seinen Gedanken auftauchte. „Glaubst du, dieser Schmierlappen bringt uns weiter?“

Katja Greets überlegte. „Böttcher? Die Frage ist doch, wie der in das Puzzle hineinpasst. Ich kann mir nicht vorstellen, dass einer wie Thoralf Hemke irgendetwas mit einem Typen wie Böttcher zu tun hatte.“

„Ich mir auch nicht“, pflichtete Untiedt ihr bei. „Aber wie kommt der an Hemkes Handy?“

„Genau das will ich ihn fragen, Untiedt.“

„Dann hättest du ihm nicht den Kiefer zertrümmern sollen, Greets!“ Untiedt lachte, aber kein heiteres Lachen. Es klang eher dumpf, verschluckt.

Und wenn Untiedt es gewesen wäre, der ihm den Kiefer gebrochen hätte, dachte sie, dann hätte sie auch so gelacht. Da war sie sich sicher. Und ihm auf die Schulter geklopft hätte sie auch.

Kapitel 18

Die kühle Morgenluft tat ihr gut, auch wenn sie etwas in den Lungenflügeln brannte. Schon schräg, dachte Katja Greets, sie als altes Heider Urgestein musste sich von einem Kieler Kollegen erzählen lassen, wie die Kneipe Buddy's, das Wohnzimmer ihrer Jugend, zu ihrem Namen gekommen war. Dass der Laden mal einem Typen gehörte, der ‚Buddy' genannt wurde, war jetzt nicht so überraschend. Aber dass der Typ quasi noch als Jugendlicher den Laden aufgemacht hatte, weil er für sich und seine Kumpels eine Pinte mit billigem Schnaps und guter Musik wollte, hatte sie nicht gewusst. Zu dumm, dass sie nach zwei Bier und einem Jägermeister so platt gewesen war, dass sie nur noch nach Hause gewollt hatte. Jetzt ärgerte sie sich. Gerne hätte sie gewusst, woher Untiedt die Kneipe und die Geschichte kannte. Auf alle Fälle hatte Untiedt irgendeine Beziehung zu Heide. Irgendetwas verheimlichte er ihr, und sie hätte nur zu gerne gewusst, was.

Untiedts Passat stand nicht auf dem Parkplatz. Wenn er noch nicht da war, musste er gestern noch gefahren sein. So hatte sie ihn eigentlich nicht eingeschätzt. Als sie gestern Abend die Kneipe verlassen hatte, war Untiedt noch geblieben und hatte sich auch noch ein Bier bestellt. So konnte man sich täuschen ...

Ihr Tag gestern war hart, aber auch ihre Kollegen waren nicht untätig gewesen. Auf ihrem Schreibtisch fand sie eine sorgfältige Zusammenfassung zu Broder Evers. Nach den Ausführungen der Finanzbeamtin hatte sie gedacht, dass das mit dem Evers eine alte Kiste war, die zu nichts führen würde. Aber nach dem, was sie hier las, sah das ganz anders aus. Mit Gericht hin und Klage her hatte sich die Angelegenheit zwischen Evers und dem Finanzamt deutlich in die Länge gezogen. Sie überflog das Dossier, und in der Kürze der Zeit verstand sie nicht alle Details auf Anhieb. Fest stand aber, dass Evers' Hof in den Zwang ging und er ihn in den nächsten Tagen räumen musste. Grund genug, um durchzudrehen, befand sie. Außerdem schien dieser Evers nicht ganz so harmlos zu sein, wie sie angenommen hatte.

Sie klappte den Pappdeckel zu, legte die Akte auf die Ablage und stutze. Da lag eine Mappe mit identischem Deckblatt. Sie nahm beide und legte sie nebeneinander. Die zweite Mappe war deutlich dünner als die, die sie gerade quergelesen hatte. Ein Blick aufs Datum klärte die Angelegenheit auf: Gestern hatte ihr Kollege Özcan Onay ihnen schon einmal etwas zu Evers auf den Tisch gelegt. Es gab jetzt zwei Zusammenstellungen über Evers. Fast hätte sie es übersehen, weil Özcan für beide das gleiche Deckblatt verwendet hatte. Sie wog die Akte in der Hand. Auf diesen Evers sollten sie besser vorbereitet sein, als sie es gestern bei Malte Böttcher gewesen waren.

Wo blieb Untiedt nur? Mittlerweile war er bestimmt eine Stunde überfällig. Sie wollte gerade Sabine Lüders nach Untiedt fragen, als ihr Telefon klingelte. Holger Jungbier war dran.

Kapitel 19

Nachdem seine Kollegin gegangen war, drehte Untiedt sich auf dem Barhocker im Buddy's einmal um die eigene Achse. Was vor bummelig 25 Jahren in seinen Augen cool gewesen war, sah an diesem Abend nur noch schäbig aus. Auch wenn sich einiges verändert hatte. Seine kurze Hochstimmung hatte mit Katja den Laden verlassen. Und so zahlte er, ließ das volle Bier stehen und ging auch. Alles hier war ihm fremd geworden. Eigentlich schön.

Ihn fröstelte von innen, als er durch den schmalen Stieg aus dem Schuhmacherort Richtung Polizeiparkplatz ging. Düster war's, wie früher.

Er hatte nicht ordentlich geschlafen. Sein Kopf hatte viel zu sortieren, die Matratze war durchgelegen und das Zimmer klamm. Da war die Möglichkeit, seinen Dienst schon um kurz nach sechs antreten zu können, die reinste Verlockung.

Evers' Akte lag oben auf. Ihn zu überprüfen konnte eigentlich nur eine Routineangelegenheit sein. Er hatte wohl in Hemkes Büro vor rund zwei Jahren etwas randaliert. Aber das konnte Untiedt gut verstehen. Das Gefühl, wenn einem der Boden unter den Füßen weggezogen wird, hatte er selbst schon erlebt, auch wenn es lange her war. So wie ihn die Finanzamtsmitarbeiterinnen beschrieben hatten, war Evers kein Mörder. Der Evers hatte wahrscheinlich einfach nur Pech gehabt. Um ihn zu befragen, brauchte er nicht auf seine Kollegin zu warten. Das konnte er auch eben alleine machen. Nur das war es nicht, was Untiedt zu diesem total unvorbereiteten und hochgradig unprofessionellen Soloausflug zu einem eventuell Mordverdächtigen verleitete. Schon im Finanzamt hatte der Name in seinen Ohren geklingelt, und die Adresse war der letzte Auslöser gewesen. Er wollte mit Evers alleine sprechen, da kam ihm die Gelegenheit ganz recht, und außerdem konnte er sich beim besten Willen nicht vorstellen, dass Evers … Was soll schon sein, dachte er sich, marschierte schnurstracks zu seinem Dienstwagen zurück und fuhr los.

Er wusste nicht, was er erwartet hatte, aber nicht einen modernen, sauberen und großzügig wirkenden Hof. Schwungvoll lenkte er seinen Passat auf die feldsteingesäumte Hofstelle. Mit der Arbeit aufgehört hatte Evers jedenfalls nicht. Der typische Geruch von Viehstall stieg Untiedt in die Nase. Er mochte diesen Geruch. Er entspannte ihn. Gut gelaunt, ja fast überschwänglich stieg er aus. Mit leichten Schritten ging er zu einer offenen Stalltür, aus der so vertraute Geräusche drangen. Im Türrahmen stehend versuchten seine Augen sich an das schummrige Stalllicht zu gewöhnen: „Herr Evers? Hier ist Karsten Untiedt, Kriminalpolizei!“ Keine Antwort. „Broder Evers, sind Sie hier?“ Noch konnte Untiedt nur Schemen erkennen.

„Wat wullst du?“, brummte es aus der dunklen Tiefe des Stallgebäudes zurück.

„Herr Evers, kennen Sie Thoralf Hemke?“ Diesmal kam keine Antwort, nur ein metallisches, scharrendes Geräusch gefolgt von zügigen kraftvollen Schritten war zu hören. Aus den verschwimmenden Schatten der Kühe hob sich immer deutlicher eine breitschultrige Silhouette hervor. Augenblicklich wusste Untiedt, dass er einen saudämlichen Fehler begangen hatte. Er brauchte das Werkzeug in Broder Evers' Hand nicht zu sehen, er kannte das Geräusch und wusste, dass es eine Forke war. Untiedt drehte sich um, und zeitgleich mit ihm begann auch die Schattengestalt zu rennen. „Mach keinen Scheiß, Evers!“, schrie Untiedt und hastete über die sandige Hofstelle. Ein paar Meter konnte er gewinnen. Das reichte, um sich in den Dienstwagen zu flüchten und ihn zu verriegeln. Jetzt konnte er Evers sehen. Ein Schrank von Mann mit Pranken wie Klodeckel. Eine davon schlug flach auf das Autodach. Genau der richtige Zeitpunkt für einen überhasteten Abgang. Wenn Evers jetzt durchdrehen sollte, wäre das für niemanden gut, dachte Untiedt. Er prügelte den Rückwärtsgang rein, trat aufs Gas, und Evers sprang zur Seite. Fast hätte Untiedt den Passat an die Hauswand gesetzt. Vorwärtsgang, Gas. Dann ein fieses Knirschen. Durch den Wagen ging ein Ruck, und Untiedt saß fest auf der Raseneinfassung. Er begriff sofort, dass er seinen Dienstwagen auf einen der großen Feldsteine gesetzt hatte. Ein Reifen hing in der Luft, der andere drehte durch. Das Auto schaukelte, aber die Reifen fassten nicht. Evers ging wieder auf das Auto zu. Diesmal langsam. Guckte, grinste und drehte ab. Jetzt ganz ohne Hast. Als Untiedt den breitschultrigen Kerl in blauer Latzhose gemächlich davonstapfen sah, wich die größte Anspannung von ihm. Er stellte den Motor ab, nahm sein Handy, suchte nach Greets' Nummer und wartete. Die wenigen Sekunden, bis seine Kollegin das Gespräch annahm, reichten ihm aus, um sich gehörig über sich selbst zu ärgern. „Hallo Katja, schick doch bitte einen Abschleppwagen zum Hof von Broder Evers. Und wenn du selbst auch kommen könntest, wäre das super."

„Bist du schon bei ihm?" Katja Greets' Stimme klang erst noch erstaunt. Nicht verwunderlich, dachte Untiedt, hatte er sie doch einfach übergangen und war direkt zu Evers gefahren. Wahrscheinlich würde sie gleich stinkesauer werden, mutmaßte er und lag prompt richtig.

„Verdammt, Untiedt! Kannst du mal anfangen, dich nicht wie ein riesen Vollidiot zu benehmen?"

Das saß. „Schick einfach einen Abschleppwagen und komm vorbei." Sie hatte jedes Recht, sauer zu sein, gab er insgeheim zu, aber sich am Telefon beschimpfen lassen brauchte er auch nicht.

„Wenn du schon nicht Bescheid gibst, dass du zu Evers fährst, könntest du mir wenigstens jetzt erklären, was da los ist!" Katja Greets zwang sich, nicht lauthals zu schreien. Trotzdem schaute sie besorgt zur Bürotür, ob nicht ein neugieriger oder besorgter Kopf sich hindurchschob.

Natürlich hatte sie recht, und eine dicke Entschuldigung war mehr als nur angebracht. Aber wie sollte er ihr schlüssig erklären, warum er allein und ohne irgendeine Vorbereitung zu Evers gefahren war. Da gab's nichts zu erklären. Das war dumm, unvorsichtig und unkollegial. Und außerdem ging sie das gar nichts an. „Katja, hör zu. Ich ..." Ganz unvermittelt startete ein Traktormotor. Untiedt drehte sich um, sah aber nichts. Dann hörte er ein lautes Röhren, sofort zog eine fette schwarze Wolke von hinter dem Stall quer über die Hofstelle. Dann wiederholte sich das Röhren, gefolgt von einer zweiten Rußwolke. Ohne lange nachzudenken, schaltete er das Handy aus, steckte es ein und startete den Motor wieder. Ein gewaltiger Schlepper mit großer Frontgabel schaukelte rückwärtsfahrend hinter dem Stall hervor. Auf der Frontgabel in gut zwei Metern Höhe thronte ein großer Rundballen. Hektisch wechselte Untiedt die Gänge und gab immer wieder Gas. Ein durchdrehender Reifen, sonst nichts. Der Wagen rührte sich kaum. Zentimeterweise wackelte er vor und zurück.

Das metallische Klicken der sich öffnenden Frontgabel-Verriegelung hörte Untiedt nicht, wohl aber den dumpfen Aufschlag des Rundballens. Noch im Rückwärtsfahren senkte Evers die Frontgabel bis auf den Boden. Knirschend schleifte sie über den betonharten Schotter der Hofstelle. Dann rastete die nun freie Gabel wieder ein und zeigte im nächsten Augenblick genau auf Untiedt. Hier war der Spaß zu Ende. Er trat das Gaspedal bis aufs Bodenblech durch. Der Motor brüllte, der linke Vorderreifen löste sich in Rauch auf, und der Passat blieb, wo er war.

Wie das wütende Schnaufen eines Stieres rotzte der Traktor zweimal schwarzen Dieselruß aus, richtete die Gabel-Hörner aus und stieß auf den Dienstpassat zu. Untiedt entriegelte die Fahrertür, stemmte sie auf und blieb völlig überrascht im Gurt hängen. Wann, verdammt, hatte er sich angeschnallt? Immer schneller raste eine schwarze Metallwand auf ihn zu. Blitzartig warf er sich zur anderen Seite und schützte seinen Kopf. Der Traktor schlug infernalisch kreischend in den Wagen ein. Untiedt war benommen, stellte aber erleichtert fest, dass er alles bewegen konnte. Mit einem Ruck hob sich der ganze Wagen an. Langsam schwebte Untiedt immer höher. Schließlich so hoch, dass er in die Kronen der Apfelbäume gucken konnte. Es ruckelte und wackelte weiter, und dann hatte der Traktor mit Untiedt und dem Auto oben auf der Frontgabel seine Richtung gefunden und beschleunigte. Untiedt löste endlich seinen Gurt, und mit einem Blick nach draußen begriff er, was Evers vorhatte. Wie wahnsinnig hielt er mit seinem Schlepper mitten auf ein riesiges grünes Bassin zu.

„Scheiße, der Güllebehälter! Mann, Evers, bist du bekloppt?“, schrie Untiedt aus vollem Halse und wurde hektisch. „Evers, lass den Scheiß!“

Evers konnte ihn nicht hören. Nur strampeln sah er ihn.

Umständlich wälzte Untiedt sich auf die Beifahrerseite. Seine Jacke verfing sich im Schaltknauf und riss.

Die Tür sprang auf, und Untiedt schaute zweieinhalb Meter in die Tiefe.

In der Jauche ersaufen oder vom Treckerreifen zerquetscht? Bescheidene Auswahl, dachte er. Untiedt sprang, schlug auf und presste sich platt auf den Boden. Er hörte nichts, gar nichts. Schaute nur hoch und sah einen großen Traktor vor und zurück schaukeln, wie nach einer Vollbremsung. Er stand auf und betrachtete sich ungläubig. Von oben nach unten klopfte er sich ab. Dreckig, aber ganz. In seinem Kopf schwirrten die wenigen zusammenhangslosen Gedanken durcheinander: alles ganz, nichts kaputt. Oh, ein Kratzer an der Hand. Nicht schlimm. Er hörte nichts. Doch, ein Piepen, einen Dauerton. Dann nahm ihn etwas bei den Schultern und führte ihn weg.

Kapitel 20

„Karsten? … Karsten?“ Katja Greets gab es auf und knallte den Hörer auf die Gabel. „Was für ein bescheuerter Wichser!“

„Wer?“ Sabine Lüders schaute ihre Chefin entgeistert an. Emotional kannte sie sie. Und dass derzeit mehr Druck im Kessel war als sonst, auch klar. Aber so einen Ausbruch hatte sie noch nicht erlebt.

Überrascht sah Katja Greets ihre junge Anwärterin an. Sie hatte Sabines Hereinkommen gar nicht bemerkt. In ihrem Büro herrschte schon den ganzen Morgen ein ständiges Kommen und Gehen, und seitdem Holger Jungbier von der Kriminaltechnik angerufen hatte, blieb das Telefon keine Minute mehr stumm. Plötzlich gab es eine Fülle offener Fragen, und Untiedt, dieser Vollidiot, musste ausgerechnet jetzt eine Solotour durchziehen, kryptischen Blödsinn ins Telefon labern und sie zu allem Überfluss auch noch von der Arbeit abhalten. Grade jetzt, wo ihr alles über den Kopf zu wachsen drohte. „Ach nichts“, sagte sie. Höchste Zeit, wieder runterzukommen.

Sabine Lüders zog etwas die Augenbrauen hoch, und Katja Greets rätselte, ob das ein Zeichen der Belustigung oder des Zweifels war. Es musste ihr egal sein, also ging sie darüber hinweg: „Sabine, bist du so gut und bittest Holger Jungbier, dass er heute Nachmittag zur Lagebesprechung kommt und uns die letzten Ergebnisse der KTU vorstellt?"

„Klar, mach ich, Katja!", sagte sie, nickte und legte eine Mappe auf Katja Greets' Schreibtisch. „Fotos von Hemkes Handy! Mit lieben Grüßen aus der KTU", erklärte Sabine und drehte sich zum Gehen um.

Da rief Katja Greets noch hinterher: „Und, Sabine?"

„Ja!"

„Sei so gut und bestell einen Abschleppwagen zu Evers' Adresse." Um die Beiläufigkeit dieser Anweisung zu unterstreichen, griff sich Katja Greets die Mappe mit den Fotos und begann sofort darin zu blättern.

Schon wieder überraschte ihre Chefin sie. „Einen Abschleppwagen? Wohin?"

„Zu Broder Evers, tief in die Feldmark!" Sie griff sich einen Schmierzettel vom Stapel. „Hier hast du die Adresse." Hastig kritzelte Katja Greets die Anschrift auf das Stück Papier und reichte es ihr. „Und macht nichts, wenn's schnell geht, Sabine. Ich weiß ja nicht, wen du erreichst, aber die sollen sich beeilen." Damit stand Katja Greets auf und legte die Fotomappe auf ihren Schreibtisch. Die musste warten! Sabine verstand das Zeichen und machte sich an ihre Aufgaben.

Unverzüglich nachdem Sabine Lüders die Tür hinter sich ins Schloss gezogen hatte, griff sich Katja Greets den Telefonhörer, drückte Özcan Onays Durchwahl und zitierte ihn zum Parkplatz. Mit dem Streifenwagen ging es in die Dithmarscher Pampa. Alles schön platt gedrückt, damit der alte Bauer samstags schon sehen konnte, wenn sonntags die Schwiegermutter anrückte. Heutzutage versperrten allerdings immer mehr Windräder die Sicht und verhinderten so die rechtzeitige Flucht.

Kapitel 21

Katja Greets musste sich gehörig zusammennehmen, um nicht vor Özcan Onay über den Kollegen Untiedt zu wettern. Sie hasste es, ihm auf Zuruf hinterherzufahren und obendrein gar nicht zu wissen, was eigentlich Sache war. Mitten im Gespräch hatte er aufgelegt und seitdem nicht mehr reagiert. Und was das mit dem Abschleppwagen sollte, war ihr auch schleierhaft. Natürlich würde sie jetzt bei Evers wie das Dummchen vom Lande aufmarschieren und sich von Herrn Kriminalhauptkommissar Untiedt die Weltlage erklären lassen müssen. Super! Zu allem Überfluss fragte Onay selbstverständlich auch nach, und sie mochte sich keine Blöße geben.

Nach einer zähen Fahrt auf immer enger werdenden Straßen erreichten sie schließlich den erstaunlich ordentlichen Hof von Evers. Den Betrieb eines Steuerschuldners hatte sie sich anders vorgestellt. Noch dazu hatte Onay in seiner Mappe ja auch eine Anzeige wegen Körperverletzung mit aufgeführt. Aber selbstverständlich konnten Gewaltstraftäter auch ganz ordnungsliebende Menschen sein.

Bei diesem Gedanken wurde es ihr mulmig. Auf einmal konnte sie sich vorstellen, dass das abrupte Ende ihres Telefonats eine andere Ursache als bloß primitives Machogehabe gehabt haben könnte. Onay schien ihre Gedanken zu lesen: „Hast du eigentlich das Foto von dem Typen gesehen, den dieser Evers zerlegt hatte?“

Hatte sie nicht. Aus Zeitmangel hatte sie die Akte einfach nur überflogen. Sie wollte später ja eigentlich gemeinsam mit Untiedt zu diesem Evers gefahren sein. „Was heißt zerlegt?“, fragte sie und fürchtete sich sogleich vor der Antwort.

Özcan Onay holte zur Antwort aus, aber das Navi quatschte dazwischen: „Sie haben Ihr Ziel erreicht. Die Zieladresse liegt auf der rechten Seite.“

„Zerlegt heißt“, sagte Onay, „dass sie im Krankenhaus eine ganze Weile gebraucht haben, um den Typen wieder zusammenzuflicken, den er sich zur Brust genommen hatte. Gebrochenes Jochbein, gebrochene Rippen, ein paar Platzwunden. Aber irgendwie kann ich den Evers verstehen ...“ Onay hielt und stoppte den Motor. Er machte nicht den Eindruck, als hätte er es besonders eilig.

Anders als Katja Greets. Sie unterbrach ihn: „Nachher, Özcan, lass uns lieber schauen, was hier los ist.“

Ihre Anspannung übertrug sich augenblicklich auf ihren Kollegen. Mit der Hand an der Dienstwaffe gingen beide in einigen Metern Abstand über die Hofstelle. Eine Stalltür stand offen, und das Vieh darin brüllte immer wieder einmal auf. Untiedt hätte gewusst, dass es gemolken werden wollte. Katja Greets und Özcan Onay wussten es nicht. Das Brüllen der

Tiere zerrte an ihren Nerven und spannte ihre Sinne. Ohne vorherige Absprache begannen sie sich über Zeichensprache zu verständigen. Onay huschte in den Stall, Greets sicherte. Nichts. Nur das Vieh reagierte unruhig. Der Ammoniakgeruch war Özcan Onay zuwider. Ein flüchtiger Blick über und unter die Tierleiber reichte ihm. Zwar wusste er selbst, dass dieser Gedanke im Moment töricht war, aber er befürchtete, den Stallgeruch nicht wieder aus seiner Uniform herauszubekommen. So schnell wie möglich machte er Anstalten, das Halbdunkel wieder nach draußen zu verlassen. Katja Greets ging in die Hocke. Auch sie erkannte nichts, was in irgendeiner Weise auffällig gewesen wäre. Trotzdem hielt sie die Anspannung hoch. Vorsichtig schloss sie die Stalltür hinter ihrem Kollegen und drückte den primitiven Eisenriegel über den Wandhaken. An einer Kette baumelte ein Holzstift, mit dem sie den einfachen Schließmechanismus versperrte.

Sich gegenseitig sichernd schoben sich beide weiter über die Hofstelle. Onay im Schatten der Stallmauer, Greets in einiger Entfernung tief gebückt fast ohne Deckung. Ihr Blickwinkel ermöglichte es ihr mit jedem Schritt vorwärts, mehr Gelände hinter dem Stall zu überblicken. Dann drang ein mattes Stöhnen an ihr Ohr. Sie hob die Hand. Onay stoppte seine Bewegung und drückte sich fest an die Wand. Vorsichtig schlich Katja Greets weiter, bis sie schließlich ganz um die Stallmauer herumschauen konnte.

Da saß er. Untiedt hing vornübergebeugt auf einer Bank. Neben ihm ein Berg von einem Mann. Dessen dicht behaarter Arm schwer auf Untiedts Schultern lag. Katja Greets stutzte. Das war so gar nicht das, worauf sie sich versucht hatte vorzubereiten. Es sah ... friedlich oder fast freundschaftlich aus. Ganz gewiss war es aber nicht bedrohlich und schon gar keine Zeugenbefragung. Winkend deutete sie Onay, zu ihr zu kommen.

Obwohl sie jetzt normal aufrecht ging und ihre Schritte deutlich zu hören sein mussten, bemerkten die beiden Männer sie nicht. Auch nicht, als Özcan Onay an ihrer Seite auftauchte. Aber sie konnte auf einmal ein Gespräch mithören.

„Minsch Karsten, nu zier dich nich so! Gifft noch een Lüdden vun de Oldesloer Spätlese!“ Und, schwupps, hatte Untiedt wieder ein volles Schnapsglas in der Hand, das Katja Greets' Großmutter als ‚Blumenvase' bezeichnet hätte. Sich selbst schenkte Evers auch großzügig ein, und dann verschwand die Buddel wieder unter der Sitzbank, auf der die beiden in der Sonne saßen. „Hau wech, Kaschi!“ Und tatsächlich, Karsten Untiedt richtete sich auf, kippte den Korn gemeinsam mit Broder Evers, machte ein Geräusch, das wie Bibbern unter der kalten Dusche klang, und sackte wieder nach vorne.

Noch bevor Onay und Katja Greets erfolgreich auf sich aufmerksam machen konnten, hatte Evers die Flasche ein weiteres Mal unter der Bank hervorgeholt. Mehr als die Wiege war nicht übrig geblieben. Automatisch hielt Untiedt Evers sein Schnapsglas hin. Dieses

Mal brauchte es keine Aufforderung. Der grobschlächtig wirkende Bauer schenkte Untiedt den Rest ein und schleuderte die Flasche quer über den Hof. Katja Greets' Augen folgte dem Flug der Kornpulle, bis sie in tausend Scherben zerspringend vor einem riesig großen grünen Behälter aufschlug.

Der Anblick verschlug ihr den Atem. Was war das? Sie konnte es selbst kaum fassen, dass sie diese Skulptur ..., ja ‚Skulptur' war das Wort, das ihr zuerst einfiel ..., erst jetzt wahrnahm. Ihre Anspannung musste so intensiv gewesen sein, dass sie gar nicht bemerkt hatte, dass da ein VW Kombi kopfüber im Güllebassin zappelte und sich dabei eigenartig in der Frontgabel eines hausgroßen Traktors verfangen hatte. Fassungslos pendelte ihr Blick zwischen ihrem betrunkenen Kollegen und dem Auto im Güllefass hin und her. „Kannst du mir das irgendwie erklären?", schrie sie ihn an. Ihre Stimme überschlug sich.

Obwohl weder Untiedt noch Evers die Anwesenheit von Katja Greets und Özcan Onay bislang bemerkt hatten, schien keiner von beiden sonderlich überrascht, sie zu sehen. „Broder kennt meine Schwester", kam über Untiedts schwere Zunge, gefolgt von einem Aufstoßen. Dann noch ein Aufstoßen. Untiedt erhob sich träge und schwankte zur Hauswand. Dort erbrach er sich.

Katja Greets schaute ihn fassungslos an. Nach kurzem Überlegen wandte sie sich an Onay: „Ich bring Untiedt erst einmal aus der Schussbahn. Übernimmst du das hier bitte?"

„Kann ich machen. Aber Abschlepper können wir uns wohl schenken, was?", stellte Onay fest und guckte dabei belustigt zu seiner Vorgesetzten. „Vielleicht sollten wir es lieber mit einem Kran probieren!"

„Man nich so eilich, Bengel!", sagte Evers, erhob sich nun auch von der Bank und ging langsam Richtung Güllebehälter. Im Gegensatz zu seinem Saufkumpan klang Evers ganz normal. Mit einer gefassten, beinahe endgültig wirkenden Ruhe sagte er: „Fass mal mit an. Wir holen die Karre jetzt aus'm Dreck. Dann kann der Abschlepper ihn doch noch mitnehmen." Onay richtete einen fragenden Blick an Katja Greets. Die zuckte zunächst mit den Schultern. Dann nickte sie und steckte ihre Waffe weg. Auch Onay ließ seine Pistole wieder in den Halfter gleiten und zückte stattdessen, einer Eingebung folgend, sein Handy. „Hallo Sabine, Özcan hier. Hast du den Abschlepper schon gerufen? Nein? Doch, doch, alles okay. Nein, Sabine. Den Abschlepper brauchen wir nicht mehr. Das hat sich erledigt. Nein, geht gerade nicht. Erklär ich dir später. Tüß Sabine!"

„Fragend schaute Katja Greets ihren Kollegen an. „Wieso bestellst du den Abschleppdienst ab? Du glaubst doch wohl nicht im Ernst, dass die Karre auch nur noch einen Meter fährt, wenn ihr sie da rausgezogen habt? Wenn ihr sie da überhaupt herausziehen könnt!"

„Nee, schon klar, Katja. Aber so kann die Kiste unmöglich zurück zum Revier, oder?"

Sie musste zugeben, dass er recht hatte. „Und was hast du nun vor?"

„Lass mich das regeln“, bat Onay auf einmal sehr viel ernster, „Ich krieg das schon irgendwie gedreht.“

Was Onay vorhaben könnte, überstieg ihre Vorstellungskraft. Und eigentlich war es ihr auch ganz recht, nichts davon zu wissen. Aber wenn er nun doch seine Finger mit im Spiel haben wollte, bitte, dann war das seine Entscheidung. Das sagte sie ihm auch.

Nach dem kurzen Wortwechsel folgte Onay Evers zu dessen großem Schlepper, und gemeinsam fingen sie an, mit einer schweren Kette zu hantieren. Katja Greets kümmerte sich unterdessen um den reichlich indisponierten Untiedt.

„Meine Güte Karsten, was hast du dir denn dabei gedacht?“, fragte sie und erwartete keine Antwort.

„Das ist irgendwie völlig aus dem Ruder gelaufen“, lallte Untiedt, und jedes Wort kostete ihn hörbar große Mühe.

„Was du nicht sagst!“

Sie hakte Untiedt unter und schaffte ihn in den Streifenwagen. Den parkte sie dann ein paar Meter weiter abseits für den Fall, dass die Kollegen von der Schutzpolizei auftauchten, bevor sie loskonnte. Zurück bei Onay und Evers sah sie, dass diese die Eisenkette schon an den Traktor hakten. „Die Kollegen müssen nicht unbedingt alles mitbekommen!“, sagte sie und schwor Onay darauf ein, zunächst einmal dichtzuhalten. „Vielleicht gibt es ja eine vernünftige Erklärung für dieses Chaos. Bis dahin reicht es, wenn du gleich dafür sorgst, dass Evers aufs Revier kommt. Ich nehme ihn mir später selbst vor.“

„Geht klar, Katja. Seht zu, dass ihr Land gewinnt." Sofort wandte er sich wieder Evers mit dem Traktor zu und gab ihm Handzeichen für die bevorstehende Bergungsaktion.

„Ach so!", rief sie ihm schon im Gehen zu, „versuch, Michels aus dem Weg zu gehen. Bevor der Alte irgendwelche Fragen stellt, brauchen wir Antworten."

Onay machte Evers ein Zeichen aufzuhören. Dann lief er die paar Schritte seiner Chefin hinterher: „So wie ich das sehe, Katja, hat Untiedt hier richtig Mist gebaut. Und wenn du ihm helfen willst, den Haufen wegzuschaufeln, bitte. Ich probier' auch, dass der Haufen hier nicht so hoch dampft. Ich sorge dafür, dass die Karre ein paar Tage verschwindet, bis keiner mehr so genau wissen will, warum da 'ne Delle im Kotflügel ist. Aber mit Michels will ich keinen Ärger. Da halte ich mich komplett raus!"

Katja Greets konnte ihren Kollegen gut verstehen und rechnete ihm hoch an, dass er sich um die Güllekarre kümmerte. Aber ob sie ihn wirklich noch aus der Sache heraushalten konnte, wusste sie nicht. „Ist angekommen, Özcan!", sagte sie. „Mach einfach, dass keiner dumme Fragen stellt. Ich bringe Untiedt erst einmal nach Hause." Solange die Chance bestand, Untiedt wegzubringen, bevor die Streife auftauchte, wollte sie die nutzen. Auf einmal hatte sie es eilig. Nach zwei, drei Schritten fing sie an zu joggen.

„Weißt du eigentlich, wo Untiedt wohnt?", rief ihr Onay hinterher.

Sie reagierte nicht, rannte einfach weiter. Im Streifenwagen lehnte Untiedt schon mit dem Kopf an der Seitenscheibe und pennte. Ohne zu wissen, wohin, fuhr sie los.

Nach ein paar Schlaglöchern kam Untiedt wieder zu sich. Das Reden bereitete ihm immer noch Schwierigkeiten, und sein Kopf fiel schwer gegen die Kopfstütze. Trotzdem dirigierte er Katja Greets durch die Dithmarscher Marsch.

„Was mach ich hier eigentlich?", fragte sie sich immer wieder, „ich muss total bescheuert sein, diesem Kerl auch noch zu helfen." Sie konnte sich nicht erinnern, jemals durch diese Gegend gefahren zu sein. Das lenkte sie ein wenig ab. Genauso wie die ganzen grünen Ortsschilder, die auf -wisch und -siel und -koog endeten. Keine dieser Siedlungen sah für sie sonderlich einladend aus. Die wenigen Straßen hier waren alle nur gebaut worden, damit die Bewohner möglichst schnell aus dieser Gegend verschwinden konnten. Trotzdem verrieten einige vereinzelt stehende prächtige Höfe zwischen halb verfallenen Katen und viel zu kleinen Siedlungshäusern, dass gerade hier das Geld verdient wurde. Aus etlichen reichen ‚Maschbuern' waren noch viel reichere Windmüller geworden, und nicht allen gelang es, diesen neuen Reichtum zu verbergen.

„Hier kannst du halten!", brummte Untiedt und riss damit Katja Greets aus ihren Gedanken.

Vor einem Gebäude, das aussah wie eine kleine Fabrikruine, blieb sie stehen. Außer diesem völlig deplatzierten Haufen Ziegeln gab es nur drei trostlos verwilderte und eine Reihe noch traurigere spießig aufgeräumte Vorgärten. Was, um Himmels willen, wollte Untiedt hier? „Hast du dir hier ein Zimmer genommen?", fragte Katja Greets, und es war nicht klar erkennbar, ob sie eher bestürzt oder neugierig war.

„Lass mich einfach hier raus", sagte Untiedt müde. Katja Greets hielt.

„Schlaf dich aus. Und wenn du wieder fit bist, ruf mich an!"

Untiedt grinste gequält: „Du hörst dich an wie meine Mutter." Er stieg aus, schlug die Tür zu und wartete. Auch Katja Greets wartete darauf, dass Untiedt sich bewegte. Tat er aber nicht. Als klar war, dass er erst gehen würde, wenn sie gefahren sein würde, fuhr sie. Ein ganzes Stück auf der schnurgeraden Straße konnte sie noch im Rückspiegel sehen, wie er leicht schwankend auf der Straße stehen blieb. Dann kamen eine Kurve und kurze Zeit später ein Schild Richtung Heide.

Kapitel 22

Nach und nach füllte sich der Konferenzraum. Sabine Lüders huschte noch von hier nach dort und wieder zurück, Özcan Onay hatte sich in die hinterste Ecke verkrümelt, und auch Holger Jungbier war schon da und hatte Platz genommen. Katja Greets schaute auf ihre Uhr und dann in die Runde. Ihr Blick traf Holgers, und sie blieben aneinander hängen, wurden aber jäh unterbrochen, als die hübsche brünette IT-Spezialistin aus Holgers Team mit grauer Marlene-Dietrich-Hose und engem schwarzem Rollkragenpulli durch den Raum schritt und die Aufmerksamkeit aller Männer auf sich zog. Sie setzte sich direkt neben Holger, und sofort waren beide in ein Gespräch vertieft. Fehlte eigentlich nur noch Michels, ihr Chef. Sie wollte gerade anfangen, als er doch noch auftauchte, sich knapp entschuldigte und zu ihr setzte.

„Wo ist Untiedt?“, kam die Frage, auf die sie keine vernünftige Antwort hatte.

„Er hat's wohl nicht mehr geschafft. Ich treffe ihn später“, sagte sie, und ihre Hoffnung erfüllte sich, dass diese Antwort ihrem Chef reichen würde. Sofort schoss ihr die freudige Erkenntnis durch den Kopf, dass er von dem Kladderadatsch am Morgen also auch noch nichts wusste. Für den Moment erleichtert begrüßte sie die Anwesenden und eröffnete die Besprechung. Dann wandte sie sich direkt an die Kollegen von der Kriminaltechnik: „Holger und Femke, gut, dass ihr da seid. Wie ich höre, habt ihr gute Neuigkeiten für uns."

Holger Jungbier stand zur Begrüßung kurz auf und brachte seine stattliche Größe zur Geltung. „Zumindest haben wir Neuigkeiten mitgebracht", begann er, „wie gut die sind, müsst ihr bewerten." Mit seinem gewinnenden Lächeln schaute Holger in die Runde, während Femke Oberhauser ihren Rechner aufklappte und anfing darauf herumzutippen. Die beiden waren ein eingespieltes Team, und genau das missfiel Katja, wie sie jetzt sehr deutlich spürte.

„Fangen wir mit ein paar Details aus der Pathologie an!" Mit wenigen Schritten war Jungbier bei der Leinwand. Der Beamer fuhr noch hoch und zeigte ein leuchtendes Blau. „Der Holzsplitter am Schädel des Opfers ist aus Esche, wie ihr schon wisst. Mittlerweile haben wir herausgefunden, dass das Holz gänzlich unbehandelt ist. Aber es weist Spuren vieler verschiedener Öle auf. Ihr bekommt das noch genauer." Immer wieder schaute Jungbier zur Projektionsfläche, aber der alte Beamer ließ sich lange bitten. „Grob kann man sagen, dass es sich um Schmierfette und Motoröle handelt. Besonders hervorzuheben ist außerdem ein Partikel Holzschutzmittel, das wir gefunden haben. Xyladecor. Das ist schon seit den Achtzigern nicht mehr auf dem Markt."

„Also vermutlich ein alter Axtgriff?" unterbrach Michels.

„Alt schon, aber genau lässt sich das vorerst nicht bestimmen. Leider können wir auch anhand der Splitterform nicht auf das genaue Werkzeug schließen." Femke Oberhauser klickte, und der Beamer schmiss das übergroße Bild des Splitters an die Wand.

„Aber zu einem Werkzeug gehört der Splitter ganz sicher?", hakte Katja Greets nach.

„Ganz sicher! Besonders auffällig sind die Schmierfette und Motoröle. Die sind regelrecht ins Holz einmassiert. Es ist also anzunehmen, dass damit lange und regelmäßig gearbeitet wurde oder vielleicht immer noch wird. Vermutlich gehört oder gehörte das Werkzeug in eine Werkstatt oder so etwas."

„Oder einen Bauernhof", warf Onay ein.

Holger Jungbier nickte: „Ja, das kann durchaus sein. Aber wie gesagt: Das ist bislang noch alles Spekulation."

„Habt ihr sonst noch etwas Interessantes über unseren Toten herausgefunden?", fragte Katja Greets etwas ungeduldig.

„Haben wir, Katja! Femke erspart euch jetzt die dazugehörigen Bilder." Er lächelte seine Assistentin breit an. „Thoralf Hemke war kerngesund, als er starb. Er hatte vor seinem Tod keinen Sex, aber dafür eine ungewöhnliche Speisefolge!"

Eigentlich mochte Katja die Selbstsicherheit in Holgers Blick, aber jetzt, wenn diese Femke Oberhauser ihn so komisch ansah, kam ihr das affig vor.

„Labskaus zum Mittagessen und später einen Döner."

Katja Greets war sofort klar, dass diese Erkenntnis Ermittlungspotenzial hatte. „Wer isst heutzutage noch Labskaus? Und vor allem: Wo gibt's das noch?"

„Das ist Folklore-Futter!" Alle drehten sich zu Sabine Lüders um. Die wiederholte: „Das ist Folklore-Futter für die Touris. Ein normales Restaurant hat das doch höchstens mal als Aktion auf der Karte. Aber Büsum, Friedrichskoog ..."

„Sankt Peter-Ording und Tönning!", ergänzte Femke Oberhauser.

„Was ist mit Husum?", fragte Katja Greets.

„Husum sicher auch", sagte Lüders.

„Okay, Sabine. Dann klappre mal die Restaurants, Kneipen und was weiß ich in den Touristenhochburgen ab. Vielleicht kommen wir da weiter. Denk auch an den Döner, eventuell hilft der weiter."

„Unbedingt", sagte Holger Jungbier, „den Döner muss Thoralf Hemke unmittelbar vor seinem Tod gegessen haben."

„Mit alles?", fragte Onay aus der hintersten Reihe.

Holger stutzte, dann verstand er und griente: „Mit alles, Özcan. Auch mit scharfe Soße!"

Immerhin schon einmal eine Spur, dachte Katja Greets. Und Holger war noch nicht fertig. Auf der Wand tauche eine Liste mit E-Mails auf. Unaufgefordert übernahm Femke Oberhauser: „Diese E-Mails haben wir von Thoralf Hemkes Dienstrechner. Das meiste ließ sich sehr gut vorsortieren", dozierte sie,

„hier haben wir noch die Mails, die nicht eindeutig zugeordnet werden können, bzw. die in irgendeiner Art anders sind." Einige Mails wurden farbig hervorgehoben, die anderen verschwanden wie von Geisterhand, und übrig blieb eine übersichtliche Anzahl elektronischer Post.

Katja Greets wollte gerade zu einem Protest ansetzen, als Femke Oberhauser das sah und prompt reagierte: „Das stellt hier nur eine Priorisierung dar, Katja. Das heißt nicht, dass unter den anderen Mails nicht auch noch etwas Wichtiges sein kann, und natürlich reichen wir die auch alle an euch weiter."

An sich eine gute Nachricht, aber Katja Greets fühlte sich um ihren Einwand gegen diese, diese … Marlene betrogen.

Noch ein Klick, und vier Mails traten aus der schon kleineren Liste prominent hervor. „Die hier sind interessant!" Femke zeigte auf die hervorgehobenen Mails. „Alle vier gehen an einen Günther Boetius. Günther Boetius arbeitet auf dem Finanzamt Husum, und Hemke fragt in den Mails nach Informationen über einen gewissen Agim Gjata."

Gjata. Bei Katja Greets schrillten sämtliche Alarmglocken. Den Namen hatte sie schon gehört. Und zwar in Husum. „Den Namen kenne ich!" Sie war hellwach. „Hansen, unser Husumer Kollege, hat den Namen erwähnt. Die Gjatas sind zwei Brüder, denen da ein paar Dönerbuden gehören. Irgendwie so etwas hat er erzählt."

„Drei!“, sagte Femke Oberhauser, „die Gjatas sind drei Brüder. Und in den Mails geht es tatsächlich um Dönerbuden.“

Zu gerne hätte Katja gewusst, ob es dieser Femke genauso ging wie ihr. Diese kindische Rivalität, die sie fühlte ... Höchste Zeit, dass sie sich zusammenriss und auf ihre Arbeit konzentrierte. „Danke Femke, auch dafür, dass ihr die Massen an Informationen für uns so gut aufbereitet habt.“ Eigentlich wusste Katja gar nicht, ob es sich um ‚Massen an Informationen‘ handelte. Sie musste sich selbst einfach wieder auf Kurs bringen. Sie versuchte es mit Freundlichkeit. „Kannst du schon etwas zu dem Handy sagen, das die Husumer Kollegen sichergestellt haben?“

Die Frage war Femke Oberhauser offensichtlich unangenehm. „Kann ich noch nicht, ich ...“

Holger Jungbier sprang ihr zur Seite: „Unsere Disk-Forensik ist derzeit voll ausgelastet. Euer Handy liegt aber oben auf und wird so schnell es geht bearbeitet.“

Katja Greets schien einen wunden Punkt getroffen zu haben, ohne es zu ahnen. An und für sich hatte sie auch noch nicht erwartet, dass Ergebnisse aus dem Handy vorliegen könnten. Dafür war die Zeit zu knapp gewesen. Aber manchmal waren die Leute vom kriminaltechnischen Institut wahre Hexenmeister. Femkes Unsicherheit überraschte sie deshalb besonders.

Was in der Besprechung noch folgte, waren nur Kleinigkeiten. Nichts, was sie zu diesem Zeitpunkt groß nach vorne gebracht hätte. Ursprünglich wollte Katja Greets noch Ergebnisse aus der Befragung von Broder Evers präsentieren, aber diesen Punkt hatte sie notgedrungen und zähneknirschend vor dem Treffen noch von ihrer Agenda gestrichen. Da aber aus der KTU echte Neuigkeiten gekommen waren, fiel das niemandem auf.

Nachdem die Aufgaben verteilt waren, zerstreuten sich die Teilnehmer der Besprechung zügig, nur Holger Jungbier blieb länger sitzen. Als schließlich nur noch sie beide allein im Raum übrig waren, stand er auf und ging zu ihr. „Femke ist schwanger", sagte er, „Sie hat es gestern erst erfahren. Das Handy war ihre Aufgabe."

Was genau Holger mit dieser Aussage von ihr wollte, war ihr nicht klar. Also sagte sie: „Schwanger ist ja nicht krank, Holger."

„Aber schwanger ist eventuell ziemlich kompliziert, Katja!", sagte Holger Jungbier. „Die Situation ist nicht leicht für Femke."

Katja fehlte der Sinn in Holgers Worten. „Okay, ich werde rücksichtsvoll mit Femke umgehen, wenn du das meinst. Aber es hat doch niemand hier im Raum von ihr verlangt, dass sie heute Ergebnisse zum Handy präsentiert. Wir haben ja nicht einmal gewusst, dass ihr das Ding schon aus Kiel zurückhabt und es untersuchen könnt. Und angegriffen oder so etwas hat sie auch keiner."

Holger nahm ihre Hand, schaute sie an und sagte: „Ich muss jetzt, Katja. Wenn ich mich beeile, kann ich unsere Kleine heute zum Schwimmunterricht bringen." Dann ging er.

Einen Raum so leer zurücklassen wie Holger konnte sonst wohl niemand, dachte sie und machte sich auf den Weg in ihr Büro. ‚Unsere' tat ihr besonders weh, stellte sie fest. Es meinte eindeutig seine Frau, und genauso eindeutig schloss es sie aus. Außerdem hatte sie gar nicht mitbekommen, dass Femke einen Partner hatte. Wie auch, so selten wie sie sich begegneten. Vielleicht hätte sie fragen sollen. Aber im Grunde interessierte es sie auch nicht. Und besonders schwanger sah sie auch nicht aus. Ganz im Gegenteil. Nur dass Holger so einen dramatischen Auftritt deswegen machte, war schon merkwürdig.

Vor tieferen Grübeleien bewahrte sie ihr Handy. Untiedt meldete sich und hörte sich ziemlich zerknirscht an. Im Kurzdurchlauf berichtete Katja Greets von den Neuigkeiten der Forensiker, und Untiedt sagte zu, in einer halben Stunde im Büro zu sein. Ihr Widerspruch mit dem Einwand, dass er unmöglich schon würde fahren können, verhallte ungehört in der bereits toten Leitung.

Katja Greets wollte die Zeit bis zu Untiedts Eintreffen nicht ungenutzt verstreichen lassen, also rief sie Volker Hansen in Husum an. „Moin Volker, Katja Greets hier."

„Ach, die Karate-Katja. Was gibt es Neues?", meldete sich Hansen.

Sie hasste Spitznamen. Doch anstatt es ihm zu sagen oder anderweitig deutlich zu werden, rang sie sich ein kleines Lachen ab. „Das wollte ich dich eigentlich gerade fragen. Hast du schon etwas aus diesem Michi herausbekommen?"

„Du redest wohl nie lange um den heißen Brei herum, was?“

Katja Greets glaubte aus Hansens Worten so etwas wie einen Miniflirt herauszuhören. Es tat ihr gut. „Das hast du doch gesehen. Ich bin mehr so der direkte Typ. So mit Ellenbogen voraus“, nahm sie seinen Begrüßungsspruch auf.

Jetzt lachte Hansen. „Stimmt. Viel direkter geht es nicht, Katja. Um auf deine Frage zurückzukommen: Wir konnten nicht viel aus ihm herausbekommen. Er hatte keine Ahnung, woher Bert, also Malte Böttcher, das Handy von Hemke hatte. Er wusste nicht einmal, dass Bert überhaupt ein zweites hatte. Interessant ist aber, dass Michael Gleiwitz bestätigt, dass Bert am Abend vorher im ‚Käpt'n Blaubär‘ vor den Tine-Denkmal-Kids rumgeprahlt hat, dass er für die Gjatas jemanden weggeklatscht hat.“

Katja Greets erinnerte sich, dass Hansen so etwas erzählt hatte. „Was soll das eigentlich heißen, weggeklatscht?“, fragte sie nach.

„Das hab' ich auch gefragt, aber Gleiwitz konnte mir darauf keine Antwort geben. Für ihn hörte sich das auch nur nach Wichtigtuerei an. Außerdem, sagt er, würden solche Sprüche nur Ärger mit den Gjatas bedeuten.“

Für Katja Greets' Geschmack war diese Antwort ziemlich unbefriedigend. Trotzdem war ihr klar, dass sie im Moment nichts Erhellenderes zu hören bekommen würde. „Und das ‚Käpt'n Blaubär'? Ist das eine Kneipe?“

„Genau“, sagte Hansen, „eine ziemliche Kaschemme in der Neustadt. Vermutlich nichts, wo du dich nach Dienstschluss freiwillig herumtreiben würdest.“

Jetzt war Katja Greets sich sicher, ein Augenzwinkern durchs Telefon gehört zu haben. „Was weißt denn du, wo ich mich nach Dienstschluss so herumtreibe? Wir sollten dem Laden mal einen Besuch abstatten!“

„Das halte ich für eine gute Idee. Wann passt es dir?“

„Ich schicke dir morgen eine Mail“, sagte sie und verließ damit sicherheitshalber den Pfad der Koketterie. Gerade wollte sie noch abschließend nach dem Zustand von Malte Böttcher fragen, als sie sich ein bisschen schäbig vorkam. Hätte sie doch fast das arme Ding vergessen! Froh, gerade noch die Anstandskurve gekriegt zu haben, fragte sie: „Sag mal, Volker, wie geht es dem Mädchen, Janine?“

Sie hörte, wie Hansen tief Luft holte. „Den Umständen entsprechend gut. Wir konnten sie kurzfristig in der Jugendeinrichtung Haus am Krokusgarten unterbringen.“

Ganz eindeutig war Hansens Antwort für diesen tiefen Atemzug viel zu kurz. Sie wusste, was das bedeutete. Aber natürlich musste auch ihrem Husumer Kollegen das Schicksal dieses Mädchens nahegegangen sein, und so verzichtete sie auf eine Nachfrage. Ganz bestimmt war ihr nicht egal, wie es der Kleinen ging oder was mit ihr jetzt werden würde. Sie nahm sich vor, zu einem späteren Zeitpunkt nachzufragen. Eventuell wusste Hansen dann selbst mehr, aber vielleicht geriet alles um diese Janine herum in Vergessenheit, und in ein paar Tagen war sie einfach nur noch eine schwierige Aktenlage wie so viele andere Jugendliche auch. Jedenfalls ahnte sie jetzt, dass hinter der kurzen Antwort ein sehr trauriges Leben stand, und niemand hätte etwas davon gehabt, wenn sie weiter insistierte. Besonders Hansen nicht. Also sagten beide einen langen Augenblick lang nichts.

Es war dann Hansen, der den Moment überwand: „Malte Böttcher haben sie den Kiefer gerichtet. Er ist ansprechbar und wach. Aber selbst sprechen kann er noch nicht. Wenn ihr ihn befragen wollt, müsst ihr mit Kopfnicken und Zeichenstift vorliebnehmen. Falls ihr Hilfe braucht ..."

Katja Greets bedankte sich, auch für das Angebot, und versicherte Hansen, dass sie in Kürze darauf zurückkommen würde. Sie mochte Hansen. Hansen war ein Guter!

Kapitel 23

Grauschwarz breitete sich die Nordsee in alle Richtungen aus. Die Wellenkämme waren nur schwach zu erkennen. Die spärliche Schiffsbeleuchtung reichte nicht für ein anständiges Lichtspiel, und Mondlicht gab es auch keines unter der dichten Wolkendecke. Trocken war es und mäßig windig. Die grünen Lichter der nautischen Instrumente auf der Brücke zeigten an, dass sich ein anderes Schiff zügig näherte. Küstenwache. Kein Grund zur Freude, aber auch keiner zur Panik. Ein kurzer Befehl durchs Bordtelefon reichte, und kurze Zeit später und vor allem rechtzeitig vor Eintreffen der Küstenwache ging eine Anzahl Pakete über Bord. Kurz danach so etwas wie eine Boje. Erstaunlich, was die Nordsee alles verschlucken konnte und vor allem, wie schnell. Grauschwarz reichte die Nordsee bis hin zur Küstenwache und schwarzgrau bis nach England. Rauschend verschluckt sie alles, Schreie, Menschen, ganze Schiffe.

Kapitel 24

Das Gute an alten Holzschuppen ist, dachte Untiedt, dass sie so zugig sind. Sofern das Dach dicht war und kein Wasser hineinlief, gab es nichts Besseres, um alte Autos zu lagern. Er stand im Tor, und das schummrige Licht des bedeckten Dithmarscher Nachmittagshimmels war zu schwach, um einen Schatten auf die Abdeckplane werfen zu können. Fast grob zog er den grünen Fetzen von dem goldenen Granada Ghia. Die Reifen schienen noch etwas Luft vertragen zu können, der TÜV war sicher abgelaufen, da brauchte er gar nicht erst zu gucken. Nach seiner Rechnung musste die Kiste bereits gute zwei Jahre hier eingemottet stehen, und dass sie anspringen würde, war eher unwahrscheinlich. Fast geräuschlos öffnete sich die Tür. Untiedt betrachtete und befühlte die Dichtungen. Hirschhornfett! Der alte Mann musste dieses Eisenschwein geliebt haben. Untiedt konnte es sehen, fühlen und riechen. Die beigefarbenen Veloursitze unter dem Schafsfell würden wie neu aussehen. Alles hier sah aus, als hätte sein Vater diesen Wagen in einer Zeitkapsel geparkt.

Beinahe ehrfürchtig stieg Untiedt ein und schloss die Tür. Einen Augenblick blieb er regungslos sitzen. Dann streichelte er sacht das Lenkrad. Nacheinander befühlte er alle möglichen Hebel, Schieber und Regler, ohne sie zu betätigen. Alles geschah so, als hätte er Angst, etwas kaputt zu machen oder dem Moment die Magie zu nehmen. Zaghaft schob er den Zündschlüssel ins Schloss und war ein bisschen enttäuscht, als der Sechszylinder bei der ersten Umdrehung wirklich nicht ansprang. Nichts, nicht einmal ein Klacken.

Ein Blick unter die Motorhaube zeigte, dass gar keine Batterie eingebaut war. „Das passt zu ihm“, murmelte Untiedt und wusste, wo er suchen musste. Die Batterie war schnell eingepflanzt und der Starthelfer angeschlossen. Dieses Mal wurde Untiedts Zuversicht nicht enttäuscht. Zwar brauchte es einige Umdrehungen und ein paar Zündversuche, aber dann brummte sanftes Leben durch das Auto. Vermutlich hätte der Wagen hier in dem Schuppen noch Jahre sanft vor sich hin oxidiert, wenn Broder Evers ihm nicht kräftig eingeschenkt hätte. Das war der Gedanke, mit dem Untiedt bei laufendem Motor ausstieg, den Starter abklemmte und dann behutsam die Haube in die Verriegelung drückte. Absolut vertrauenerweckend brabbelte der alte Granada auf dem Weg zum Heider Revier vor sich hin, und das erste Mal, seit er wieder hier in Dithmarschen war, verspürte er einen zarten Ansatz von innerem Frieden. Broder Evers hatte ihn wiedererkannt. Er hatte ihn genommen und auf die Bank gesetzt. Und dann hatte er ihm sein Beileid ausgesprochen, bummelig zwei Jahre nach dem Tod seines Vaters. Sonst nichts. Kein Wort über seine Schwester. Auch kein Blick und keine halbe Frage.

Dass Evers ihn fast umgebracht hatte, spielte keine Rolle mehr. Und die Vergangenheit auch nicht. Vielleicht konnte er mithilfe von Broder Evers und seinem Korn das erste Mal einfach nur traurig sein, ohne Zorn, ohne Verbitterung, ohne Enttäuschung. Er war Evers dankbar, und trotzdem musste er ihn gleich verhören.

Untiedt fand Katja Greets in einer nachdenklichen, fast grüblerischen Stimmung vor. Eigentlich hatte er erwartet, sofort mit Vorwürfen überhäuft zu werden, und er hatte sich vorgenommen, das demütig über sich ergehen zu lassen. Stattdessen war seine Kollegin in Gedanken versunken, als er sich ihr gegenüber an den Schreibtisch setzte.

„Wie sollen wir es machen?“, fragte Untiedt. Katja Greets hob den Kopf und schaute ihn fassungslos an. Untiedt erkannte seinen Fehler. Seine Frage fußte vollständig auf seinen Gedanken, und die konnte Katja unmöglich kennen. Zu allem Überfluss muss seine Frage auf völlig falsche Weise zu ihren Gedanken gepasst haben. „Also ich meine, wie wollen wir mit Evers vorgehen, oder hast du ihn schon verhört?“

Katja Greets’ Stirnfalten glätteten sich ein wenig. „Wir haben auch ihm erst einmal eine Mütze voll Schlaf gegönnt, Karsten. Die hatte er nötig, auch wenn er noch klarer wirkte als du.“

Treffer! Hatte er verdient, wussten beide.

„Vielleicht erklärst du mir mal, was das da für ein Schlachtfeld war. Sah nach einer lustigen Party aus, die ein klein wenig aus den Fugen geraten ist.“ Katja Greets lehnte sich in ihrem Bürostuhl zurück und verschränkte die Arme vor der Brust.

Untiedt räusperte sich. Wie sollte er das Unerklärliche erklären? „Er dachte, ich bin vom Finanzamt oder der Gerichtsvollzieher oder so. Eigentlich wartet er nur darauf, dass er von seinem Hof geschmissen wird. Mich meinte er gar nicht."

„Ach so, dich meinte er also gar nicht. Dann ist ja alles gut, Karsten." Sie schaukelte in ihrem Stuhl etwas zurück und zog die Augenbrauen hoch. „Aber womit meinte er dich gar nicht?" Die Süffisanz in ihrer Stimme triefte förmlich.

Wie ein beim Rauchen ertappter Pennäler kam er sich vor. „Also ... Es war so: Ich bin da heute Morgen auf seinen Hof und habe ihn gesucht. Im Stall. Da ist er dann mit der Mistforke auf mich los. Ich bin dann rausgerannt, ins Auto und wollte abhauen. Dabei hab' ich den Wagen auf die Steine gesetzt."

Mit der Hand forderte Katja Greets Untiedt auf, weiterzuerzählen.

Er seufzte. „Als ich nicht mehr wegkam, hat er den Trecker geholt, mich auf die Gabel genommen und den Wagen in der Gülle versenkt. Ich bin vorher herausgesprungen. Aber das war nur ein Missverständnis."

„Dann ist ja alles in Butter, Karsten." Diesmal war Katja Greets wirklich fassungslos. „Ist dir überhaupt klar, dass der Typ dich beinahe umgebracht hätte?" Sie stand auf, alles an ihr schrie ‚Angriff'. „Der zerlegt dein Auto, in dem du sitzt, versenkt es in der Scheiße, und dann sitzt ihr Arm in Arm auf der Bank und leert gemeinsam eine Flasche Korn. Meinst du nicht, dass da noch ein bisschen mehr als Erklärung von dir kommen muss?“

„Okay, er ist komplett durchgedreht. Aber als er mich erkannt hat, hat er sich wieder beruhigt. Ich war völlig durch den Wind, und da hat er uns einen eingeschenkt. Evers hat eine Klönschnackbank. Da hat er Gläser und Korn drin“, sagte Untiedt.

„Schönes Detail, Karsten. Weiter!“

In ihm sträubte sich alles. Für seinen Geschmack war der Blick, den er seiner Kollegin hinter seine Fassade gewährt hatte, schon groß genug. Allerdings war ihm auch klar, dass er ohne sie ganz schön in der Tinte sitzen würde. Also gab er sich einen Ruck. „Über zig Ecken bin ich mit Evers verwandt. Alter Dithmarscher Bauernadel, verstehst du? Wir sind Vettern x-ten Grades.“ Untiedt begann immer schneller zu sprechen. „Ich hatte keine richtige Ahnung, wer er ist, und ich weiß auch ehrlich gesagt immer noch nicht, welche Schwester meiner Oma mal was mit dem Neffen von wem aus welchem Dorf hatte und wieso er jetzt deswegen mit mir verwandt ist. Das interessiert mich nicht, hat es nie und wird es auch nicht. Aber er weiß halt, wer ich bin, und dass mein Vater vor zwei Jahren gestorben ist, weiß er auch. Außerdem stand ich vermutlich ein bisschen unter Schock und, und ...“ Er geriet außer Atem.

So hatte sie Untiedt bislang noch nicht gesehen. Und dass etwas anderes außer ‚Ich bin der große Macker, ich mach das alles allein' hinter seinem Soloauftritt bei Evers stecken könnte, war ihr nicht in den Sinn gekommen. Katja Greets griff über den Schreibtisch nach seinem Arm. „Langsam, Karsten. Ist in Ordnung." Nach einer kurzen Pause sagte sie: „Warum du mit ihm auf der Bank gesessen hast, hab' ich ansatzweise begriffen. Das mit dem Schnaps … Nee! Ich glaub übrigens nicht, dass du schon wieder hier sein solltest. Du hast echt noch eine heftige Fahne. Aber vielleicht könntest du mir bitte erklären, warum du überhaupt allein und ohne Absprache zu ihm gefahren bist."

Auf die Frage hatte er nur gewartet. Wobei ‚gewartet' eigentlich nicht der richtige Ausdruck war. Er hatte diese Frage befürchtet. Nicht, weil er eine Antwort scheute. Nein, vielmehr weil er keine schlüssige Antwort hatte. Aber sagen musste er etwas: „Ich sag ja, dass ich mit Evers irgendwie verwandt bin. Ich hatte mir die Akte mitgenommen, die Özcan uns zusammengestellt hat, hab aber gestern Abend nicht reingeschaut. Als ich heute Morgen seinen Namen sah und die Adresse, da kamen mir so alte Bilder aus der Kindheit hoch. Plötzlich wollte ich wissen, ob meine Erinnerungen stimmten. Ich bin einfach los, ohne nachzudenken. Das war ganz schlicht ein stumpfer Impuls, Katja. Es tut mir leid." Er hoffte, sie würde es schlucken, ohne noch weiter nachzufragen. Er hatte zumindest eine Erklärung geliefert, wenn auch keine besonders gute.

Zwar wurde es gerade interessant, aber Katja Greets merkte, dass sie an einen Punkt geraten waren, an dem sie besser nicht weiterbohrte. Vielleicht später, vielleicht nie. „Entschuldigung angenommen, Karsten!“, sagte sie, „und den Rest lasse ich mal unkommentiert so stehen. Aber eins ist ganz sicher. Die Vernehmung mit Evers führst du nicht durch!“

Karsten Untiedt brummte zustimmend. Ihm war selbst bewusst, dass er aus verschiedenen Gründen nicht in der Lage war, Evers zu befragen. Verstohlen hauchte er in seine Hand. Katja hatte eindeutig recht, was seine Fahne betraf!

Bevor er noch etwas dazu sagen konnte, fuhr Katja Greets fort: „Aber es wäre sicher gut, wenn du während der Vernehmung im Nebenzimmer zuschaust und mithörst.“ Sie nahm einen winzigen Funkkopfhörer aus ihrer Schreibtischschublade und zeigte ihn Untiedt. „Hier, den stöpsle ich mir ins Ohr. Dann kannst du mir helfen.“ Sie stand auf und Untiedt folgte ihr. Er wusste, dass er einen dicken Bock geschossen hatte, einen richtig dicken, und eigentlich stellte Greets' Vorgehensweise ein echtes Entgegenkommen dar. Trotzdem schmeckte ihm irgendetwas nicht. Er konnte es nicht greifen. Dafür wirbelte viel zu viel in seinem Innersten durcheinander.

Untiedt sah auf einen geteilten Bildschirm. Sabine Lüders hatte sich neben ihn gesetzt, war aber nach wenigen Minuten etwas von ihm abgerückt. Sie blickten in einen noch leeren Vernehmungsraum, ein neutral gehaltenes Zimmer mit zwei Stühlen, einem Beistelltischchen etwas abseits, darauf zwei Gläser und eine

Wasserflasche. Alles aus Plastik. Kurz darauf führte Özcan Onay mit einem weiteren uniformierten Kollegen Broder Evers durch die Tür und bat ihn, Platz zu nehmen. Beide warteten in dem Raum, bis Katja Greets eintrat und Evers gegenüber Platz nahm. Befriedigt stellte Untiedt fest, dass er sowohl sie als auch Evers gut sehen konnte. Von dem breitschultrigen kampfeslustigen Landwirt von heute Morgen war nichts mehr übrig geblieben. Noch bevor seine Kollegin die erste Frage gestellt hatte, noch bevor Evers die erste Antwort gab, wusste Untiedt, dass Evers seinen letzten Kampf bereits geschlagen hatte. Und er hatte ihn verloren. Endgültig!

Er machte es Katja Greets sehr leicht. Auf jede Frage erhielt sie vernünftige Antworten. Nichts deutete auf ein Taktieren hin. Es gab kein Hinhalten oder Täuschen.

Ja, er hätte Thoralf Hemke würgen können. Nein, er hatte es nicht getan, auch wenn ihm in den letzten Monaten häufig danach gewesen war.

Ja, er hatte ihn bedroht und beleidigt. Nein, er hatte nie geplant, ihm etwas anzutun.

Nein, er hatte kein Alibi für die Tatzeit, er war allein auf seinem Hof gewesen.

So ging es weiter und weiter, und Untiedt hörte geduldig zu, wie Katja Greets lehrbuchmäßig Frage um Frage stellte und Evers Antwort um Antwort gab. Dann kam sie auf die Anzeige wegen Körperverletzung zu sprechen, und das erste Mal spannte sich etwas in Evers' Körper. „Herr Evers, hier steht, dass Sie vor fünf Jahren einen Ihrer Erntehelfer krankenhausreif geschlagen haben. Was war damals passiert?"

Auch Untiedt saß jetzt gerade auf seinem Stuhl. Hätte er selbst sich richtig auf Evers vorbereitet gehabt, hätte er von der Anzeige gewusst. Und hätte er davon gewusst, wäre er sicher nicht allein zu Evers gefahren.

Broder Evers fror förmlich ein. Seit einer Stunde gab er bereitwillig Auskunft. Jetzt schwieg er urplötzlich wie zu Eis erstarrt. Katja Greets wiederholte ihre Frage. Keine Reaktion. Nur ein leerer Blick.

Für Karsten Untiedt war es offensichtlich, dass es für Broder Evers doch eigentlich nichts mehr gab, wofür es sich zu kämpfen lohnte. Warum also die Blockade? In Untiedts Hirn ratterte es. Vielleicht wollte Evers nichts mehr für sich? Bislang waren alle seine Antworten von einer ehrlichen Gleichgültigkeit geprägt gewesen. Es machte für ihn keinen Unterschied, ob er sich mit seinen Worten belastete oder nicht. Er hatte die Dinge so benannt, wie sie sich für ihn zeigten. Woher also diese Veränderung?

Katja Greets schien ob dieser unerwarteten Wendung in Broder Evers' Verhalten ebenfalls überrascht und ratlos.

Das erste Mal sagte Untiedt einer Eingebung folgend etwas ins Mikrofon, und Katja Greets zuckte erschrocken zusammen. „Sag ihm, dass es uns nur um den Mörder von Hemke geht." Untiedt konnte einen Moment lang den Mund seiner Kollegin nicht sehen, sie sagte nichts. „Probier' es aus, Katja. Für sich will er nichts. Aber vielleicht will er jemanden schützen. Mach Evers klar, dass wir nur an dem Mörder interessiert sind."

Katja Greets zögerte. Endlich sagte sie: „Herr Evers, es geht hier nur um Hemkes Mörder. Etwas anderes interessiert mich nicht!"

Evers blieb regungslos. Er sah aus, als wäre er drauf und dran, sich nach innen zu kehren und in sich selbst zu verschwinden.

Untiedt erkannte das, und er erkannte das Risiko. Wenn Evers jetzt erst einmal aufhören würde zu reden, vielleicht würde er nie wieder anfangen, und dann würde er einen wunderbaren Mörder abgeben, ohne es je gewesen zu sein. „Katja, bleib dran. Erklär's ihm!"

Untiedt konnte sehen, wie Katja Greets mit sich rang. Sie hatte Evers die Möglichkeit gegeben, eine Erklärung zu liefern. Er tat es nicht. Sie hatte ihm die Chance gegeben zu sagen, warum er gewalttätig geworden war. Er schwieg. Wenn er es unbedingt so haben wollte, hätte sie einen impulsiven und unkontrolliert gewaltbereiten Tatverdächtigen mit Motiv und ohne Alibi. Was wollte sie noch mehr? Aber war Evers ein Mörder? Sie konnte es sich beim besten Willen nicht vorstellen. Nur was hieß das schon. „Mensch Evers! Wenn Sie uns nichts sagen, dann gehen Sie vielleicht für Mord in den Bau."

Alles an Evers dünstete förmlich aus, dass ihm das herzlich egal war.

„Ihnen ist das vielleicht einerlei, Herr Evers! Aber dann läuft da einer frei rum, und wer weiß, vielleicht tut der auch noch anderen Menschen was an."

Das ist der richtige Weg, dachte Untiedt. Und tatsächlich, Evers reagierte. Kaum merklich, aber sein Blick hob sich. „Er geht an seine Erinnerungen. Du bist dran, Katja!“

Auch sie hatte seine Augenbewegungen registriert. „Die Anschuldigungen gegen Sie wurden zurückgezogen, und zunächst hatte …“ Katja Greets blätterte in einer Akte „… Marcin Piontek auch selbst von einem Unfall gesprochen.“ Sie schloss die Akte wieder und schob sie beiseite. Dann lehnte sie sich leicht vor und sprach langsam und sehr akzentuiert weiter: „So wie ich das hier sehe, hat er Sie erst beschuldigt, als die Ärzte festgestellt hatten, dass er gar keinen Unfall erlitten haben konnte. Also, Broder, was war da los?“

Gespannte Stille. Nur ein leichtes Zucken in Broder Evers’ Mundwinkeln, doch Katja Greets nahm es wahr und blieb geduldig, als sich das Schweigen in Minuten dehnte. „Liliana!“, sagte Evers so leise, dass Untiedt es im Nebenraum nicht verstehen konnte, aber er spürte, wie sich auf einmal Risse durch Broder Evers’ Eispanzer zogen. Er hatte das Gefühl, als könnte er es knacken hören. Evers straffte den Oberkörper merklich, und immer mehr Eis bröckelte und fiel von ihm ab. Ein kleines bisschen von dem baumstarken Landmann kehrte zurück. Seine Stimme wurde etwas klarer: „Liliana hat bei mir gewohnt. Sie war illegal in Deutschland. Liliana hat den Haushalt gemacht, auf dem Hof gearbeitet …“ Evers brach ab.

Katja Greets wollte zwischenfragen, doch Untiedt kam ihr zuvor. „Lass ihn!“, zischte er ihr ins Ohr, und sie schloss den Mund wieder. Sabine Lüders fühlte sich an einen Fisch im Aquarium erinnert. Doch obwohl Untiedts Zischen in ihren Ohren hart klang, wirkte ihre Chefin auf sie nicht verletzt. Katja vertraut ihm, dachte sie.

Es dauerte, doch dann sprach Evers tatsächlich weiter. „Ich hatte nie etwas mit Liliana, nie. Ich weiß, dass Sie das fragen wollen, aber da war nie etwas."

Stimmt, dachte sie, genau das hätte sie jetzt gefragt.

„Vielleicht war sie ein bisschen wie meine Tochter. Sie hatte ja schnell gemerkt, dass ich sie mag. Sie hat auch mit mir geschäkert. Aber nicht so, wie die Leute immer gleich meinen. Sie hatte das genau gewusst, auf welche Art ich sie gernhatte. Ich hatte sie gern. Sehr, sehr gern. Und ich habe sie verwöhnt. Dann hat sie mit diesem netten jungen Burschen angebandelt, und sie hat ihn mir vorgestellt. Können Sie das glauben? Sie hat mir den jungen Mann vorgestellt. Ganz so, als wäre sie meine Tochter. Liliana ist zu mir gekommen und wollte wissen, was ich von ihm halte. Verstehen Sie das? Diese wundervolle junge Frau wollte, dass ich ihr meine Zustimmung gebe. Wie einen Vater hat sie mich gefragt." Wasser stieg Evers in die Augen, sammelte sich auf seinen Lidern.

Nie hätte Katja Greets solche Tiefe in dem vierschrötigen Kerl erwartet, und dann sah sie, wie sich Schmerz und Zorn immer tiefer in sein Gesicht gruben.

„Marcin Piontek war Erntehelfer bei mir. Das erste Jahr. Von Anfang an hatte er ein Auge auf Liliana geworfen, aber sie hatte ihn abblitzen lassen. Marcin nervt, hatte sie mehr als einmal zu mir gesagt, schick ihn weg. Aber ich habe es nicht getan. Ich hätte ihn rausschmeißen sollen, sie hatte es mir doch gesagt. Aber ich habe es nicht gemacht." Evers atmete schwer ein und schwer aus. „Dieses Schwein hat Liliana eines Abends abgepasst, in den Stall gezerrt ... er hat sie ..." Evers' Stimme brach. Er fasste sich an die Nase, schluckte, dann sprach er weiter. „Liliana ist zurück in die Ukraine. Sie schreibt mir, dass es ihr gut geht. Aber das stimmt nicht, ich weiß es. Ich habe sie damals gefunden. Sie hatte sich ins Haus geschleppt. Ich war an dem Abend noch weg. Ich war an diesem scheiß Abend bei den Jagdhornbläsern, und Marcin wusste das. Ich bin dann zu dem Haus, in dem er mit ein paar anderen Erntehelfern wohnte. Drei. Als ich in ihr Zimmer kam, sind die anderen beiden gegangen. Kein Wort haben die gesagt. Die wussten, was los war. Ich konnte es in ihren Augen lesen. Sie wussten, was Marcin getan hatte, was er ihr angetan hatte, und sie wussten, was passieren würde. Und dann war ich mit Marcin allein." Evers' Zähne malmten aufeinander, und Katja Greets beobachtete das Spiel seiner Kiefermuskeln. Als er weitersprach, brachte er die Zähne kaum auseinander. „Vielleicht vier Minuten, vielleicht vierzehn. Ich weiß es nicht. Irgendwann kamen die anderen beiden wieder rein und schoben mich aus dem Zimmer. Ich hätte ihn totgeschlagen."

Nun schwieg Broder Evers, und Katja Greets schwieg mit ihm. Auch Sabine Lüders und Karsten Untiedt schwiegen. Sie vermieden den Blick. Stattdessen schauten sie zu Boden. So unprofessionell es auch war, aber für einen Moment teilten sie Broder Evers' Schmerz, und sie glaubten ihm. Für Katja Greets war es nicht einfach, wieder in die Befragung einzusteigen, aber sie brauchten noch Angaben, um Evers' Aussage zu überprüfen. Auf Untiedts Zeichen hin schrieb Sabine Lüders einige Namen und Adressen, die Evers nannte, gleich mit und begann noch mit der Überprüfung, bevor Evers in sein Arrestzimmer zurückgebracht worden war.

Kapitel 25

Einen bescheuerteren Job hatte Friedjof für ihn noch nie gehabt. Mit Sicherheit war das irgendein krummer Mist, was er hier machen sollte. So blöd war er ja nun nicht, dass er das nicht merkte. Na, und 200 Euro extra auf die Hand rückte Friedjof auch nicht alle Tage raus. Da war bestimmt was nicht koscher, wie seine Moni sagen würde. Aber leichter konnte er das Geld nicht verdienen.

Hannes steckte den Schlüssel ins Schloss, drehte ihn um und ging in das schmucke kleine Haus. War ja schon interessant, was man in Schobüll für schnieke Möbel hatte. Von Ikea waren die nicht. Da hätte Hannes einen Batzen drauf gewettet. Deswegen war das eigentlich auch ganz schön Sünde, dass er jetzt mit dem schmierigen Lappen überall ein paar Flecken hinmachen sollte. Das graue Sofa hätte sich ja angeboten, aber das war noch so schick und neu, das mochte Hannes nicht tun. Beim Teppich war das nicht schlimm drum. Der war sowieso schon ein bisschen fleckig. Und auf so ein komisches Kissen auf dem Fußboden drückte er den Lappen auch. Dann stopfte er den blutigen Lappen wieder in die Plastiktüte. Echt eklig. Gut, dass er von Anfang an an die Handschuhe gedacht hatte. Und unbedingt wieder mitbringen musste er den schmierigen Kram.

Ihm war schleierhaft, was der Quatsch sollte, aber Friedjof hatte gesagt, dass das wegen der Versicherung ist, nur damit die auch zahlen. Deshalb sollte er auch noch gucken, ob er da was Teures findet. Nicht zu groß, bloß keinen Fernseher oder so ein Zeugs, hatte Friedjof gesagt. Nach Münzen sollte er suchen, aber auch mit Handschuhen an. Und wenn er keine finden sollte, dann eben ein Bild von der Wand. Aber was Gemaltes mit Farbe. „Und wenn da gar nicht so was ist?", hatte er Friedjof gefragt, dann solle er halt nichts mitnehmen, das wäre dann auch nicht so wild. Also suchte Hannes nach Münzen, fand aber keine. Er suchte in jedem Zimmer. Musste nicht so gründlich sein, meinte Friedjof. Und wenn er Bargeld fände, die Frage war Hannes noch eingefallen, dann dürfte er das auch nehmen. Also guckte er doch ein bisschen gründlicher, trotzdem ohne Erfolg, so 'n Schiet. Dafür hatte er aber sämtliche Schubladen durchstöbert und ein ordentliches Durcheinander verursacht. Ein gemaltes Bild hing auch keines an der Wand, also kein kleines. Das große aus der Wohnstube passte ja in kein Auto und mal gar nicht auf sein Fahrrad.

Beinahe hätte Hannes das feine Häuschen schon wieder verlassen, als ihm einfiel, dass er unbedingt bis drei zählen sollte, wenn er ging. Eins, der Lappen. Zwei, Münzen suchen. Drei, das war jetzt echt das Bekloppteste: Er sollte sich dafür ja auf keinen Fall was von zu Hause mitnehmen. Aber wie er das dann machen sollte, hatte Friedjof ihm dann auch nicht gesagt. Und danach zu fragen, hatte er vergessen. Also ging Hannes noch einmal durch das Haus, guckte und fand, was er brauchte. Neben dem Kamin hing ein ordentlicher schmiedeeiserner Schürhaken. Der müsste gehen, überlegte er. Endlich konnte er das Haus verlassen.

Die ganze Sucherei hatte ziemlich lange gedauert, und Moni mochte ja nicht so gerne, dass er mitten in der Nacht nach Hause kam. Bestimmt machte sie wieder Stunk: Er würde sich so lange in der Kneipe rumtreiben und so. Aber Moni sagen, dass er für Friedjof doch wieder so einen Job machte, konnte er auch nicht. Die Hölle wollte sie ihm heißmachen, wenn er sich wieder auf irgendwelche krummen Dinger mit Friedjof einließe, hatte sie ihm gesagt. Und das hatte sie auch so gemeint. Moni konnte da recht deutlich werden.

Mit einer Mischung aus gereizten Nerven und schlechtem Gewissen wegen Moni zog er die Tür zu und schloss wieder ab. Dann ging er ums Haus und war froh, dass hier jede Menge Bäume drumherum standen. Was er jetzt noch machen sollte, war so gar nicht nach seiner Art, und deswegen wollte er da auch auf keinen Fall bei gesehen werden. Mit ein paar kräftigen Schlägen zertrümmerte er eine Scheibe zum Wohnzimmer, stocherte ein Loch hinein, griff durch das Loch nach innen und öffnete das Fenster. Anschließend schleuderte er den Schürhaken zurück ins Haus. Ordnung musste sein.

In gebückter Haltung und tunlichst jedes Licht der Straßenbeleuchtung vermeidend verpieselte sich Hannes so schnell es ging aus Schobüll. Zwei Ecken weiter wartete sein Fahrrad. Er schwang sich auf den Sattel und radelte, was das Zeug hielt, Richtung Husum. Dabei hatte er genug Zeit, über seinen merkwürdigen Job nachzudenken. Ein komisches Gefühl beschlich ihn. Wirklich sinnvoll kam ihm das alles nicht vor. Hannes hatte auch nicht groß nachgefragt, als Friedjof ihm erklärte, was er machen sollte. Warum auch? Bisher war immer alles gut gegangen, wenn er genau gemacht hatte, was Friedjof von ihm wollte, und das jetzt war ja auch ganz schön kompliziert, fand er. Alles, aber auch wirklich alles hatte er genau nach Anweisung gemacht. Deswegen war Hannes schon ein bisschen stolz auf sich. Schade nur, dass er Moni nichts erzählen durfte. Moni mochte das wirklich gar nicht, wenn er mal so 'n Extrajob für Friedjof machte. So böse wurde sie dann. Friedjof mochte sie ja auch nicht. Sie fragte aber auch nicht nach, woher er das Geld hatte für mal zum Griechen mit ein, zwei Ouzo mehr.

Das komische Gefühl verschwand allmählich, und zufrieden ging Hannes in Gedanken noch einmal durch, was er machen sollte und was er gemacht hatte. „Oh", sagte er. Ihm war noch was eingefallen. Den Lappen musste er noch loswerden. Wieder mitgenommen hatte er ihn, aber nun musste er weg. Der war was fürs Hafenbecken, beschloss er. Aber dahin fuhr er lieber den kleinen Sandweg unterhalb der Umgehungsstraße. Denn obwohl Hannes mit sich und der Welt wieder im Reinen war, war ihm trotzdem gar nicht danach, dass ihn heute Nacht noch irgendjemand sehen sollte.

Er trat kräftig in die Pedale, und vielleicht, dachte er, war Friedjof doch nicht so ein anständiger Kerl, wie er immer glaubte.

Kapitel 26

Katja Greets und Untiedt hatten spät Schluss gemacht und gemeinsam das Polizeigebäude verlassen. Die Tatsache, dass Sabine Lüders schnell einige Namen und Adressen, die ihnen Broder Evers gegeben hatte, bestätigen und teilweise sogar ausfindig machen konnte, erleichterte sie beide. Zwar hatten sie nicht darüber gesprochen, aber es war nicht zu übersehen gewesen, dass sie beide Verständnis für Evers hatten. Es war fast logisch, dass er nach den Ereignissen rund um diese junge Frau aus der Ukraine, diese Liliana, die Kontrolle verloren hatte. Und das galt nicht nur für seinen Gewaltausbruch gegen diesen Marcin Piontek. Das galt für sein gesamtes Leben. Evers war endgültig ein gebrochener Mann. Er hatte nie selbst eine Familie gehabt, und für Liliana hatte er wie ein Vater sein dürfen. Das war wahrscheinlich das Größte an Vertrauen und Zuneigung, was ihm je im Leben geschenkt wurde. Dann war dieser Marcin Piontek gekommen und hatte das alles zusammen mit der jungen Frau zerstört. Evers würde sich deswegen ewig schuldig fühlen.

Natürlich konnten sie es nicht offiziell machen oder offen aussprechen, aber für Karsten Untiedt und

Katja Greets schied er als Täter aus. „Danke, Katja!", sagte Untiedt.

Sie schaute ihn an, überlegte kurz, was er gemeint haben könnte, und stellte überrascht fest, dass Untiedts Riesenschlamassel erst wenige Stunden her war. Das musste der Grund für den Dank sein. Wie er aus dieser Nummer herauskommen wollte, war ihr schleierhaft. Vielleicht hatte er auch Glück, und in dem ganzen Trubel interessierte sich vorerst niemand für ein kaputtes Dienstfahrzeug. Aber irgendwann würde er eine gute Geschichte parat haben müssen.

„Keine Ursache. Aber durch bist du damit noch nicht", sagte sie, „soll ich dich morgen abholen?" Bei dem Gedanken an den kaputten Passat drängte sich diese Höflichkeit geradezu auf. Außerdem hatten sie einen Termin in Husum beim Finanzamt. Wie sollte Untiedt sonst aus dem verlassenen Winkel, an dem sie ihn neulich abgesetzt hatte, wieder hierherkommen? Wie war er eigentlich heute Nachmittag hierhergekommen, fragte sie sich überrascht.

„Findest du das denn wieder?", fragte Untiedt.

„Mit Navi sollte das machbar sein, und Richtung Husum ist es auch. Dann brauchst du nicht erst nach Heide. Wie bist du denn jetzt überhaupt hier?"

Untiedt zeigte auf den Parkplatz. Da stand genau ein Auto. Es sah in etwa so aus wie die Autos, die ihr kleiner Neffe malte. Katja musste grinsen. Auf seine Art passte der eckige Kasten zu Untiedt. Sie konnte nicht erklären, warum. Aber es war stimmig. „Steht dir, Karsten."

Sie drehte sich um, ging und sagte etwas lauter in die Nacht: „Um acht am Arsch der Welt, ich bin pünktlich!“

Kapitel 27

„Gibt's doch gar nicht!", murmelte Katja Greets vor sich hin. Sie konnte sich selbst nicht verstehen, weil die Musik so laut war. Die drehte sie leiser, während sie die ... sollte sie Dorfstraße sagen? ... entlangrollte. Sie hatte sich extra bemüht, so rechtzeitig zu sein, dass sie ihren Kollegen aus dem Haus gehen sehen konnte. Aber Untiedt stand schon an der Straße. Zu gern hätte sie gewusst, in welchem dieser Häuschen er untergekommen war. Und dieses kantige Auto war auch nirgends zu sehen.

In diesem Moment beschloss sie, ihre Neugier sportlich zu betrachten. Auf keinen Fall wollte sie verkniffen ihrem Kollegen hinterherschnüffeln, aber da gab es doch einige Rätsel zu lösen, und das wollte sie eben auch.

„Danke, dass du mich abholst. Der alte Granada hat keinen TÜV mehr, und auch sonst weiß ich nicht so recht, ob ich ihm trauen kann", sagte Untiedt, noch bevor er richtig im Auto saß. Mit ihm kam ein Schwall kühle, aber angenehm frische Luft ins Auto.

Katja Greets fiel sofort der weiche Klang in Untiedts Stimme auf. Die olle Karre war nicht nur ein altes Auto für ihn, wurde ihr klar. Sie bedeutete ihm etwas, oder zumindest verband er etwas mit dem Wagen.

„Wo hast du das gute Stück denn stehen?“, fragte sie nicht ohne Hintergedanken.

Untiedt zeigte mit dem Daumen über die Schulter. „Hier in der Garage.“

Da in dieser Straße zu jedem Haus eine Garage gehörte, half das Katja nicht weiter. Punkt für Untiedt. Sie würde das Spiel zu einem anderen Zeitpunkt fortsetzen, wobei sie nicht wusste, ob es auch für Untiedt ein Spiel war. Das glaubte sie zum jetzigen Zeitpunkt aber eher nicht. Am schwierigsten würde es werden, den Grund für seine Geheimniskrämerei herauszubekommen. Später! Ohne Eile fuhr sie los. Zeit hatten sie durch diese Scharade jedenfalls genug gewonnen.

Ihre bummelige Fahrweise durch den Koog verlangsamte auch ihre Gedanken. Schweigend hing sie ihnen nach, und erst als ihr Kollege an der Auffahrt zur Eiderbrücke kurz vor Tönning mit seinen Worten in ihre Träumereien platzte, merkte sie, dass er schon voll auf Arbeitstemperatur war.

„Wäre ja ganz schön, wenn wir diesen Typen antreffen würden“, sagte Untiedt und wischte wild auf seinem Handy hin und her. Ganz offensichtlich suchte er etwas, fand es aber nicht.

„Wen meinst du?“, fragte Katja Greets.

Ohne zu antworten, strich Untiedt weiter kreuz und quer über sein Smartphone und brummte vor sich hin. Dieses hektische und offensichtlich erfolglose Rumgespiele machte sie zusehends nervös. Am liebsten hätte sie ihrem Kollegen das Ding weggenommen. Dummerweise musste sie auf die Straße achten und die Hände am Lenkrad behalten. „Wen meinst du?“, wiederholte sie, „und was veranstaltest du da eigentlich mit deinem Handy?“

Untiedt löste seinen Blick von dem störrischen Helfer und wandte sich ihr nur kurz zu. „Na, ich suche seinen Namen, den muss ich hier doch irgendwo ...“ Untiedts Bemühungen wurden verbissener. „Diesen ... aus dem Finanzamt! Diesen ... verdammt noch mal!“ Wieder war er im Gange. Gleich würde das Ding aus dem Fenster fliegen.

„Boetius?“, fragte Katja Greets. „Du meinst Günther Boetius. Ich weiß nicht, ob wir ihn treffen. Ich hab doch gestern noch mit dem Amtsleiter gesprochen. Er wusste nicht, ob Boetius heute da sein würde. Gestern ist er jedenfalls nicht zum Dienst erschienen, das war wohl das erste Mal bei Boetius. Ist sonst noch nie vorgekommen, sagt sein Chef.“

„Was, der war noch niemals krank?“ Endlich steckte Untiedt sein Smartphone weg.

„Nein, Boetius ist scheinbar an Korrektheit nicht zu überbieten. Nur gestern kam er nicht und hatte sich auch nicht krankgemeldet. Und das ist wohl so außergewöhnlich, dass mir Peters, also der Amtsleiter, sein Chef, das ungefragt erzählte.“

„Wenn es dumm läuft, heißt das also, dass wir umsonst nach Husum eiern. Super. Vielleicht sollte ich gleich Hansen anrufen. Wenn der noch was für uns hat, wäre das jetzt nicht die totale Zeitverschwendung.“ Untiedt klang leicht genervt.

Katja Greets bemerkte das und hoffte, ihren Kollegen etwas herunterkühlen zu können: „Die gleiche Befürchtung hatte ich auch. Aber ich kann dich beruhigen. Dürfte eigentlich kein Problem sein, da etwas Vernünftiges herauszubekommen. Peters sagte, dass sich in Husum immer zwei Kollegen gegenseitig sichern. Also wenn der eine ausfällt, kann der andere immer noch an den Rechner. Die würden zwar nicht unbedingt die Vorgänge des anderen bis ins letzte Detail kennen, könnten sich aber schnell einarbeiten. War wohl seine Idee, das so zu machen."

Ihre Worte hatten nicht die gewünschte Wirkung. Untiedt begriff aber allmählich, was ihm so unter die Haut schlich: Die Vorzeichen hatten sich verschoben. Katja Greets hatte das Heft in die Hand genommen. Und mit seinem Meisterstück gestern bei Evers hatte er ihr endgültig die Initiative überlassen. Sie machte nichts falsch, darum ging es nicht. Im Grunde genommen musste er sogar anerkennen, dass sie einen wirklich guten Job machte. Aber jetzt war er derjenige, der doof hinterherlief, wie sie es ausgedrückt hatte. Höchste Zeit, wieder in die Spur zu finden, beschloss er.

Kapitel 28

Am Finanzamt angekommen wurden sie gleich von Vorsteher Klaus-Helge Peters aufs Freundlichste begrüßt. Weil Untiedt keine bessere Small-Talk-Floskel einfiel, sagte er: „Faszinierend, wie hier alles auf einem Haufen liegt“, und erwartete darauf keine besondere Reaktion, zumal er nicht annehmen konnte, dass Peters ihn sofort verstand. Es war einfach das Erste, was ihm aufgefallen war. Finanzamt und Polizeirevier trennten nur ein imposanter Neubau, allerdings auch architektonische Welten. Für ihn war das nur eine Feststellung, um irgendetwas zu sagen.

Aber Peters hatte ihn tatsächlich verstanden und stieg voll drauf ein: „Auf den ersten Blick stimmt das. Mit ein bisschen Geschick können Sie von hier Ihren Kollegen einen Stein durch die Scheibe schmeißen.“ Peters lachte vergnügt über seinen eigenen Witz und grunzte dabei wie ein altes Borstenvieh. „Bald wird das noch einfacher sein!“, sagte er und schaute bedeutungsschwer zum Neubau hinüber. „Aber im Ernst, unser Finanzamtsgebäude ist ja wirklich hübsch, nur beileibe nicht mehr zeitgemäß. Schon jetzt verteilen sich unsere Büros in der ganzen Stadt, und eigentlich sind wir ja auch nur eine Außenstelle. Der Hauptstandort ist in Leck.“

Ob Peters' Rede jetzt ein einstudiertes Klagen war oder eine politische Rede, mochte Katja Greets nicht entscheiden. Jedenfalls forderte Peters' Blick Mitgefühl angesichts einer solchen Ungerechtigkeit ein, und das Gejammer ging weiter, bis er sie ins Büro von Günther Boetius geführt hatte. So erfuhren Greets und Untiedt auch, dass der Neubau, der nebenan auf seine Fertigstellung wartete, eine große Erweiterung des Finanzamtes werden würde und Peters hoffte, noch in Amt und Würden zu sein, wenn alles fertig wäre. Jedenfalls bereitete sich hier im Hause schon alles auf den Umzug vor, was natürlich neben großer Vorfreude auf würdigere Arbeitsbedingungen auch eine Unmenge an zusätzlicher Arbeit bedeuten würde.

Mein Gott Peters, sie werden sicher ein Bild mit deinem Konterfei in irgendeinen Flur hängen, dachte Katja Greets, der dieser Durst nach überhöhter Bedeutung fremd war. Jedenfalls hätte sie das guten Gewissens immer wieder von sich selbst behauptet. Sesselpuper, die ein Ölbild von sich brauchten, brauchte sie nicht.

Während sie in Gedanken vor sich hin ätzte, ging das Palaver immer weiter, und zu ihrer Erleichterung übernahm Untiedt den schwatzhaften Part. Natürlich durfte ein Vergleich mit ähnlich bedeutenden Bauvorhaben in Berlin, Stuttgart und Köln dabei nicht fehlen. Das sinnentleerte Gerede raubte ihr fast den Nerv, und es nahm erst ein Ende, als sie abrupt vor einer vollkommen beliebigen Bürotür stehen blieben. Peters öffnete ihnen die Tür, bat beide herein und Platz zu nehmen und nahm den Hörer vom Telefon. Noch an Untiedt und Greets gewandt sagte er: „Frau Matthiessen kommt gleich zu Ihnen. Sie hat alle Zugangsdaten für Herrn Boetius' Rechner, und sie wird Ihnen sicher auch helfen können, sich in den Unterlagen zurechtzufinden." Dann sprach er mit gezuckerter Stimme in den Hörer, legte auf, und im nächsten Moment öffnete sich schon die Tür zum Nachbarbüro.

Eine junge Frau Mitte zwanzig kam herein, und Katja Greets bemerkte sofort die atmosphärische Veränderung im Raum. Was ein enger Rock und straffe Titten so alles bewirken können, dachte sie bitter und lächelte Frau Matthiessen freundlich an. Noch freundlicher verabschiedete sich Amtsvorsteher Peters und wünschte gutes Gelingen. Auch Untiedt hatte plötzlich einiges von seiner üblichen mürrischen Laune eingebüßt. ‚Blondchen' schoss es Katja Greets durch den Kopf.

„Hallo, ich bin Lena Matthiessen", stellte sich die junge, gut gekleidete Frau vor und reichte nacheinander Katja Greets und Karsten Untiedt die Hand.

„Es freut mich, Sie kennenzulernen, Frau Matthiessen. Ich bin Kriminalhauptkommissar Karsten Untiedt vom Landeskriminalamt Kiel, und das ist meine Kollegin Katja Greets. Kriminaloberkommissarin aus Heide." Dabei zeigte Untiedt Lena Matthiessen die Dienstmarke. Sie nahm die Marke in die manikürte Hand und betrachtete sie scheinbar interessiert. Wobei es für sie das Normalste von der Welt zu sein schien, dass der Blick eines Mannes bewundernd auf ihr ruhte.

„Ja moin, Frau Matthiessen. Dann fahren Sie doch mal den Rechner von Herrn Boetius hoch", sagte Katja Greets so freundlich es ging. Dass ihre Freundlichkeit dann doch Wünsche offenließ, zeigte ihr Untiedts missbilligender Blick.

Lena Matthiessen war allem Anschein nach nichts aufgefallen, zumindest ließ sie sich nichts anmerken. Flink huschte sie hinter den Schreibtisch und startete den Computer. Die Eingabemaske öffnete sich, und sie gab mit sehr schnellen Fingern das Passwort ein. „Worum geht es denn eigentlich, wenn ich fragen darf?", fragte sie beiläufig und kreiste ziellos mit dem Cursor über den Bildschirm umher.

„Wir interessieren uns für den E-Mail-Verkehr von Herrn Boetius. Und um ehrlich zu sein, hatten wir gehofft, ihn hier anzutreffen", sagte Untiedt.

„Dürfte ich mal?", sagte Katja Greets und schob Lena Matthiessen seitlich vom Bürostuhl. Die guckte verdutzt und räumte mit zwei stolpernden Schritten den Platz. Die Situation schien sie zu verwirren. „Karsten, was hältst du davon, wenn du Frau Matthiessen nebenan in ihrem Büro schon einmal zu Herrn Boetius befragst, und ich widme mich so lange den E-Mails?"

Katja Greets wartete keine Antwort ab und hielt ihren Blick fest auf den Monitor gerichtet. Sie wusste, dass Untiedt sie jetzt anschaute, und sie wusste auch, dass sie ihn gerade mehr oder weniger offen herausgefordert hatte. Selber schuld, Herr Kriminalhauptkommissar, dachte sie, und ohne es zu zeigen, freute sie sich über ihren kleinen Triumph. Untiedt konnte unmöglich jetzt etwas anderes tun, als mit dem Mädchen in das andere Büro zu gehen.

„Wenn ich Sie bitten dürfte, Frau Matthiessen", hörte sie ihn sagen. Erst als sich die Bürotür schloss, schaute sie wieder auf. Sie hasste diese sinnlosen Rangkämpfe.

Das E-Mail-Fach von diesem Boetius war ziemlich voll. Hauptsächlich handelte es sich um Nachfragen und Erinnerungen. Die verschiedensten Leute warteten auf Unterlagen, Antworten, Auskünfte. Aber Mails von Thoralf Hemke, die ja zu finden sein müssten, fand sie nicht. Auch in den zahlreichen Ordnern, die Boetius angelegt hatte, war nichts über oder von Hemke dabei. Der elektronische Mülleimer war auch leer. Ihre zaghaften Versuche, sich in den anderen Programmen zurechtzufinden, gab sie schnell wieder auf.

So war es ihr auch recht, dass Untiedt nach nicht allzu langer Zeit die Zwischentür öffnete und seinen Kopf durch den Türspalt schob. Sofort nahm sie Blickkontakt zu ihm auf, und sein kaum merkliches Kopfschütteln zeigte ihr, dass nichts Nennenswertes aus der Befragung herausgekommen war. Sie selbst signalisierte ihm ebenfalls mit einer kleinen Kopfbewegung, dass er die Matthiessen wieder hereinbringen konnte.

„Frau Matthiessen! Herr Peters sagte uns, dass Sie uns bei der ersten Sichtung von Herrn Boetius' Dateien behilflich sein könnten."

„Ich helfe doch gern, wenn ich kann", sagte Lena Matthiessen in ihrer freundlichen und offenen Art, und

Katja Greets verspürte eine wahnsinnig ungerechte Aggression in sich aufsteigen.

„Katja, ihr kümmert euch hier um Boetius' Unterlagen. Versuch so viel wie möglich herauszufinden. Ich gehe zu Hansen aufs Revier. Mal sehen, was die da schon für uns haben. Melde dich einfach, wenn ihr hier fertig seid!" Sie will es ja nicht anders, dachte Untiedt, ließ seine Worte wie Eisblöcke im Raum stehen und ging.

Katja Greets hätte schreien mögen, aber die Anwesenheit dieses Mädchens hinderte sie daran. Auf der Rückfahrt würde sie ihn sich vorknöpfen. So viel war mal sicher. Mit all ihrer Selbstbeherrschung zwang sie sich an den Rechner. Ihr war bewusst, dass die vor ihr liegende Aufgabe viel Konzentration erforderte, und der negative Gefühlscocktail, in dem sie gerade badete, war da nicht sonderlich hilfreich.

Kapitel 29

„Tja Günther, was machen wir denn da?"

„Das weiß ich doch nicht. Das ist nicht mein Problem, das ist dein Problem!"

Günther Boetius schob einen Stoß Blätter zusammen und ließ ihn ein paar Mal durch die Hände auf die Tischplatte gleiten. Erst stauchte er die kurzen Kanten zusammen, dann die langen. Zufrieden betrachtete er den nun ordentlichen Packen und machte Anstalten, ihn in seiner ledernen Vintage-Aktentasche zu verstauen, als für ihn völlig unerwartet eine Hand aus dem Schatten schnellte und ihm die Papiere aus der Hand schlug.

Vor Schreck zuckte Boetius zurück. Seine Selbstsicherheit zerstob mitsamt dem Blätterstapel. Aus dem Gleichgewicht geraten taumelte er nach hinten, sein Gegenüber schob sich immer näher an ihn heran. Boetius wich einen Schritt, dann noch einen. Dann stieß er an einen festen, sehr großen Körper, der nach Schweiß roch. In Bruchteilen von Sekunden verlor er die Kontrolle, nein, er realisierte, dass er niemals eine Kontrolle gehabt hatte. Über Jahre hatte er sich selbst belogen, hatte geglaubt, alles im Griff zu haben. Schließlich hatte er doch die Hand am Hebel. Er war der Kopf, hatte gesagt, wie man die Geschäfte verschleiern sollte. Er war es, der dieses ganze Konstrukt errichtet hatte. Ohne ihn würde diese ungebildete Sippe niemals ihr schmutziges Geld sauber kriegen. Alle Fäden in der Hand, alles fest im Griff. So hatte er sich gesehen.

Aber dann kam dieser neunmalkluge Jungspund. Schon da hätte er begreifen müssen, dass er seine eigene Rolle völlig falsch eingeschätzt hatte. Irgendetwas hatte er übersehen, und jetzt schloss der Hüne, gegen den er getaumelt war und dessen Namen sich zu merken er niemals für nötig befunden hatte, seine Arme wie Schraubzwingen um ihn. Sein Kartenhaus aus Gier, Narzissmus und offensichtlich grenzenloser Selbstüberschätzung fiel schlagartig in sich zusammen. Wer mit dem Teufel tanzt ..., dachte er, und zumindest für den Moment ergab er sich in sein Schicksal, sodass es ein Leichtes war, Günther Boetius zu fesseln und ihm den Jutesack über den Kopf bis unter die Füße zu ziehen. Ihm wurde leicht übel. Sein Verstand war nicht mehr in der Lage, die Situation zu erfassen, und seine Gliedmaßen gehorchten ihm nicht mehr. Trotzdem fühlte er sich seltsam wohl. Zusammengeschnürt, in Embryonalstellung gepresst, dämmerte Günther Boetius davon.

Kapitel 30

Katja Greets musste zugeben, dass dieses junge Ding, diese Matthiessen, eine echte Hilfe war. Ohne sie hätte sie noch Stunden vor Boetius' Computer verbringen können und hätte nichts herausgefunden. Die Alternative wäre gewesen, den Rechner gleich von der KTU abholen zu lassen. Das musste noch geschehen, aber wie die Dinge standen, schaffte Femke Oberhauser es ja nicht einmal, das Handy auszuwerten, dachte sie bitter.

Was Thoralf Hemke anging, blieb es dabei. Sie hatten in allen möglichen Ordnern und Dateien nachgeschaut. Nichts. Keine Spur in Boetius' Computer, die darauf hinwies, dass die beiden jemals Kontakt hatten. Es war frustrierend.

„Kannst du mal gucken, ob wir etwas über einen Agim Gjata finden können?", fragte Katja Greets, die sich nicht einmal Mühe gab, gegen den resignierten Tonfall in ihrer Stimme anzukämpfen.

Ohne auch nur die Spur von Ermüdung zu zeigen, machte Lena Matthiessen sich an die Suche. „Da hat er ganz bestimmt etwas!", sagte sie mit ihrer trällernden Stimme.

„Wieso bist du da so sicher?"

„Ganz einfach, weil Gjata mit G anfängt. Unsere Zuständigkeiten sind nach Alphabet geordnet. Und G macht der Günther." Lena lächelte Katja Greets an und erwartete eine Reaktion. Auch Katja lächelte. „So, hier sind sämtliche Vorgänge" sie lehnte sich zurück und rollte ihren Stuhl ein wenig zur Seite, um Katja Greets Platz zu machen.

„Kannst du mir auf die Schnelle zeigen, ob es bei Gjata Auffälligkeiten gibt?" Irgendwann im Laufe der gemeinsamen Suche hatten sie angefangen, sich zu duzen, stellte Katja Greets erstaunt fest. Und ohne dass ein Mann im Raum war, hatte sich ihre ungerechtfertigte Ablehnung gegen diese charmante junge Frau ziemlich schnell verflüchtigt. Überdies hellte sich ihre eigene Laune auch erheblich durch die Aussicht auf, vielleicht doch noch etwas Brauchbares zutage fördern zu können.

Feingliedrige, sorgfältig gepflegte Finger flogen über die Tastatur, und nach wenigen Klicks war klar, dass Agim Gjata zwei Dönerbuden, zwei Friseursalons, einen Hausmeisterservice und eine Schlosserei besaß. Dazu kamen noch einige Immobilien, die sich über die Stadt verteilten. „Das dauert jetzt ein bisschen", sagte Lena, und Katja bot an, einen Kaffee zu besorgen. Den konnte sie nebenan in Lenas Büro kochen.

Solange die Maschine röchelte und zischte, schaute sich Katja Greets ein wenig um. Das Büro wirkte fast steril. Hinweise auf Privates gab es quasi keine. Keine Fotos, keinen Nippes, nur ein einfacher, zweckmäßiger Spiegel und ein Kandinsky-Druck hingen an der Wand.

Den blauen Plastikbilderrahmen des Bildes verortete sie spontan in den 90'ern. Zu dieser freundlichen, jungen Frau mit dem so einnehmenden Wesen mochte das nicht recht passen. Dann nahm sie auf Lena Matthiessens Stuhl Platz und zog an der untersten Schublade: Klebestreifen, Post-its, Bleistifte. Nur Verbrauchsmaterial. Leise schob sie die Lade wieder zu und öffnete die mittlere. Handcreme, Kaffeeweißer und Vollkornkekse. Was für eine Enttäuschung. Im Nebenzimmer bewegte sich der Bürostuhl. Augenblicklich fühlte Katja Greets sich ein bisschen schäbig. „Reiß dich zusammen, das ist schließlich Teil deiner Arbeit!", rief sie sich lautlos zur Ordnung. Als sie die dritte Schublade probierte, öffnete sich die Tür, und Lena stand im Rahmen. Katja Greets schnellte hoch und wusste nicht, ob die junge Finanzbeamtin etwas von ihrer Schnüffelei mitbekommen hatte.

„Falls du Milch brauchst, Katja", sagte sie, „hab' ich leider nicht. Aber in der mittleren Schublade ist Kaffeeweißer."

Abwehrend hob Katja Greets die Hände. „Ich geh doch nicht an deine Schubladen."

Lena antwortete schon wieder aus Boetius' Büro, sodass Katja sie dabei nicht sehen konnte: „Kein Problem. Vielleicht findest du auch noch ein paar Kekse. Ich könnte welche vertragen."

Jetzt fühlte Katja Greets sich erst recht schäbig. Die oberste und schmalste der drei Laden war verschlossen.

Mit zwei Bechern Kaffee und Vollkornkeksen in den Händen ging sie zurück und blieb vor dem Spiegel stehen. Unwillkürlich verglich sie sich mit dieser adrett gekleideten jungen Frau. Sie mochte deren Stil, hätte vielleicht selbst gerne mal den eleganten Business-Look getragen. Aber am Ende steckte sie doch wieder in Jeans und Bluse. Das passte einfach zu ihrer Arbeit, zu ihrem Hintern und ihrer Art. Mit Rock oder Marlene-Dietrich-Hose hatte sie sich am Ende immer schon irgendwie verkleidet gefühlt. Und Schmuck war auch nicht ihrs. Weil sie keine Hand frei hatte, verzichtete sie auch darauf, sich die Haare zurechtzulegen, und zwang sich wieder ins Hier und Jetzt. Zu gerne hätte sie gewusst, was sich in der obersten Schublade verbarg. Gleichzeitig war ihr aber auch bewusst, dass sie ihren eigenen Schreibtisch ebenfalls abschloss. Und mehr als ein Zehner fürs Mittagessen war da auch nicht zu finden. „Wie lange arbeitest du eigentlich schon hier?“, fragte sie, als sie wieder neben Lena Matthiessen saß und hoffte, möglichst nicht dienstlich zu klingen.

„Seit ich mit der Ausbildung fertig bin“, plauderte Lena und rechnete im Geiste kurz nach, „so sechs Jahre. So richtig bin ich eigentlich nie aus Husum rausgekommen. Echt langweilig, oder?“

Mit Blick auf Lenas Büro und die Zahlenkolonnen auf dem Bildschirm hätte Katja gerne zugestimmt. Stattdessen sagte sie: „Wieso das denn? Ich hab' den Eindruck, dass dir deine Arbeit richtig Spaß macht“, auch wenn sie sich nicht vorstellen konnte, dass das wirklich so war.

Doch Lena bestätigte: „Du hast recht. Das macht mir wirklich Spaß, Katja! Aber das können sich nur die wenigsten vorstellen. Trotzdem ist so etwas wie heute natürlich ein besonderes Highlight", lachte sie Katja an, wobei das makellose Weiß ihrer Zähne den Glanz der Perlen ihrer überraschend jugendlichen Ohrstecker weit überstrahlte, „der Polizei bei der Arbeit helfen mache ich nun auch nicht jeden Tag." Dann versenkte sie sich wieder in die Zahlen und tauchte eine Viertelstunde später wieder auf. „Also, so wie ich das sehe, hat Günther den Gjatas ziemlich genau auf die Finger geschaut. Die mussten immer wieder Nachzahlungen leisten. Allerdings scheinen die Geschäfte auch gut zu laufen."

„Was ist mit Geldwäsche?", wollte Katja Greets wissen.

„Na ja, auffällig ist schon, dass dem Agim Gjata Betriebe gehören, die für Geldwäsche super geeignet sind. Es geht ja darum, illegal erworbenes Geld glaubhaft zu einem legalen Gewinn zu machen. Und in einem Friseursalon wird eine Dienstleistung erbracht, die dann auch noch bar bezahlt wird. Besser geht es nicht. Du tust dann nur so, als hättest du viele Kunden. Dein illegales Geld legst du dir einfach in die Kasse und versteuerst dann deine Einkünfte. Und Hokuspokus ist das Geld sauber."

Natürlich wusste Katja Greets, wie Geldwäsche funktionierte und dass es ganz so einfach nicht war. Aber das Prinzip stimmte. „Und wie sieht es bei diesem Gjata aus, macht der das so?"

„Das kann ich mit einmal Drübergucken nicht sagen, Katja, aber Günther hatte die bestimmt im Auge.

Jedenfalls hat er sie jedes Jahr genau unter die Lupe genommen. So viel steht fest. Man kann auch erkennen, dass Gjata sich Mühe gibt, die Steuern kleinzurechnen. Aber das machen ja alle. Zum Beispiel überweist Agim Gjata an so ziemlich jedes Familienmitglied Gelder für Tätigkeiten, die es wahrscheinlich gar nicht gibt. Berater hier, Verwalter da."

„Aber das ist keine Geldwäsche?", wandte Katja Greets ein.

„Korrekt. Also nicht korrekt. Ich meine, das kann man fast nicht nachprüfen, ob es da für eine Zahlung auch eine Gegenleistung gab. Nur dann wäre es nämlich korrekt."

Katja nickte, aber sie war sich nicht sicher, ob sie das jetzt richtig verstanden hatte, was Lena Matthiessen ihr da versucht hatte zu erklären.

„Soweit ich das erkennen kann, stimmt bei Gjata das Verhältnis von Einnahmen und Ausgaben. Jedenfalls hat Günther das überprüft." Lena schaute in Katjas fragendes Gesicht, also erklärte sie weiter: „Wenn eine Dönerbude, so mal als Beispiel, 20.000 Döner verkauft, aber nur 5000 Brote eingekauft hat, stimmt was nicht. Das kann man alles überprüfen. Natürlich nicht alles und auch nicht bis ins kleinste Detail. Dafür reicht die Zeit einfach nicht. Aber so grob kann man das schon sehen. Und Günther hat da drauf geachtet."

Lena Matthiessen war noch so nett und druckte ein paar Seiten aus, mit denen man nachvollziehen konnte, dass Günther Boetius die Geschäfte von Agim Gjata genau überprüft hatte. Als sie ihr die kleine Mappe mit den Unterlagen überreichte, meinte Katja Greets einen leichten Schatten um Lenas Augen herum zu sehen. „Ist da eigentlich was Schlimmes passiert?“, fragte Lena mit leiser Stimme. „Mit dem Günther meine ich.“

„Wieso, glaubst du?“

„Na ja, Günther ist schon zwei Tage nicht zur Arbeit gekommen, und wir durchwühlen einfach seinen Computer. Das macht man doch eigentlich nicht.“ Die Fröhlichkeit der letzten Stunden war aus Lena Matthiessens Gesicht wie weggeblasen. Dieser Gedanke, dass ihrem Kollegen etwas passiert sein könnte, schien ihr erst jetzt, aber dafür umso heftiger, gekommen zu sein.

„Bisher haben wir dafür keine Anhaltspunkte, Lena. Ausschließen kann man natürlich nie etwas. Aber bisher haben wir keinen Anlass, von etwas Schlimmem auszugehen. Und dass wir in seinen Unterlagen nach Spuren gesucht haben, darf dich auch nicht beunruhigen. Schließlich hat dein Chef sich das System ja genau dafür überlegt. Und stell dir vor, der Günther würde morgen wiederkommen und wir hätten seinen Rechner abgebaut. Das würde sich für ihn sicher noch viel schlimmer anfühlen.“

Katja Greets glaubte ein kleines Lächeln auf Lenas Gesicht gesehen zu haben und hoffte, dass sie sie ein wenig beruhigen konnte. Trotzdem, sie ermittelten in einem Tötungsdelikt. Vielleicht sogar Mord. Ganz unbegründet waren Lenas Sorgen nicht. Aber das wollte Katja ihr nicht sagen.

Sie ließ sich von Lena noch die Passwörter für den Rechner geben, erklärte ihr, dass sie ab jetzt nicht mehr allein an das Gerät durfte, pappte einen Polizeiaufkleber drauf und verabschiedete sich. Morgen würden die Kollegen den Rechner abbauen, und die KTU würde ihn dann gründlich durchforsten. Sie konnte einfach nicht glauben, dass es keine Spuren von Hemke darauf geben sollte. Sie hatte deswegen die Matthiessen angelogen. War das wirklich nötig gewesen?

Die wenigen Schritte zum Husumer Polizeirevier taten ihr gut. Etwas von der Wirkung, die diese Lena zumindest auf Untiedt und ihren Chef zu haben schien, konnte sie jetzt verstehen. Auch sie war immer mehr ihrem Charme erlegen. Trotzdem fühlte sich diese fast kindliche Naivität für Katja Greets zumindest im Nachhinein irgendwie klebrig an. Und die Reden von muffigen Amtsstuben kamen ja auch nicht von ungefähr. Nach der ganzen Zeit in dieser Aktenhöhle bildete sie sich ein, zu wenig Sauerstoff zu kriegen. Ein klein wenig konnte sie jetzt auch Klaus-Helge Peters und seine Hoffnung auf ein neues Amtsgebäude verstehen.

Vor dem großen Portal angekommen, war Katja Greets froh, wieder richtiges Tageslicht in die Augen zu bekommen, und atmete einmal tief durch. Mit der Nase in den Akten hatte sie die Zeit völlig vergessen. Ein ordentliches Essen wäre angebracht, dachte Katja Greets beim Blick auf die Uhrzeit ihres Handys, entdeckte aber auf die Schnelle keine adäquate Möglichkeit, ihrem Bedürfnis nachzugeben. Im Bahnhofsgebäude wäre wahrscheinlich ein Bäcker oder Kiosk zu finden. Aber danach stand ihr nicht der Sinn. „Untiedt hat recht. Wirklich alles auf einem Haufen", murmelte sie vor sich hin. Bahnhof, ZOB, Finanzamt, Polizeirevier, alles in unmittelbarer Nähe. Sie ging die paar Schritte den Bürgersteig entlang und meldete sich mit knurrendem Magen bei der Pförtnerin des Polizeireviers.

In Hansens Büro traf sie auf zwei bestens gelaunte Männer bei Kaffee und Kuchen. „Hallo Katja, schön, dich zu sehen", begrüßte Hansen sie wie eine alte Freundin. Tatsächlich freute sie sich auch, ihn zu sehen, obwohl ihr die Begrüßung und das Kaffeekränzchen fast schon unangemessen jovial vorkamen. Ohne ein weiteres Wort ging Hansen aus seinem Büro und kam postwendend mit einem ordentlichen Stück Torte und einem Pott Kaffee zurück. Breit lächelnd stellte er beides vor Katja auf die Arbeitsplatte seines Schreibtisches. Untiedt kaute. Ob die Ursache für sein zufriedenes Grinsen im Kuchen zu finden war, wusste sie nicht. Falls ja, musste er außerordentlich gut sein. Beim Blick auf das prachtvolle Tortenstück meldete ihr Magen wieder lautstark seine Ansprüche an. Ein belegtes Brötchen vom Bahnhof wäre sicher die bessere Alternative gewesen, aber nicht jede Schlacht konnte gewonnen werden. Katja Greets ergab sich in ihr Schicksal und machte sich gierig über die Torte her.

„Vom Dienstgruppenleiter persönlich", sagte Hansen. Katja schaute verwirrt auf. „Unser Chef hat Geburtstag. Einen Kuchen oder eine Torte für jedes Jahrzehnt. Schade, dass er erst vierzig geworden ist. Alles selbst gemacht, hat er gesagt. Backen ist sein großes Hobby." Zufrieden lehnte Hansen sich in seinen Bürostuhl zurück und wippte leicht hin und her.

„Mein Versetzungsantrag ist schon so gut wie gestellt, Volker." Nun hatte also auch Untiedt seine Sprache wiedergefunden.

„Ihr hättet mal sehen sollen, wie prächtig die aussahen, als sie noch nicht angeschnitten waren. Jede Torte eine Geschichte. Du isst gerade ein Stück Polizeimütze, Katja", kam Hansen aus seiner Verzückung gar nicht mehr heraus.

„Eure Gemütlichkeit in allen Ehren, aber gearbeitet habt ihr schon auch noch, oder?", fragte Katja Greets und schob einen himmlisch guten Bissen Sahnetorte nach und bereute ihn schon beim Genießen. Keine Stunde, und ihr Inneres würde wieder rebellieren. Nur dann eben nicht vor Hunger. Diese verflixte Laktose-Intoleranz.

Untiedt blieb gelassen. Diese kleinen Spitzen seiner Kollegin kannte er mittlerweile, außerdem war sein Arbeitstag mit Volker Hansen bisher recht erfolgreich verlaufen. Alles fing damit an, dass Hansen ihm von Michael Gleiwitz berichtet hatte. Dass sie diesen Widerling wegen Körperverletzung drankriegen würden, war eh klar. Aber in seiner Wohnung und dem dazugehörigen Fahrradkeller fanden die Husumer Kollegen noch eine beträchtliche Menge Drogen und Streckmittel. In der Kombination mit dem anderen Mist, den er schon auf dem Kerbholz hatte, allemal genug für ein paar Monate Knast.

Nachdem er Katja Greets das erzählt hatte, stieg Hansen mit ein: „Es wird aber noch besser, Katja! Janine, das Mädchen, das der Kerl malträtiert hat, will gegen ihn aussagen, und sie konnte uns noch zwei weitere Mädchen nennen. Die wollen auch aussagen. So wie es aussieht, hat er Minderjährige zur Prostitution gezwungen, und wir kriegen den Mistkerl auch dafür am Arsch!“

Hansens kantiges Gesicht spiegelte alles: Zorn, Freude, Verachtung, mitfühlenden Schmerz und eine tiefe Traurigkeit. Untiedt konnte in dem Mienenspiel lesen, dass dieser Mann, der jetzt Grundschülern Verkehrsregeln beibrachte, mindestens einmal zu viel Dinge gesehen hatte, die man mit Worten nicht mehr aus der Seele bekam. Im Stillen wünschte er Hansen Frieden und lenkte das Gespräch auf Malte ‚Bert‘ Böttcher. „Im Krankenhaus waren wir auch, Katja. Besonders gesprächig war Böttcher natürlich noch nicht. Aber wir hatten ein Tablet dabei.“

Das weckte Katja Greets’ Interesse. Sie stellte den Rest Torte beiseite, nahm den Becher Kaffee zur Hand und zeigte mit jeder Faser ihres Körpers volle Aufmerksamkeit. „Spann mich nicht auf die Folter, Karsten. Wo hat er das Handy her?“

Beschwichtigend hob Untiedt die Hand. „Eins nach dem anderen, Katja. Zunächst einmal hat er ausgesagt, dass das Handy schon kaputt war, als er es gefunden hat.“

„Er hat es also nur gefunden", sagte Katja Greets, und ihre Enttäuschung war nicht zu überhören, „wäre sonst ja auch zu einfach gewesen."

„Ja, das wäre es wohl", pflichtete Hansen ihr bei. „Aber wenn die Kriminaltechniker das Handy auslesen können, und da bin ich mir sicher, dass die das können, also dann hat da höchstwahrscheinlich keiner vorher dran rumgefingert, und wir bekommen Minimum ein sauberes Bewegungsprofil von Hemke in der Zeit vor der Tat."

Das leuchtete Katja Greets ein. „Aber wo hat er das verdammte Ding gefunden? Thoralf Hemke haben wir an der Bahn bei Weddingstedt aufgefunden. Mir fällt beim besten Willen nichts ein, was Böttcher dort gemacht haben sollte."

Untiedt schaute auf die Uhr und dann zu Hansen. Der nickte. „Komm. Jetzt müsste er fertig sein", sagte Untiedt.

Fragend schaute seine Kollegin ihn an. „So eine junge Ärztin hat uns rausgeschmissen. Böttcher wollte immer anfangen zu reden. Darf und kann er aber noch nicht." Hansen grinste Katja Greets an und tippte sich an den Ellenbogen. Sie verstand sofort. „Da haben wir unsere Fragen mit dem Tablet geschrieben. Nun war er dran. Schreiben ist aber wahrscheinlich nicht seine Welt. Das dauerte entsetzlich lange. Volker war dann so nett und hat einen Kollegen gerufen, der sich zu Böttcher gesetzt hat. Nicht reden, einfach nur die Fragen schriftlich beantworten, war der Auftrag. Jetzt dürfte er fertig sein!"

Zu zweit machten sie sich auf den Weg ins Husumer Krankenhaus. Auch das war selbstverständlich nicht besonders weit weg. Aber immerhin lohnte es sich ein bisschen, das Auto zu nehmen. Überrascht stellte Katja Greets fest, dass das Husumer Krankenhaus geradezu winzig war, verglichen mit dem Westküstenklinikum in Heide. „Und das bei fast genau gleich großen Städten. Verrückt!", sagte sie, und Untiedt stimmte zu, ohne dass es ihn sonderlich interessiert hätte. Doch obwohl es sich um ein kleines Krankenhaus handelte und er erst vor ein paar Stunden hier gewesen war, brauchte er ein wenig, um das Krankenzimmer Malte Böttchers wiederzufinden. An der Tür wartete wie verabredet Hansens Kollege mit dem Tablet und den Worten: „Der Vogel schläft jetzt."

Malte ‚Bert' Böttcher war wahrlich kein Unbekannter bei den Kollegen des Husumer Polizeireviers. Schon mit dreizehn war er mehrfach auf der Wache gewesen und musste Zeugenaussagen machen und sich erklären lassen, dass Cannabis-Produkte nicht das Richtige für einen Jungen in seinem Alter wären. Seine Eltern waren sich sicher, dass da böse Lehrer und Polizisten ihrem Sohn nur schaden wollten, machten ihrem Ärger lautstark Luft und überließen Malte dann wieder sich selbst. Aus Langeweile und Neugier schlich Malte zunächst um die Gruppe von Jugendlichen herum, die sich immer am Tine-Brunnen trafen. Wie es passiert war, ließ sich nicht mehr genau sagen, aber irgendwann stand er mit in der Gruppe. Er paffte Zigaretten mit und nippte an den kreisenden Bier- und Weinflaschen, ohne dass er es mochte oder wirklich wollte. Aber es gehörte dazu. Er gehörte schon ein bisschen dazu. In die Schule ging er immer seltener. Um dazuzugehören, muss man auch da sein. Mitschüler sahen ihn am Tine-Brunnen abhängen, am Dock-Koog, immer mit denselben Leuten. Und dann kam der Tag, als der große Bruder eines Klassenkameraden ihn fragte, ob er was besorgen könnte, er sei ja schließlich an der Quelle. Er konnte! Malte hatte seinen ersten Kunden. Peu à peu lernte der kleine Malte, dass Gleichaltrige und sogar ältere Jugendliche ihm so etwas wie Respekt und Anerkennung entgegenbrachten, wenn er ihnen ein paar Pillen, Pep oder Gras verkaufte. Und weil er sich geschickt anstellte und das Zeugs, das er weitervertickte, nicht selbst einwarf, wurde er auch für die richtigen Dealer interessant. Mit ihm ließ sich Geld verdienen. Sie redeten mit ihm wie mit einem Erwachsenen. Er lernte die Sprache der Straße, er lernte, sich „richtig" zu benehmen, er lernte, einem Kunden aufs Maul zu hauen, wenn der nicht zahlte. Und obwohl Malte erst 14 und eher klein war, glaubte der 17-Jährige, dass es besser wäre, nicht zurückzuschlagen. Keiner hätte Malte beschützt. Das wusste Malte, aber nicht der 17-Jährige. Denn Malte hatte auch gelernt, auf dicke Hose zu machen. Und das verfing. Seine „Kollegen" glaubten ihm, wenn er sein Gangster-Image pflegte. Sprüche, Körperhaltung, Kleidung: Alles stimmte. Bis Malte merkte, dass die Polizei seinen Namen kannte. Wann immer sie ihn sahen, hielten sie ihn an. Sie redeten viel mit ihm. Nur seine Leute, die, von denen er die Ware bekam, die redeten jetzt weniger mit ihm. Aber sie sagten ihm, dass er verkaufen müsse. Mehr, als er es bisher tat. Es nervte, er musste sich etwas einfallen lassen und lernte eine neue Lektion: dass er nicht an jeden und überall verkaufen durfte, was er wollte. Es gab noch andere „Maltes", und die taten ihm weh. Er begriff Schritt für Schritt, dass er ein kleines Licht war und blieb und dass es gar nicht so einfach war, ein Gangster-Image aufrechtzuerhalten. Besonders dann nicht, wenn man verkaufen musste und selber auf die Fresse kriegte. Ganz besonders dann nicht.

Malte verspürte Stress. Seine Taschen waren noch immer voll von Mitteln gegen Stress, und er wurde einer seiner Kunden. Von da an ging es abwärts. „Kollegen" zogen ihn ab, als er breit mit ihnen in irgendeiner Wohnung abhing und einpennte. Sein Dealer machte ihm sehr schmerzhaft klar, dass es sein Problem war, die Kohle wieder reinzuholen. Er verkaufte weniger und brauchte mehr Geld. Seitdem er angefangen hatte, seine Eltern zu beklauen, ihnen die Bude vollzukotzen und auszusehen wie ein Penner, wollten sie immer weniger mit ihm zu tun haben und schließlich gar nichts mehr. Er saß auf der Straße. Eine seiner „Freundinnen" zeigte ihm, wo er auch noch Geld verdienen konnte und mit welchen Männern.

Allmählich wurde auch dem Letzten klar, dass er zu einer Lachnummer verkommen war. Seine Augen wurden gelb, die Haut käsig weiß. Er sah aus wie ein Camembert. Aus Malte war Bert geworden. Für alle sichtbar. Und irgendwann auch für ihn selbst. Er pennte mal hier, mal da und häufiger bei Michi. Ein bisschen dealte er für Michi, ein bisschen klaute er, und ab und zu verkaufte er sich.

Nun lag er das erste Mal seit langer Zeit ein paar Tage hintereinander in einem sauberen Bett, war selber sauber und satt. Nur sein Kiefer schmerzte höllisch, aber die Schmerzmittel hier waren umsonst, legal und nicht mit Koffeinpulver oder sonst irgendeinem Zeug gestreckt. Alles in allem war es ihm seit Ewigkeiten nicht mehr so gut gegangen wie jetzt gerade.

Katja Greets und Karsten Untiedt nahmen das Tablet von ihrem Kollegen entgegen und setzten sich in den Aufenthaltsraum der Station. Nach wenigen Sätzen war klar, sie würden Malte Böttcher wecken müssen. An und für sich konnte Malte Böttcher sich deutlich besser ausdrücken, als beide es erwartet hatten. Aber nach wenigen Sätzen war trotzdem kaum noch etwas aus dem Geschreibsel herauszulesen. „Wie kann es sein, dass er drei Sätze schreibt wie Fitzek, und dann kommt nur noch Mist?“, fragte Untiedt und zweifelte daran, ob seine Idee mit dem Tablet wirklich so gut war.

„Wie, Fitzek?“, Katja lachte laut auf und schaute sich sofort im Raum um. Sie waren allein. Trotzdem empfand sie ihr eigenes Lachen als viel zu laut. Bibliotheken und Gemeinschaftsräume in Krankenhäusern waren nicht ihrs. Der Zwang zur Stille passte nicht zu ihr. Immerhin schaute niemand sie pikiert an. „Mann, was der sich in seinem jungen Leben schon alles reingeballert hat! Wenn der sich fünf Minuten auf etwas konzentrieren kann, ist das lang. Guck dir das doch mal genauer an. Das sind garantiert alles Autokorrektur-Wörter. Der hat bestimmt angefangen, nur noch Rechtschreibfehler zu produzieren, und das Schreibprogramm macht da diesen Stuss draus."

Untiedt nahm ihr das Tablet aus der Hand. „Wahrscheinlich hast du recht", sagte er resigniert und gab ihr das Tablet zurück.

„Jedenfalls hat er ziemlich genau beschrieben, wo er das Handy gefunden hat", sagte Katja Greets und las noch einmal nach. „Wilhelmstraße, sagt dir das was?" Untiedt schüttelte den Kopf. „Das ist die Hauptstraße, die wir nach Husum reingefahren sind. Vor der Eisenbahnunterführung."

„Begriffen! Jetzt hab ich's", sagte Untiedt, „und was ist mit der Wilhelmstraße?"

„Ist dir da ein verfallenes Haus aufgefallen? Mir nicht!" Katja Greets schaute ihren Kollegen direkt an. Der überlegte.

„Nein. Aber ich hab' natürlich auch nicht drauf geachtet. Sah für mich alles ein bisschen runtergekommen aus. Wieso fragst du?"

„Da hat er das Handy gefunden", sagte sie und wedelte mit dem Tablet, „außerdem ist da ein Dönerladen, glaube ich. Könnte jedenfalls einer sein."

Untiedt kramte in seinen Erinnerungen und wurde fündig: „Du hast recht. Da ist einer. Oder ein Imbiss.

Pizza, Döner, Asia. Irgendwie so etwas. Und dahinter, also in Stadtrichtung, kommen auf beiden Straßenseiten runtergerockte Mietshäuser. Könnte passen." Sie beschlossen, Malte Böttcher zu wecken und den genauen Fundort zu klären. Genauso hofften sie zu erfahren, ob er für sie hilfreiche Beobachtungen gemacht hatte.

„Wir können aber auch nicht ausschließen, dass Böttcher direkt etwas mit Hemkes Tod zu tun hat", sagte Katja Greets.

„Glaubst du daran?", fragte Untiedt.

„Ich kann es mir eigentlich nicht vorstellen, aber wenn du an die Nummer mit dem Mädchen denkst, traue ich ihm alles zu. Auch einen Mord."

Katja hatte recht, beschloss Untiedt, zuzutrauen wäre es ihm so gesehen also schon. Besonders wenn man an die Drogen dachte. Ob Beschaffungskriminalität oder ein Gewaltausbruch im Drogenwahn, vielleicht auch eine Auftragstat oder Beihilfe, alles war möglich. Wer weiß, welches Ende die Nummer mit dem Mädchen genommen hätte, wenn sie nicht zufällig dazugekommen wären.

„Aber wie sollte er die Leiche nach Weddingstedt bringen? Da hätte ihm jemand helfen müssen. Und dass Böttcher allein auf die Idee mit dem vorgetäuschten Selbstmord kommt, kein Stück! Kann ich mir nicht vorstellen. Aber ich gebe dir recht. Wir sollten nichts ausschließen."

Die Befragung war nicht einfach gewesen. Böttcher war müde, hatte Schmerzen, und die umständliche

Kommunikation mittels Tablet, also schreiben und nichts sagen können, bereitete ihm Stress. Aber auch Katja Greets und Karsten Untiedt gerieten teilweise an den Rand ihrer Geduld. Mehrfach hätte Untiedt Böttcher schütteln mögen. Mehrfach fragte er nach und erntete als Antwort ein „Hmmm", als Böttcher wieder wegdämmerte. Mit jeder weiteren Frage und jedem weiteren „Hmmm" wurden beide immer aggressiver und ungeduldiger.

Wiederholt zwang sich Katja Greets, die Gemüter zu beruhigen, und hielt Böttcher das Tablet wieder und wieder unter die Nase. Sie schaute ihm über die Schulter und versuchte schon beim Tippen zu erkennen, was er zu schreiben versuchte, damit sie dann aus der Autokorrektur-Antwort die eigentliche Antwort wiederherstellen konnte. Die zeigte sie dann Böttcher wieder, und der reagierte mit einem Nicken oder einem Kopfschütteln. Es war mühsam.

Stück für Stück fanden sie heraus, welches Haus und welches Grundstück Böttcher meinte, wo genau er das Handy gefunden hatte. Außerdem wurde klar, dass das Haus eigentlich eine Ruine war und dass er immer wieder einmal Nächte in der unbewohnten Ruine verbrachte, die auf dem Grundstück in der Wilhelmstraße stand. Erst dachten Katja Greets und Untiedt, dass Böttcher endgültig von seiner Konzentration verlassen wurde. Wieder und wieder tippte er ein paar Wörter und löschte sie dann doch. Untiedt zeigte immer deutlicher, dass ihm das Ganze zu langsam und vor allem gehörig gegen den Strich ging, sodass schließlich Katja Greets ihn am Unterarm griff, als der anfing, drohend durch die Luft zu fuchteln. Untiedt begriff, dass er sich wieder einkriegen musste, ging zwei Schritte zum Fenster und drehte dem Krankenbett den Rücken zu. Seine Kiefer mahlten, und die geballten Fäuste vergrub er in den Hosentaschen.

Jetzt, als sie ihre Aufmerksamkeit nur noch auf Böttcher richten musste, fiel Katja Greets auf, dass es keine mangelnde Konzentration war, die ihn fahrig werden ließ. Vielmehr erkannte sie, dass Nervosität immer stärker von Böttcher Besitz ergriff, so als liefe alles auf einen Punkt hinaus, von dem er nicht mehr zurückkonnte. Also versuchte sie ihn zu beruhigen, ohne wirklich den Druck von ihm zu nehmen. Ein eigentlich unmöglicher Balanceakt, der ihr aber gelang. Sie fand heraus, dass Böttcher schreckliche Angst vor den Gjatas hatte und vor dem Knast. Während er sich einbildete, vor den Gjatas doch irgendwie davonlaufen zu können, löste ihr Hinweis, dass ein 14-jähriges Mädchen unter Knastis durchaus noch als Kind durchging, eine Kaskade von Bildern aus. Sie brauchte gar nicht groß darauf einzugehen, dass sich bestimmt schnell herumgesprochen hätte, was er mit dem Mädchen vorgehabt hatte. So weit reichten sein Verstand und seine Fantasie, die ihn umringt von Männern in einem Duschraum zeigte.

Zwar wusste Katja Greets nicht genau, was Böttcher dachte oder sich vorstellte, aber seine weit aufgerissenen Augen zeigten ihr, dass er sie verstanden hatte.

Untiedt schaute derweil weiter aus dem Fenster, grinste schief und bitter und wunderte sich, dass seine Kollegin zu so einer Perfidität greifen würde.

Böttcher fasste sich und ‚sagte' aus, dass er aus der Ruine heraus beobachtet hätte, wie Thoralf Hemke auf dem Grundstück erschlagen worden wäre. Von hinten, mit einem Knüppel. Das passte zu den Befunden der KTU. Böttchers Aussage nach hätte der Täter, ein kräftiger Mann, Hemkes Leichnam ins Gebüsch gezogen und wäre verschwunden. Er selbst hätte dann Hemkes Handy und ein bisschen Bargeld aus dessen Taschen an sich genommen. Das Handy wäre da bereits kaputt gewesen. Beschreiben konnte er den Mann nicht. Er hätte ihn ja nur von hinten und schräg oben gesehen. Zudem wäre es ja auch dunkel gewesen.

Als Katja Greets das vorlas, schnaubte Untiedt: „Verdammt Böttcher, da ist 'ne Straßenlaterne. Verkauf uns nicht für dumm!"

Sauer nahm Böttcher das Tablet von selbst und tippte, dass er die Laterne selbst ausgetreten habe, als er zur Ruine gegangen war. Immerhin habe er ja schlafen wollen, und da würde das Licht der Laterne nur stören.

„Ich hätt's mir denken können", sagte Untiedt resigniert und schleuderte das Tablet, nachdem er gelesen hatte, mit einer wegwerfenden Handbewegung auf Böttchers Bett.

Katja Greets zog ihn aus dem Krankenzimmer. „Mit dem, was wir wissen, stimmt das überein", sagte sie, „trotzdem glaube ich, dass er uns nicht alles sagt."

„Dieser kleine schmierige Sack versteckt sich hinter seiner Kiefersperre!“, polterte Untiedt. „Ich wette, wenn wir ihn normal auf dem Revier in die Mangel nehmen könnten, würde er plappern wie ein Wasserfall.“ Eine Ader zeichnete sich gut sichtbar quer auf Untiedts Stirn ab. „Und jetzt bleibt uns im Moment nicht mehr übrig, als die KTU zu dem Haus zu schicken und die Daumen zu drücken.“

Katja Greets konnte den Ärger ihres Kollegen bestens verstehen. Für sie stand aber der mögliche Durchbruch im Vordergrund. „Wenn das der Tatort ist, Karsten, dann kommen wir endlich vorwärts. Und wenn der schmierige kleine Sack, wie du ihn nennst, uns irgendetwas verheimlicht oder schlicht Unsinn erzählt hat, kriegen wir das auch raus!“

Kapitel 31

Kurzzeitig war dieser unangenehme, überhebliche alte Kerl wohl weggetreten. Die Idee war ziemlich genial, musste er zugeben. Anerkennend schaute er sich um. Die blaue Tonne, der Betonmischer. Wie in einem Mafia-Film. Das gefiel ihm. Dass dieser Penner bereits in einem Sack gut verschnürt vor ihm lag, war von Vorteil. Es machte die Sache einfacher. Aber trotzdem würde es nicht leicht werden, ihn in die Tonne zu bugsieren.

Als er den Jutesack anhob, stöhnte es leise auf. Die knapp achtzig Kilo wuchtete er sich auf die Schulter und ging mit schweren Schritten zur Tonne. Den Weg hätte er sich sparen können, wenn er die Tonne zu dem Mistkerl geschoben hätte und nicht andersherum, dachte er. Zu spät. Dann senkte er sein Paket mit den Füßen zuerst in die Tonne ab.

Boetius wurde durchgerüttelt. Er kam zu sich, und sein Verstand begann zu arbeiten. Der Jutestoff kratzte an seinen Händen und an seinem Gesicht. Er traute sich nicht, die Augen zu öffnen, weil er sich vor dem fürchtete, was er sehen würde. Trotzdem zwang er sich schließlich, und ein schwacher Schimmer drang als unwirkliche Gitterstruktur durch das Gewebe. Dann gab es einen noch größeren Ruck, und sein Schienbein schlug schmerzhaft auf eine Kante, nur um sogleich hart daran entlangzuschrammen. Schließlich stießen seine Füße auf Boden. Eigentlich hätte er nach vorne wegsacken müssen, aber seine Knie blieben hängen. Sie konnten sich nicht weiter beugen. Boetius spürte, wie er sich in irgendetwas verkeilt hatte. Und dann begann jemand ihn mit aller Gewalt nach unten zu drücken. Die unterschiedlichsten Körperteile sendeten Schmerz an sein Gehirn. Trotzdem oder vielleicht auch deswegen begann es wieder zu arbeiten. Sein Verstand war wieder da. Er sollte verstaut werden, in eine Kiste, irgendwo hinein. Panik durchzuckte ihn. Er wehrte sich, begann sich zu winden, schrie.

Plötzlich war der Druck weg. Das verwirrte Boetius. Er blieb still. Aus dem Nichts traf ihn ein Schlag am Kopf, und er fiel hilflos nach vorne. Im Fallen riss er die Augen weit auf und spannte instinktiv den ganzen Körper. So schlug er nur leicht mit dem Kopf auf den Boden. Es schmerzte und polterte hohl. Den Klang kannte er von seiner Regentonne. Jetzt wusste er es. Er sollte in eine Tonne gestopft werden.

Endgültig packte ihn die Todesangst. Er wand sich wie ein Aal. Die Panik rauschte so gewaltig durch seinen Kopf, dass er das Fluchen seines Peinigers nicht hörte. Aber er spürte die Fußtritte, die ihn nun am Boden liegend immer wieder hart trafen. Er schrie auf, stöhnte und ächzte. Drei, vier, beim sechsten Tritt erbrach Boetius sich in den Jutesack hinein. Nach dem achten hörte es auf. Gekrümmt und hustend lag er da.

Jemand zog die Tonne das letzte Stück von seinen Füßen. Sie rollte polternd und kratzend über den Boden. Aber nur kurz. Schon war der Kerl wieder bei ihm. „Mach mir bloß keinen Ärger mehr!“ Und ein weiterer heftiger Tritt folgte.

Boetius regte sich nicht mehr. Wieder wurde er angehoben, aber nur ein kleines Stück. Dann knallte er zurück auf den Boden. „Is ja ekelhaft! Du Schwienjack hast alles eingepisst und vollgekotzt!“ Noch ein Tritt traf ihn, bevor sich schwere Schritte von ihm entfernten. Er wimmerte nur noch. Es rasselte und kratzte metallisch aus der Richtung der Schritte. Aber nicht lange. Schon kamen die Schritte zurück. Wieder packte der Kerl entschlossen zu und stemmte ihn in die Höhe. Boetius jaulte auf. Sein Rumpf schmerzte bei jeder Erschütterung, doch sein Verstand arbeitete noch, wachgehalten vom beißenden, säuerlichen Gestank direkt vor seinem Gesicht. Wie ein nasses Segel hing er vermutlich über der Schulter dieser Bestie, und dann begann sein Kopf sich zu senken.

Boetius wusste sofort, dass dieser Folterknecht gelernt hatte. Kopfüber hörte er am Hall seines eigenen Atmens, dass sein Kopf schon in der Tonne war. Immer tiefer ging es hinab, und er konnte sich nur leicht im Oberkörper verdrehen. Wie ein hilfloser Wurm am Angelhaken wandte er sich und stieß dabei an die Tonne, aber die wackelte kaum. Dann plötzlich und für ihn unerwartet wurde er losgelassen, sauste kurz in die Tiefe, schlug auf, es knackte, und er verlor das Bewusstsein.

Boetius hörte nicht mehr, wie die Tonne mit einem schmatzenden Geräusch geschlossen und mit einem metallischen Klick verriegelt wurde.

Kapitel 32

Die Husumer Polizei hatte eine Kollegin und einen Kollegen geschickt, um die Ruine in der Wilhelmstraße zu sichern. Katja Greets und Karsten Untiedt warteten dort auf sie. Holger Jungbier hatte entschieden, erst am nächsten Vormittag seine Leute von der KTU zu schicken. Er befürchtete, dass in der Nacht mehr kaputtgetreten werden würde, als man durch den Zeitgewinn sichern konnte. Immerhin blieb das Wetter klar, sodass zumindest Regen keinen zusätzlichen Schaden an der Spurenlage verursachen würde.

„Hier passiert heute also nichts mehr!“, fasste Katja Greets ihre Enttäuschung in knappen Worten zusammen. Mitleidig klopfte Untiedt dem Kollegen von der Schutzpolizei zur Verabschiedung auf die Schulter, bevor er und Katja Greets sich auf den Heimweg machten. Alle hatten sie schon solche Nachtschichten zur Observation oder zum Objektschutz geschoben. Der Job war einfach öde. Das konnte man nicht schönreden. Aber gemacht werden musste er.

Gerade, als sie die Autotür hinter sich zugeschlagen hatten, piepte Katja Greets’ Handy. Holger Jungbier schickte ihnen noch Fotos, die die KTU auf Hemkes Handy gefunden hatte, dann rief er selbst an.

„Hat Frau Oberhauser noch etwas Zeit gefunden?“, ätzte Katja Greets am Telefon und hätte sich im nächsten Moment am liebsten selbst dafür geohrfeigt. Untiedt wurde hellhörig, sagte aber nichts. Gezielt suchten beide nach Bildern, die zu der Ruine passten, und wurden fündig. Es waren die letzten Aufnahmen, die mit der Handykamera gemacht wurden. Sie zeigten einen Imbiss.

„Hattest du nicht gesagt, dass Hemke einen Döner gegessen hat, bevor er starb?“, fragte Katja Greets ins Handy.

„Ja, und etwas zeitversetzt, also früher, hatte er Labskaus“, kam durch die Freisprecheinrichtung. Untiedt und Katja Greets verdrehten im Auto sitzend ihre Hälse. Ein Dönerladen fiel ihnen mit seiner Leuchtreklame sofort ins Auge. Aber um genau herauszubekommen, von wo aus die Fotos, die sie auf Hemkes Handy gefunden hatten, gemacht worden waren, hätten sie auf dem Grundstück herumlaufen müssen. Nach Absprache mit Holger Jungbier beschlossen sie aber, darauf zu verzichten. Es war schon spät, und in dem Bewusstsein, am nächsten Morgen wieder nach Husum fahren zu müssen, machten sie sich auf den Heimweg. Beide waren ziemlich erschöpft, und das allein reichte, dass sie auf der Tour nach Dithmarschen kaum ein Wort wechselten.

Untiedts Gedanken kreisten vor allem um Malte Böttcher und die in Moment nicht vorhandenen Möglichkeiten, ihn richtig in die Zange zu nehmen. Katja Greets fühlte sich schlichtweg ausgelaugt. Sie hätte nicht sagen können, was die Ursache dafür war. Ihre Gedanken flipperten zwischen dem Fall und Femke Oberhauser beziehungsweise Holger Jungbier hin und her. Nur begriff sie nicht, warum. Was sie ausnahmsweise einmal nicht beschäftigte, und das merkte sie erst, als Untiedt sie aufforderte zu halten, war das Rätsel um ihn und seine Höhle in der Marsch. Es war ihr einerlei, wo er ausstieg, wo er wohnte und was er hier im Nirgendwo zu suchen hatte. Am Morgen war das noch ganz anders gewesen. Aber jetzt: Die Kilometer durch die platte Ebene zu ihm war sie wie in Trance gefahren, und den restlichen Weg nach Hause fuhr sie auch weiter in Trance. Sie konnte kaum noch wahrnehmen, wo sie sich überhaupt befand. Untiedt war ihr gerade herzlich egal und die Machtspielchen mit ihm ebenso. In der Entfernung sah sie die Lichter der Raffinerie Hemmingstedt und ließ sich von ihnen leiten.

Zu Hause angekommen fand sie sich schnell mit Zahnbürste im Mund vor dem Spiegel wieder. Müde sah sie aus. Eine tiefe Müdigkeit lag in ihrem Blick, und Traurigkeit. Tränenflüssigkeit häufte sich auf ihren unteren Augenlidern. Etwas in ihr kannte den Grund für die Traurigkeit, nur ihr Bewusstsein konnte sie noch nicht greifen. Sie hasste ihr leeres Bett und legte sich fröstelnd hinein.

Kapitel 33

Und wie erging es ihm? Die Autotür schlug zu. Katja Greets fuhr davon. Hatte er sich überhaupt verabschiedet? Er wusste es nicht. Kurz leuchteten Bremslichter in der Entfernung auf, dann verschwand der Wagen in der Kurve. Untiedt schaute erst lange hinterher, dann in die schnurgerade, leere Straße. Kein Bürgersteig, keine Straßenbeleuchtung. Nur der Mond spiegelte sich auf dem nachtfeuchten Asphalt. Der Himmel war klar und fächerte einen Sternenteppich auf, der immer prächtiger und voller wurde, je länger Untiedt hineinschaute. Sein Atem ging ruhig. Mit vorsichtigen Schritten stakste er um das Haus seines Vaters herum. Trotzdem durchweichte der Abendtau seine Schuhspitzen, und hinter sich konnte er genau erkennen, wie sich seine Fußspuren auf dem etwas zu langen Rasen abzeichneten. Schwarze Flecken im Mondlichtglanz. Mit einer entschlossenen Bewegung wischte er die Tropfen von der Gartenbank und setzte sich.

Hatte sein Vater hier gesessen? Wahrscheinlich. Es war ein guter Platz, um allein zu sein. Allein sein konnten sie gut, er und sein Vater. Soviel er wusste, hatte sein Vater nie wieder eine Frau an sich herangelassen seit damals. Vermutlich hatte er selbst mit den Nachbarn nicht viel geredet. Nach gut dreißig Jahren, die er hier gelebt hatte, war fast niemand aus dieser Siedlung, die eigentlich ja nur aus einer Straße bestand, auf seiner Beerdigung gewesen. Er überlegte. Die alten Schlömers, die heute noch den Schlüssel für ihn aufbewahrten und sich um das bisschen Garten kümmerten, waren gekommen. Sonst niemand von hier. Und ein paar alte Nachbarn aus der anderen Zeit, vielleicht waren es sogar Freunde gewesen. Wer wusste das schon?

Und er? Vielleicht war es ihm ähnlich ergangen wie seinem Vater. Auch er war allein geblieben. Nicht immer, nicht durchgehend, aber wirklich an sich herangelassen hatte er nie eine Frau. Selbst wenn es mal länger dauerte, war es nie etwas gewesen, was er ernsthaft als Beziehung hätte bezeichnen können. Jetzt fiel ihm auf, dass es da einen Zusammenhang geben könnte. Erst jetzt. Wenn er es so recht betrachtete, war er all die Jahre nie wirklich glücklich gewesen, aber auch nie wirklich unglücklich. Das Leben war selten fair gewesen, auch nicht zu ihnen. Nicht zu ihm und nicht zu seinem Vater. Aber sie waren auch nicht fair zueinander gewesen. Für ihn gab es eine Zeit mit seiner Mutter und eine Zeit ohne. Wie es für seinen Vater gewesen war, darüber hatten sie nie gesprochen. Wahrscheinlich ähnlich. Eine Zeit mit seiner Frau, eine Zeit danach.

Untiedt kramte in Erinnerungen, in Bildern aus der Vergangenheit. Er sah sich und seinen Vater, sich und seine Mutter. Sogar seine Schwester und sich. Nur an ein gemeinsames Bild konnte er sich nicht erinnern, obwohl sein Verstand ihm sagte, dass es ein solches Bild in seinen Erinnerungen geben musste. Er fragte sich: Gibt es dieses eine Ereignis, das eine Familie ins Unglück stürzte? Gibt es den Anfang, den Ursprung? Er schaute in die Unendlichkeit des Nachthimmels und wusste, dass, falls es überhaupt eine Antwort auf diese Frage gegeben haben mochte, sein Vater sie mit sich ins Grab genommen hatte. Er kannte die Ereignisse, die Tragödie, aber nicht ihren Auslöser, und er würde ihn vielleicht nie erfahren. Die Suche in seinen Erinnerungen zeigte ihm: Er kannte seinen Vater nicht. Er wusste, dass sein Vater Bier, Brahms und Schnitzel mochte. Seinen goldenen Granada hatte er vielleicht sogar geliebt und den Portwein. Aber das hieß nicht, ihn zu kennen. Sein Vater war ihm zeit seines Lebens fremd geblieben und er ihm.

Bei diesem Gedanken lachte Untiedt kurz bitter auf und erinnerte sich daran, wie er nach dem Tod seines Vaters das Haus durchsucht und gehofft hatte, Briefe, Tagebücher oder sonst irgendetwas zu finden, das gezeigt hätte, wie sein Vater über ihn dachte, besser noch empfand. Aber er konnte nicht einen Beleg dafür finden, dass sein Vater überhaupt etwas über ihn gedacht hatte. Er fand auch nichts über seine Mutter und auch nichts über seine Schwester. Als hätte es sie nie gegeben. Nur seine Grußkarten an den Vater fand er in einer Schublade. Nicht zusammengebunden, nicht sortiert. Einfach lose in der Schublade. Er selbst hatte schon damals seit langer Zeit genau so eine solche Schublade. Deshalb wusste er auch, wie wenig eine solche Schublade bedeuten konnte, aber trotzdem nicht wie viel.

Seine eigene Wohnung war moderner, aufgeräumter und definitiv weniger muffig als das Haus seines Vaters. Aber an und für sich war sie genauso leblos und lieblos. An diesen beiden Wörtern blieb Untiedt kleben. Leblos und lieblos. Beides stimmte nicht wirklich. Weder das Haus seines Vaters noch seine Wohnung waren so. Aber beiden Behausungen fehlte etwas, und Untiedt überlegte lange, was es war, bis er sich fröstelnd die Jacke enger zog. Wärme. Wärme fehlte beiden. Und Beziehungen. Im Haus deutete nur wenig auf seinen Vater hin. Und in seiner Wohnung nur wenig auf ihn selbst. Bezüge zu anderen Menschen gab es nicht, nur in einer vernachlässigten Schublade.

Überrascht stellte Untiedt fest, dass ihm Tränen über das Gesicht liefen. Es war schon das zweite Mal, seit er wieder in Dithmarschen war und erst das zweite Mal seit damals.

Kapitel 34

„Was ist mit dieser Freundin von Hemke, dieser Selina? Özcan, das war deine Aufgabe! Kommt da vielleicht noch mal was?"

Katja Greets sah heute Morgen nicht nur richtig übel aus, sie war auch so drauf, stellte Karsten Untiedt für sich fest. Aber sie hatte recht. Allem Anschein nach hatten sie den Tatort gefunden, jedenfalls war die KTU gerade dabei, in Husum rund um die Ruine in der Wilhelmstraße jeden Stein auf links zu drehen. Aber sie durften andere Spuren nicht aus den Augen verlieren. Da war es aus seiner Sicht nur richtig, dass sie Druck machte.

„Du meine Güte, Katja! Ich bin da dran. Aber mehr als den Vornamen haben wir nicht", sagte Özcan Onay.

„Was heißt das, ‚ich bin da dran'?", fragte Katja Greets gereizt.

„Ich bin da dran heißt, ich bin da dran!" Onays Stimme wurde lauter.

Untiedt sah Onay an, dass er sich angegriffen fühlte, trotzdem fragte er nach: „Was hast du denn bisher alles versucht, Özcan?"

Nervös rutschte Özcan Onay auf seinem Stuhl hin und her. Die Nachfrage war ihm offensichtlich unangenehm. „Na ja, im Finanzamt wollte ich nachfragen, ob ...“

Katja Greets platzte der Kragen. „Du wolltest nachfragen? Soll das heißen, du hast da noch gar nichts unternommen?“

Sabine Lüders zog den Kopf zwischen die Schultern. Özcan Onay bekam hektische Flecken auf den Wangen und wurde blass um die Nase. „Verdammt, Katja, tut mir leid. Hier brennt seit Tagen der Baum. Ich schieb Überstunden ohne Ende und sehe meine Freundin nur noch im Vorbeilaufen. Ständig liegt was Neues auf dem Tisch.“ Onay unterbrach seinen Redeschwall und ließ resigniert die Schultern sinken.

In Katjas Augen glaubte Untiedt es immer noch gefährlich glitzern zu sehen, und ihre Halsschlagader trat deutlich hervor. Er musste abwägen: Sollte er zusehen, wie sie Özcan Onay endgültig vor dem Team in der Luft zerpflückte, oder sollte er dazwischengrätschen? So oder so würde Katja schlecht dabei wegkommen. Würde sie Onay weiter zerlegen, könnte das üble Auswirkungen auf ihr Ermittlungsteam haben. Alle taten ihr Bestes, aber auch alle liefen am Anschlag, und da passierten Fehler. Auch solche, die nie und nimmer passieren durften. Und wenn er ihr in den Arm fiel? Wer weiß, sie kämpfte dermaßen verbissen um die Rolle als Teamleaderin, vielleicht konnten sie ihre Zusammenarbeit dann begraben. Einer Intuition folgend, entschied sich Untiedt mit aggressiver Stimme für Variante C: „Ich dachte, so ein Kerl wie du, Onay, kann mal für ein paar Tage die Arschbacken zusammenkneifen und die Hose zulassen. Aber da hab' ich mich wohl getäuscht. Wenn du unbedingt jeden Abend zu deiner Kleinen unter die Decke kriechen musst, bitte. Aber dann solltest du dir einen anderen Job suchen. Das hier ist kein Spielplatz für Föhn-Löckchen, falls dir das noch nicht aufgefallen ist!"

Das saß. Während Sabine Lüders versuchte, in einer Büroecke unsichtbar zu werden, kam Onay augenblicklich aus seinem Bürostuhl hochgeschossen und brüllte Untiedt mit hochrotem Kopf an: „So 'n Scheiß muss ich mir von dir nicht anhören, Untiedt. Nicht von dir!" Dabei fuchtelte er drohend mit den Fingern in Untiedts Richtung.

Auch Untiedt, der bislang an die Türzarge des Besprechungsraums gelehnt stand, plusterte sich auf. Wenn er sich jetzt verrechnet hatte, würde es maximal noch fünf Sekunden dauern, bis Onay ihn ungespitzt in den Boden rammte. Plötzlich war er sich gar nicht mehr sicher, ob sein Plan so gut war, einen voll austrainierten jungen Mann bis aufs Messer zu reizen. Und tatsächlich, Özcan Onay machte zwei Schritte auf Untiedt zu und ballte die Faust. „Ich ..., ich ..." Onays Augen traten wild hervor. Die Luft brannte.

„Was willst du, hä?", konterte Untiedt und schob das Kinn vor. Dabei hörte er sich aber lange nicht mehr so sicher an, wie er es gerne gehabt hätte. Schweiß stieg ihm in die Achselhöhlen. Was er eben noch für einen Plan gehalten hatte, war ihm völlig entglitten.

Endlich sprang Katja Greets auf, stellte sich mit ausgebreiteten Armen zwischen die beiden und schob Özcan dann mit der Hand an seiner Brust langsam Zentimeter für Zentimeter zurück. „Okay, Jungs, wir beruhigen uns jetzt erst einmal alle." Sie holte tief Luft, dann sprach sie mit fester Stimme weiter: „Özcan, du schaffst uns jetzt diese Selina ran. Bis heute Mittag will ich wissen, wer sie ist, wo sie wohnt und wann sie hier im Revier auftaucht, verstanden?"

Onay schnaufte, doch Katja Greets spürte, wie der Druck auf ihren Arm allmählich nachließ. Schließlich nickte er, noch immer mit kräftig Puls, aber auch dankbar, aus der Situation genommen worden zu sein. „Fang am besten gleich im Finanzamt an, wie du es geplant hattest!", schob sie mit ruhiger Stimme nach.

Dann wandte sie sich an Untiedt: „Und ich denke, wir beide gehen genau jetzt einmal in mein Büro, Untiedt!" An der Schulter schob sie Untiedt sachte, aber bestimmt aus dem Besprechungsraum, drehte sich im Türrahmen noch einmal zu Sabine Lüders und Özcan Onay um und sagte: „In drei Stunden wieder hier. Dann hoffentlich mit ein paar Ergebnissen!"

„Was ist da denn in dich gefahren?", fragte Katja Greets, gleich nachdem sie die Bürotür hinter sich geschlossen hatte.

„Ist schon wieder alles gut, Katja", sagte Untiedt mit trockenem Mund.

Doch Katja Greets wollte sich damit nicht zufriedengeben. „Gar nichts ist gut, Karsten. Du hast Özcan da gerade eben dermaßen einen beigepuhlt, der hätte dir am liebsten eine verpasst! Das muss dir doch klar sein, dass Özcan bei solchen Sprüchen an die Decke geht."

Zu gerne hätte Untiedt seiner Kollegin jetzt erklärt, dass er sie nur vor sich selbst retten wollte. Wieder einmal. Aber das ging natürlich nicht. Dass sie es nicht ertragen konnte, sich von einem Mann etwas sagen lassen zu müssen, war ihr Problem. Da konnte er ihr nicht helfen, und wenn er ehrlich zu sich selbst war, wollte er ihr dabei auch nicht helfen. Aber wenn sie in dieser besonderen Situation begann, ihr Team schlecht zu führen, gefährdete das die Ermittlungen. Außerdem mussten sie trotz allem gut zusammenarbeiten. Wie sollte er ihr also erklären, dass er den Streit nur angezettelt hatte, damit sie keinen Bockmist baute? An Arroganz war das wohl kaum zu übertreffen, selbst nach seinen Maßstäben. Unmöglich, ihr das zu sagen! Er konnte für Onay und den Rest der Truppe ruhig das Arschloch sein, kein Problem. Bald wäre er sowieso wieder in Kiel, und dann juckte es kein Schwein, mit wem er sich hier angelegt hatte. Bei ihr war das anders. Sie musste den Laden zusammenhalten, nicht er.

„Okay, Katja, ich sehe das so: Onay hat überreagiert. Aber wenn es dich beruhigt, gehe ich nachher zu ihm rüber und entschuldige mich."

Katja Greets ließ sich erschöpft in ihren Bürostuhl fallen. „Was für ein bescheidener Morgen, Karsten!"

„Immerhin hast du Onay jetzt Feuer gemacht. Der traut sich erst wieder zu dir, wenn er diese Selina gefunden hat. Und so schwierig kann das auch nicht sein", sagte Untiedt, „aber weißt du, wer mir auch Bauchschmerzen bereitet?"

Katja Greets überlegte einen Moment, ob Untiedt den Fall oder noch jemanden aus ihrem Team meinte. Es konnte eigentlich nur der Fall sein. „Boetius?"

„Ganz genau, Boetius!", bestätigte Untiedt. „Wo ist der Typ?"

Für sie selbst stand Boetius nicht ganz oben auf der To-do-Liste, aber Untiedt hatte recht, musste sie zugeben. Es war schon komisch, dass der Typ ausgerechnet jetzt nicht auffindbar war.

„Welchen Eindruck hast du aus dem Finanzamt mitgenommen, Katja?", fragte Untiedt, dem es guttat, sich wieder nur auf die Ermittlungen zu konzentrieren.

„Mir schien, als hätte der Peters seinen Laden da ganz gut im Griff. Außerdem kontrollieren die sich mit ihrem Vier-Augen-Prinzip gegenseitig. Der Peters verkauft das ja so, als könnten die Kollegen sich jederzeit gegenseitig helfen. Letztendlich hat aber auch immer einer ein Auge auf den anderen."

Untiedt brummte zustimmend. „Aber hast du nicht erzählt, dass Boetius für diese Gjata-Brüder zuständig ist?"

„Ja, das hab' ich", sagte Katja Greets, „ich hab' aber auch rausgefunden, dass Boetius die Gjatas immer sehr genau kontrolliert hat. Die Matthiessen sagte selbst, dass genau die Art von Läden, die die Gjatas betreiben, super sind, um Geld zu waschen, und deswegen gucken die da auch etwas genauer hin."

Untiedt stand auf, ging um den Schreibtisch herum und setzte sich auf Katja Greets' Seite auf die Tischkante. „Dann haben die Gjatas vielleicht ihre Finger im Spiel?"

„Wenn ich die Matthiessen richtig verstanden habe, dann sind die Bücher von denen sauber. Dazu hat sie außerdem gesagt, dass die Gjatas alle möglichen Steuertricks nutzen, und sie ist sich sicher, dass die auch ein paar illegale Euros in den Abrechnungen verschwinden lassen, aber alles in ‚normalen' Maßen."

„Was sind denn ‚normale' Maße?", wollte Untiedt wissen.

Punkt für dich, dachte Katja Greets. „Na halt so, dass man denen nichts kann." Ihr fiel selbst auf, dass das Murks war, höchst unbefriedigender Murks. „Du hast recht. Wir sollten Boetius dringend ein paar Fragen dazu stellen."

Kapitel 35

Ein Blick auf den GPS-Empfänger sagte Friedjof, dass es Zeit wurde, die Baumkurren zu senken. Hannes hatte an Deck alles vorbereitet. Jeden Handgriff hatte er schon hundertfach getan, trotzdem beobachtete er aufmerksam, wie die Leinen durch die Winden und Rollen sausten, und achtete auf jedes ungewöhnliche Geräusch, das das Fanggeschirr beim Einsetzen ins Meer von sich gab.

Mit Glück würden bald ein paar Schollen in den Netzen zappeln. Wenn nicht, musste Friedjof noch eine andere Stelle anfahren. Hauptsache war natürlich, er konnte die Pakete bergen. Trotzdem brauchte er auch Fische. Ein Fischer, der nichts fängt, taugt nichts. Das wollte er sich auf gar keinen Fall nachsagen lassen. Außerdem waren volle Netze der beste Garant gegen dumme Fragen. Kein Fischer konnte es sich auf Dauer leisten, mit leeren Netzen einzulaufen. Wenn er also nicht auffallen wollte, war ein ordentlicher Fang die beste Tarnung.

Derweil klarte Hannes das Deck auf. Arbeit gab es auf dem Kutter fast immer genug: Entweder musste was vertäut oder festgerödelt werden, oder man musste es wieder lösen. Ständig gab es Dinge zu reinigen oder zu reparieren. Und wenn er selbst gerade nichts zu arbeiten fand, fiel Friedjof mit Sicherheit noch etwas für ihn ein. Heute würden sie wieder Pakete bergen, hatte Friedjof ihm gesagt, da blieb auch für ihn was hängen. Normalerweise freute er sich ja über den Zusatzverdienst. Ihm war es einerlei, was er da aus der Nordsee zog, Hauptsache, die Kohle stimmte. Und Friedjof zahlte anständig, auch wenn er ein Bollerkopp war. Nur jetzt musste das ja nicht unbedingt auch noch sein, dachte Hannes. Für seinen Geschmack hatte er sich in den letzten Tagen ohnehin schon viel zu sehr für Friedjofs ‚Zusatzgeschäfte' einspannen lassen. Langsam wurde ihm das ein bisschen dolle. Aber auf einmal ‚nein' sagen war auch schwierig. Getraut hatte er sich das jedenfalls noch nicht.

Ohne dass Hannes es gewusst hätte oder dass beide gar darüber gesprochen hätten, dachte Friedjof fast das Gleiche. Er, für seinen Teil, hatte ein ganz mieses Gefühl im Bauch, trotzdem wusste er: Irgendwie hatte sie ihn am Arsch, diese kleine Teufelin! Hatte ja auch jahrelang wunderbar funktioniert, und klar war auch, dass er von seinem kleinen Kutter ohne ‚Beifang' nicht hätte leben können. Jedenfalls nicht so gut.

Wieder schaute er auf seinen Empfänger. Er hatte immer noch nicht begriffen, wie die Technik dahinter funktionierte, aber dieses finnische Tauchequipment war schon genial. Soviel er wusste, reichten GPS-Signale nur wenige Millimeter unter Wasser. Aber mit dieser kleinen Boje, die er später noch einsammeln musste, hatte er nur einmal die Pakete nicht aus der See fischen können. Eigentlich eine fantastische Quote, wenn man bedachte, dass sie sich mitten in der Nordsee befanden. Und dann war es auch schon so weit. Er drosselte den Motor, und Hannes bekam seine Anweisungen.

„Sach ma, Friedjof, bist du eigentlich gar nicht neugierig, was da in den schwarzen Paketen drinne is'?", fragte Hannes beiläufig und wendete die fangfrische Scholle in der Pfanne.

„Ich will das nich wissen, und du willst das auch nich wissen, Hannes. Glaub mir, manchmal ist das besser, wenn man was nich weiß!" Friedjof rechnete nach. Bestimmt schon drei Jahre war es her, dass sie das erste Mal Pakete aus der Nordsee gefischt hatten. Damals hatte er ‚ja' gesagt, weil ihm das Wasser bis zum Hals stand und sein Kutter eigentlich schon weg war. Er hatte nicht daran geglaubt, dass das Angebot Zufall gewesen war, und er glaubte es heute nicht. Der Job war quasi sein letzter Ausweg gewesen, einfach zu verlockend und versprach schnelles Geld. Nur daran geglaubt, dass das überhaupt möglich sein sollte, was man da von ihm verlangte, das hatte er nicht. Pakete irgendwo in der Nordsee zu versenken und sie dann wieder zu bergen, das ging überraschend einfach, wenn man wusste, wie man das macht.

„Hier", sagte Hannes und ließ den gebratenen Plattfisch aus der Pfanne auf Friedjofs Teller gleiten, nicht ohne gleich noch ein bisschen Fett über den Fisch zu träufeln. „Ich hab' da so 'n komisches Gefühl bei, Käpt'n."

Mit geübten Handgriffen zog Friedjof das Fischfleisch von den Gräten, schob sich ein großes fettiges Stück mit knuspriger Haut in den Mund und fragte, ohne vom Teller aufzuschauen: „Seit wann hast du Gefühle, Hannes? Ich mein, außer Hunger?"

Aber Hannes war nicht zum Spaßen aufgelegt. „Leck mich an Arsch, Friedjof. Du weißt genau, was ich meine. Das da in Schobüll neulich. Also irgendwie stinkt das doch."

Nun hob Friedjof doch den Kopf. „Fängst du an, nervös zu werden? Du bist doch sonst keine Pussy."

Von jetzt auf gleich hatte Friedjof diesen bedrohlichen Unterton in der Stimme, den Hannes nur zu gut kannte. Zwar war für ihn nie mehr als ein heftiger Schlag in den Nacken dabei herausgekommen, aber unbedingt ausprobieren wollte er es nicht. Da war aber noch ein anderer Ton, den Hannes bisher so nicht kannte. Wenn er es nicht besser gewusst hätte, hätte er auf Angst getippt. Und wenn Friedjof jetzt schon Schiss hatte, dann war da irgendwo die Kacke am Dampfen. Allerspätestens jetzt konnte er das riechen.

Hannes nahm seinen ganzen Mut zusammen. „Ich hab' mir jedenfalls überlegt", sagte er schon wieder an der Kochstelle, „dass ich auch auf 'm Bau arbeiten könnte. Mein Schwager, also Monis Bruder, der arbeitet bei Dethlefs-Bau. Der meinte, die könnten da immer welche gebrauchen." Die nächste Scholle glitt gerade zischend in die Pfanne, da packte eine riesige Pranke Hannes' Nacken.

„Hast du Vollidiot etwa mit Moni gequatscht?“ Selbst im Bratfischdunst konnte Hannes den säuerlichen Atem seines Chefs riechen, so dicht wie der das Gesicht an sein Ohr schob.

„Nein Mann, ich bin doch nicht bescheuert“, schrie Hannes mit vor Schmerzen und Schreck hochgezogenen Schultern.

„Denk noch einmal genau nach, Hannes“, sagte Friedjof und drückte dabei Hannes' Kopf nach vorne.

„Nein, verdammt! Ich hab' nicht gequatscht.“ Immer fester gruben sich Friedjofs Finger in die Mulde zwischen Hannes' Schädel und seinem Hals. Unwillkürlich ging Hannes tiefer in die Knie, was es Friedjof noch leichter machte, Hannes' Gesicht Richtung heiß brutzelnder Pfanne zu drücken.

„Denk nach!“, wiederholte Friedjof.

„Mach keinen Scheiß, Mann. Moni weiß nichts, Moni weiß nichts!“ Hannes stemmte sich gegen den Druck in seinem Genick, aber gegen die gewaltigen Körperkräfte Friedjofs war er machtlos. Schon versuchte er das Gesicht zur Seite zu drehen, als ihn immer mehr Fettspritzer wie glühende Nadeln trafen.

„Und sonst jemandem, hast du irgendwem sonst irgendetwas erzählt, Hannes?“

Hannes' Hirn raste. Die Pfanne konnte er nicht greifen. Er brauchte seine Arme, um sich abzustützen. Wenn er das versuchen sollte, würde er vornüber ins heiße Bratfett stürzen. Vor seiner rechten Hand lag das Fischmesser. Mit langen Fingern versuchte er es zu packen. Gleichzeitig schrie er mit Angst und fast panisch: „Ich hab' keinem Schwein was erzählt, niemandem!"

Mit einem kleinen Schubser gab Friedjof Hannes frei. Hannes taumelte, fing sich und drehte sich mit dem Fischmesser in der Hand um. Gleichgültig guckte Friedjof ihn an und setzte sich wieder hinter seinen Teller. Hannes atmete schwer, dann immer flacher. Schließlich nahm auch er seinen alten Platz wieder ein. Er legte das Messer beiseite und wendete die Scholle in der Pfanne. Mit dem Ärmel wischte er sich über das Gesicht. Die vielen pochenden kleinen roten Punkte schmerzten dabei nur umso mehr.

Hannes briet drei weitere Schollen. Sie aßen. Dann holten sie noch ein paar Plattfische und Pakete aus dem Meer und sprachen kein Wort. Beide wussten, dass sich ihre Wege in wenigen Stunden, wenn sie im Husumer Hafen einliefen, trennen würden. Vielleicht sahen sie sich später einmal aus der Entfernung wieder. Ansonsten besser nicht.

Kapitel 36

Diese elende Zuckelei zehrte an ihren Nerven, und die waren ohnehin schon beim Zähneputzen gereizt gewesen. Auch der seifige Kaffee hatte es nicht besser gemacht. Und jetzt auf der B5! Pendeln wäre für sie definitiv nichts, dachte Katja Greets beim Anblick des zähen Verkehrs, und sie bedauerte bei diesem Gedanken die ganzen armen Schweine, die tagein, tagaus etliche Kilometer zu ihrer Arbeit zurücklegen mussten. „Bist du mal Pendler gewesen?“, fragte sie Untiedt gänzlich unvermittelt.

Der schaute sie leicht verwundert an, antwortete aber trotzdem: „Nein, nie! Wie kommst du denn jetzt darauf?“

„Guck dir doch die ganzen armen Irren an. Die B5 ist ständig voll. Nicht nur von Heide nach Husum und umgekehrt. Auch von Heide Richtung Süden geht da morgens und abends normalerweise nichts mehr. Selbst nach Hamburg pendeln unfassbar viele Dithmarscher.“

Untiedt sah auf die dicht befahrene Straße, guckte zu Katja Greets rüber, brummte irgendetwas Unverständliches und nahm sein vibrierendes Handy aus der Tasche. Kurz darauf brüllte er ein übertriebenes „Mensch Meier!” in den Hörer.

Genervt versuchte Katja Greets dem Gespräch ihres Kollegen zu folgen, aber es gelang ihr nicht. Vermutlich war es das kaum verborgene Desinteresse Untiedts an einem Small Talk, jedenfalls versetzte dieses infantile Meier-Schmidt-Getue ihrer Laune endgültig den finalen Todesstoß. Sauertöpfisch über das Lenkrad schauend verbrachte sie die Fahrt bis kurz vor Husum weiter erfolglos damit, Fetzen des Gesprächs ihres schenkelklopfenden Kollegen mit seinem Spezi im Husumer Revier zu einem sinnvollen Ganzen zusammenzusetzen.

Als sie schon an der ersten Ausfahrt nach Husum den Blinker gesetzt hatte, legte Untiedt auf und sagte: „Lass mal, wir fahren die Umgehung weiter."

Katja Greets blinkte kurz zurück und blieb auf der B5. Sie wartete auf eine Erklärung, doch die kam nicht. „Und?", sagte sie genervt.

„Und was?", kam zurück.

„Sag mal, willst du mich verarschen? Bin ich hier dein lästiger Chauffeur, oder was?" Katja Greets fuhr hoch und wurde richtig gallig. „Erst ist es unter deiner Würde mit mir ein kleines Schwätzchen zu halten, dann palaverst du aufreizend fröhlich mit diesem Meier oder Schmidt oder wie der Affe heißt, und dann ordnet der Herr ohne ein Wort der Erklärung einen neuen Weg an, und es beliebt ihm nicht einmal seiner kleinen Fahrerin zu sagen, wo die Reise hingehen soll."

Untiedt hörte sich die Tirade ungerührt an, wartete ein paar Sekunden, dann fragte er: „Fertig?"

„Verdammt noch mal, nein! Dieses ganze Macho-Gehabe kotzt mich so was von an. Aber so was! Ich hab's hier, Karsten. Hier oben!" Dabei nahm sie eine Hand vom Lenker und zog mit ihr einen imaginären Strich oberhalb ihres Mundes durch die Luft.

Untiedt versuchte, ruhig zu bleiben. „Fahr bitte die nächste Abfahrt ab und am Ende gleich wieder rechts Richtung Husum. Und wenn es dir recht ist, hältst du an der nächsten Bushaltestelle."

Unendlich lange zwei Minuten des Schweigens später stellte Katja Greets den Motor ihres Dienstwagens auf einer Bushaltestelle ab und schaute stier geradeaus. Es folgte eine weitere Minute unangenehmer Stille, dann legte Karsten Untiedt los: „Ich hab' keine Ahnung, was dir irgendwelche Typen in der Vergangenheit angetan haben oder wie mies sie dich behandelt haben, wer dir eine tolle Stelle weggenommen hat oder nur den Lolli. Es geht mich auch absolut nichts an, warum du dich von so einem Arschloch wie diesem Holger Jungbier vögeln lässt, und auch nichts, dass du partout nicht wahrhaben willst, dass der Schleimscheißer gleichzeitig auch die Oberländer flachlegt und jetzt noch geschwängert hat und weiß Gott, mit wem der noch ins Bett steigt. Das ist deine Sache. Aber ich hoffe, dir ist nicht entgangen, dass ich in den letzten paar Tagen mehr als einmal versucht habe, dir den Arsch zu retten, als du dich gerade mal wieder in die Scheiße reiten wolltest."

Untiedt holte Luft. Katja setzte selbst zu einer Gegenrede an, aber Untiedt hob abwehrend eine Hand und fuhr fort: „Vielleicht willst du es nicht wahrhaben, Katja, aber ich will dir nichts Böses. Ich will dir nichts wegnehmen, und ich will dir auch nicht an die Wäsche. Ich will rein gar nichts von dir. Das Einzige, was ich will, ist diesen verdammten Fall lösen und dann raus aus Dithmarschen und zurück nach Kiel."

Katja Greets schwirrte der Kopf. Mit riesigem Schwung hatte Karsten Untiedt ihr das gesamte Gefühlschaos vor die Füße geschmissen, das sie so sehr aufwühlte. Vielleicht zum ersten Mal erkannte sie das Ausmaß dieses gewaltigen Scherbenhaufens, der ihr Leben war und an dem sie sich unaufhörlich schnitt. Wieder und wieder und wieder. Betäubt starrte sie durch die beschlagene Frontscheibe ins Nichts, ohne einen wirklichen Gedanken fassen zu können.

„Oberhauser", sagte sie schließlich. Untiedt schaute sie fragend an. „Oberhauser. Du hast ‚Oberländer' gesagt."

„Ja, richtig", sagte Untiedt, bemüht, seinen Puls wieder unter Kontrolle zu bekommen.

„Woher weißt du das mit Holger?", fragte Katja.

„Das ist offensichtlich, Katja. Das kann jeder sehen. Nur du anscheinend nicht."

„Was kann jeder sehen?"

„Na alles, Katja!", sagte Karsten. „Alles! Wie du ihm hinterherrennst, wie er dich zappeln lässt, dass er was mit der Oberhauser hat. All das!"

„Hast du mit ihm, also mit Holger, über mich gesprochen?", fragte sie.

„Machst du Witze? Ich bin wahrscheinlich der Letzte, mit dem Jungbier ein privates Wort reden würde. Ich kenne die allermeisten auf eurem Revier doch gar nicht richtig.“ Karsten Untiedt schluckte. Plötzlich tat Katja ihm leid. „Es ist die Art, wie du ihn ansiehst, wie ihr miteinander redet. Das ist einfach nicht zu übersehen.“

„Und woher weißt du, dass Femke von ihm schwanger ist?“

„Du hast mir erzählt, dass sie schwanger ist, Katja. Hast du dir mal angeschaut, wie die beiden miteinander umgehen, wie sie miteinander reden, wie sie ihn am Arm dabei berührt? Vielleicht hat sie ja tatsächlich einen anderen, aber dann müsste ich mich schon gewaltig täuschen.“ Karsten Untiedt sah, wie seine Kollegin immer tiefer in dem Autositz und in ihren Gedanken versank.

Katja sortierte die Ereignisse der vergangenen Tage und kam zu dem Schluss, dass Untiedt womöglich recht hatte. Seit Monaten fühlte sie sich schuldig. Ihr ging es schlecht, wenn Holger seine Kinder oder seine Frau erwähnte. Sie war dann immer die böse Ehebrecherin gewesen, schuldbeladen, aber doch drauf versessen, ihn wiederzusehen und ihn für sich zu haben. Schon von Anfang an hatte ihr diese Ambivalenz zu schaffen gemacht. Ganz in ihrem Innersten wusste sie schon immer, dass sie nie die Frau an seiner Seite sein konnte. Nicht, weil sie es nicht wollte, sondern weil er ihr diesen Platz niemals zugestehen würde. Er hatte ihr nie etwas versprochen, und er hatte auch nie Forderungen an sie gestellt. Er hatte nur ‚ihre Einsamkeit gelindert‘.

Was für ein gütiger Wichser. In ihrer Welt hatte Holger Jungbier nie seine Frau betrogen, stellte sie fest. In ihrer Welt war sie die Betrügerin. Aber mit Untiedts Worten ergab vieles plötzlich einen Sinn. Vor allem erklärte es, warum sie sich schon seit geraumer Zeit selbst wie eine Betrogene fühlte. Eine betrogene Betrügerin! Gab es das überhaupt? Hatte sie denn überhaupt ein Recht, sich betrogen zu fühlen? Wer hatte sie denn eigentlich betrogen? Holger? Oder Femke Oberhauser? Oder war sie diejenige, die Holgers Ehefrau und Femke Oberhauser betrog? Alles kreiste.

„Er ist ein Arschloch, Katja!", sagte Untiedt und riss sie damit aus ihren wirren Gedanken. Sie schaute ihren Kollegen an und wusste nicht, ob sie laut gedacht hatte. Untiedt stieg aus, ging um den Wagen, öffnete ihre Tür und sagte: „Komm, lass mich fahren."

Ohne groß nachzudenken oder gar Widerstand zu leisten, schnallte sich Katja Greets ab, stieg aus und setzte sich dann auf den Beifahrersitz. Zwischen ihren Ohren hob ein Rauschen an, das immer kräftiger wurde.

„Wir fahren zu Boetius. Da treffen wir Hansen. Schmidt schickt ihn direkt dahin." Dem Navi folgend zirkelte Untiedt den Wagen durch Husums Gewerbegebiet und schließlich nach Schobüll raus. Die Umgehung zu fahren und dann auch noch ins Gewerbegebiet abzubiegen, war eine totale Schnapsidee, stellte er fest, hatte sich unter diesen Umständen aber als glückliche Fügung herausgestellt. Es war offensichtlich, dass seine Kollegin völlig durch den Wind war, und da war es nur gut, wenn sie nicht am Tatort in der Wilhelmstraße vorbeifuhren, wo sich wahrscheinlich noch Holger Jungbier mit seinen Leuten von der KTU austobte. Zwar stand das auch noch für heute auf dem Zettel, aber später war dafür noch Zeit genug.

Verstohlen schaute Untiedt zu seiner Kollegin rüber. Die guckte immer noch ins Leere, aber ihr Gesicht schien wieder etwas Farbe zu bekommen. Er hatte ihr den Kopf zurechtgerückt und die Augen geöffnet. Das tat weh, sicherlich. Aber so, wie er Katja Greets einschätzte, war sie zäh und tough genug, um damit klarzukommen. Die nächsten Stunden und Tage würden zeigen, ob er richtig lag.

Als sie ankamen, wartete Hansen bereits ans Auto gelehnt auf sie. „Moin Katja, moin Karsten!", begrüßte er sie. Sie grüßten zurück.

„Hast du schon geguckt, ob Boetius zu Hause ist?", fragte Untiedt.

Hansen verneinte. „Ich bin selber grad erst angekommen und hab dann auf euch gewartet."

Gemeinsam gingen sie zur Tür und klingelten. Nichts passierte. Als sich nach dem dritten Klingeln immer noch nichts tat, zeigte Katja Greets auf die Auffahrt und sagte: „Das ist bestimmt Boetius' Benz. Kannst du das kurz überprüfen lassen, Volker?" Hansen nahm sein Handy aus der Jackentasche, ging zur Auffahrt und gab seinen Kollegen das Kennzeichen durch. Gleichzeitig gingen Untiedt und Katja Greets um Boetius' Haus und schauten in jedes Fenster.

„Ganz schön unordentlich", sagte Untiedt, „aber so richtig viel kann ich nicht erkennen."

„Vielleicht von der Rückseite", sagte Katja Greets und machte ein paar Schritte um die Hausecke. Plötzlich ging sie in die Hocke. Per Handzeichen holte sie Untiedt an sich heran. „Karsten! Das sieht nicht gut aus", flüsterte sie, „das Fenster ist aufgebrochen." Beide zogen ihre Dienstwaffe.

„Bleib hier, Katja. Ich gebe Hansen Bescheid."

Katja Greets blieb weiter in der Hocke und wartete, bis Untiedt wieder hinter ihr stand. „Hansen holt Verstärkung." Untiedt legte seine Hand auf Katja Greets' Schulter. „Wenn da noch jemand drinnen war, haben wir ihn gewarnt. Der ist bestimmt über alle Berge."

Katja Greets nickte: „Ja, wahrscheinlich. Oder er hat Panik bekommen und hockt jetzt hinterm Sofa." Dann sah sie Hansen um die gegenüberliegende Hausecke schleichen. Beide gaben sich Zeichen und versicherten sich so, dass sie sich gesehen hatten. Darauf schob sich Hansen tief in der Hocke weiter an der Hausmauer entlang. Sobald er neben dem aufgebrochenen Fenster angekommen war und dieses sicherte, krauchte auch sie in tiefer Haltung dazu. Untiedt behielt die gesamte rückwärtige Front des Hauses im Blick. „Was jetzt?", flüsterte Katja Greets.

„Warten!"

„Worauf? Ihr habt doch in Husum keine Einsatzgruppe stationiert."

Anstatt zu antworten, bedeutete Hansen ihr zu schweigen. Er tippte sich ans Ohr. An seinem konzentrierten Blick erkannte sie, dass er auf etwas horchte. Sie tat es ihm gleich. Und tatsächlich, ein leises Poltern oder Scheppern kam aus einem anderen Raum tief im Inneren des Hauses. Sie schaute an der Hausmauer entlang und fand, was sie vermutete: Lüftungsgitter für Kellerfenster. Sie zeigte mit dem Finger nach unten. Hansen verstand und nickte zur Bestätigung. Sie horchten weiter, hörten dann aber eine ganze Weile nichts mehr.

Allmählich merkte Katja Greets, wie ihre Konzentration nachließ, aber die Anspannung blieb. Durch das Verharren in einer Position begannen ihre Glieder zu schmerzen. Vorsichtig versuchte sie sich zu strecken, zog damit aber einen Blick von Hansen auf sich, den sie nicht deuten konnte. Dann vibrierte sein Handy. Er schaute aufs Display, legte es vor sich auf den Boden und machte Katja Greets ein Zeichen, das sie nicht verstand. Trotzdem kehrten deutlich spürbar Konzentration und Spannung zurück in ihren Körper. Hansen schien zufrieden. Er tippte sich abermals ans Ohr, doch dieses Mal hatte Katja Greets auch ohne ihn etwas bemerkt. Schon seit Minuten war nichts zu hören gewesen. Außer dem Gezwitscher der Vögel im Garten. Die hatten sich anscheinend recht schnell an ihre Anwesenheit gewöhnt. Aber ansonsten tatsächlich nichts. Kein Auto, kein Fußgänger, absolut nichts.

Nun rollte fast geräuschlos ein Fahrzeug die Straße entlang. So leise, dass Katja Greets sich sicher war, dass sie es unter normalen Umständen nie und nimmer wahrgenommen hätte. Aber jetzt konnte sie sogar ein leichtes metallisches Kratzen hören. Sie wusste, dass die Schiebetür eines Transporters geöffnet wurde, ohne es zu sehen.

Wieder vibrierte Hansens Handy. Das Display leuchtete auf. Hansen hob die Hand mit gespreizten Fingern. Dann begann er einen nach dem anderen zu senken. Ein Countdown! Adrenalin schoss Katja Greets bis geradewegs unter die Schädeldecke. Drei – zwei – eins – Rums! Mit lautem Knall splitterte das Schloss der Haustür, gleichzeitig hechtete Hansen durch das offene Fenster über die Brüstung ins Haus und sicherte das Zimmer.

Als Katja Greets den Kopf hob und ins Haus schaute, sah sie nur ein paar Beamte in voller Schutzkleidung durch das Gebäude stürmen. Sofort machte Hansen ihr ein Zeichen, den Kopf unten zu lassen. Zimmer für Zimmer durchkämmten die Einsatzkräfte das gesamte Haus. Sie hörte nur die Rufe, und doch konnte sie sich vorstellen, wie das SEK in perfekter Abstimmung durch das Gebäude rollte. Sobald Ober- und Erdgeschoss gesichert waren, drangen sie in den Keller vor. Instinktiv drückte Katja Greets sich noch fester an die Hauswand. Sie machte sich gefasst auf einen Schuss, einen Schrei. Aber es passierte ... nichts.

Plötzlich krachte es wieder laut. Eine Kellertür flog auf. Sofort schepperte es, ein Poltern und Kratzen wie vorhin. Wie gebannt starrte Katja Greets auf das Kellerfenster, die Dienstpistole fest im Anschlag, bereit zu schießen, wenn sich das Kellerfenster öffnen sollte. Wieder ein Scheppern, Befehle wurden gebellt. Katja Greets horchte auf Kampfgeräusche, doch die kamen nicht. Stattdessen schallte von Mund zu Mund ein „Gesichert!“ nach oben.

Als Untiedt sah, dass seine Kollegin sich erhob und ihre Dienstwaffe wegsteckte, ging er um die Hausmauer herum. Sie sah auch ihn und ging ihm entgegen. „Viel Lärm um nichts“, sagte sie und streckte dabei die steif gewordenen Gelenke, Rücken und Beine immer wieder durch. Trotzdem stand ihr die Anspannung der letzten Minuten ins Gesicht geschrieben.

„Würde ich so nicht sagen, Katja“, sagte Untiedt. Das Spiel seiner Mimik schwanke unentschlossen zwischen sorgenvoll und triumphierend, was seinem Gesichtsausdruck eine unfreiwillige und unangemessene Komik verlieh. „Die Einsatzgruppe hat Blutspuren gefunden. Und zwar überall verteilt. Jungbier kann seine Leute gleich weiter hierher jagen.“

Katja Greets hatte Untiedts Angebot, dass er mit Jungbier telefonieren könnte, dankend abgelehnt. Dieser erste Kontakt mit ihm, nachdem ihr die Augen geöffnet worden waren, war für sie wie ein Test. Da konnte das ganze Adrenalin in den Adern nur hilfreich sein. Ohne zu zögern oder sich irgendwelche Worte zurechtzulegen, wählte sie seine Nummer.

Während sie also im Auto saß und mit Holger Jungbier telefonierte, standen Hansen und Untiedt auf dem Bürgersteig vor Boetius’ Haus und beobachteten den

Abzug der Einsatzgruppe. „Sag mal, Volker, das ist doch das SEK hier. Wieso machst du einen Anruf, und die reiten hier Minuten später in Mannschaftsstärke ein?"

Hansen setzte ein schelmisches Grinsen auf, das Untiedt schon öfter an ihm bemerkt hatte. „Alte Kontakte, Karsten."

„Ist richtig, Volker!", sagte Untiedt. „Und wenn der Papst anruft ... Aber Eutin – Husum schaffen die auch dann nicht in zehn Minuten." Derweil kam der letzte SEK-Mann aus dem Haus, in der Hand eine Transportbox für Haustiere.

„So Volker, hier haben wir den Radaubruder. Den stellen wir dir gleich auf den Schreibtisch." Jovial schlug der SEK-Mann Hansen auf die Schulter. „Ach und danke, Volker! Die Typen von der Feuerwehr hätten uns fast zu Tode gelangweilt. Da fange ich doch lieber streunende Katzen."

Untiedt verstand nichts, Hansen grinste noch ein bisschen breiter, gab dem SEK-Mann die Hand und sagte: „Danke, dass ihr so schnell hier sein konntet."

Schon im Gehen hob der SEK-Mann grüßend die freie Hand. „Regeln wir alles biertechnisch, mein Lieber!" Dann verschwand er im Van, und das SEK fuhr ab.

„Jetzt klär' mich mal auf, Volker. Wieso sind die hier?"

„Wir kennen uns von früher. Er hat gestern erst auf ein Bier bei mir vorbeigeschaut, weil er mit seinen Leuten hier in Husum ist. Seine Einheit übt gerade mit der Feuerwehr am Belker-Spargel Höhenrettung."

„Was zum Teufel ist der Belker-Spargel?", fragte Untiedt, der sich von der Geschwindigkeit der Ereignisse überfahren fühlte und immer noch nicht wusste, wie ihm und seiner Kollegin gerade geschehen war.

„Das Ding sieht aus wie eine Windenergieanlage, bei der die Flügel fehlen. Ist 'ne Übungsattrappe, um Höhenrettungen zu trainieren. Wurde noch unter der alten Bürgermeisterin Belker gebaut, daher der Name. Aber wenn ich richtig liege, wird der Turm bald abgebaut."

„Okay", sagte Untiedt, „also kurzer Dienstweg?"

„Jap", bestätigte Hansen, „gibt noch ein bisschen Schreibkram."

Das Zuschlagen einer Autotür schreckte die beiden aus ihrer Unterhaltung hoch. Katja Greets gesellte sich zu ihnen und berichtete von ihrem Telefonat mit Jungbier.

„Also warten wir, bis er gleich kommt und machen dann gemeinsam eine erste Besichtigung!", sagte Untiedt, „in die Wilhelmstraße fahren wir danach?"

„Korrekt!"

Die Stimme seiner Kollegin hatte ihre alte Kraft und Schärfe wieder, fand Untiedt.

Kapitel 37

Özcan Onay konnte sein Glück kaum fassen, als er zu Sabine Lüders ging und ihr Bescheid sagte, dass er nach Brunsbüttel fahren würde. „Falls Katja sich meldet, ich bin gleich in Brunsbüttel bei Selina Zielinski."

Erwartungsvoll schaute Onay seine Kollegin an, aber die zeigte keine Spur von Begeisterung.

„Selina!", wiederholte Onay.

„Und?", echote Sabine Lüders mit der gleichen Intonation.

„Selina! Die rattenscharfe Braut von dem Foto! Hemkes Freundin!"

„Wie cool ist das denn!", sagte Sabine Lüders eine Spur zu laut, „wo hast du die denn aufgetrieben?"

„Konsequente Polizeiarbeit, Bienchen, schaffst du vielleicht auch irgendwann", prahlte Onay, klopfte zweimal mit der Faust auf Sabine Lüders' Schreibtisch und machte sich auf zu gehen.

„Leck mich, Özcan!", rief sie ihm hinterher, worauf er sich im Türrahmen umdrehte und sagte: „Stets zu Diensten, Bienchen."

Für Onay völlig unerwartet stand Sabine Lüders auf, ging auf ihn zu, packte seinen Unterkiefer und schaute ihm fest in die Augen. „Okay, Özcan. Heute um 19 Uhr bei mir. Aber wehe, du enttäuschst mich! Oder musst du zu deiner Freundin?“ Dann drückte sie seinen Kopf zur Seite, nur um noch einmal seinen Kiefer zu fassen. „Und nenne mich nie wieder ‚Bienchen‘!“ Diesmal stieß sie ihm vor die Brust, und Onay stolperte rückwärts aus dem Büro. Sie schloss die Tür und ließ ihren Kollegen völlig verdaddert im Flur stehen.

Wild über die Bedeutung von Sabine Lüders’ Auftritt rätselnd machte er sich auf den Weg nach Brunsbüttel. Sie wusste, dass er aktuell keine Freundin hatte, auch wenn er erst kürzlich vor Greets was anderes gesagt hatte. Sabine hatte ihn da nicht auflaufen lassen. Das war schon anständig von ihr gewesen. Aber die Nummer gerade eben bei ihr im Büro hatte ihm echt den Atem verschlagen.

Nach einer elend langsamen Zuckelei über die B5 erreichte er Brunsbüttel und stand schließlich vor Selina Zielinskis Wohnungstür. Mechanisch zupfte er an seiner Uniform herum und wusste immer noch nicht, was er von dem soeben Erlebten zu halten hatte, und schon einmal gar nicht, ob er tatsächlich um 19 Uhr bei Sabine aufschlagen sollte. Gerade stellte er sich bildlich vor, wie Sabine die oberen Knöpfe ihrer ..., als die Wohnungstür aufging.

„Ah, die Polizei! Sie sind bestimmt wegen Thoralf hier.“

Für einen kurzen Augenblick bestaunte Özcan Onay sein Gegenüber, bevor er wieder zu Worten fand: „Ja, äh … POM Onay. Also Polizeiobermeister Onay. Frau Zielinski?“

„Das bin ich, Herr Polizeiobermeister Onay. Kommen Sie doch herein“, sagte Selina Zielinski so freundlich und fröhlich, dass Özcan Onay sich sofort wohlfühlte und die Gedanken an die oberen Knöpfe von Sabine Lüders’ Dienstbluse wie weggeblasen waren.

„Danke“, sagte er, „nennen Sie mich doch bitte Onay ... oder Özcan, wenn Sie sich das besser merken können.“

Selina lächelte, lenkte Özcan Onay durch eine großzügige und modern eingerichtete Wohnung und bat ihn schließlich, in der Küche Platz zu nehmen. „Trinkst du einen Kaffee mit mir, Özcan?“, fragte sie beiläufig und nahm, ohne eine Antwort abzuwarten, zwei Tassen aus dem Schrank, immer verfolgt durch Özcan Onays aufmerksames Augenpaar.

Als sie ihm endlich gegenübersaß, hatte Onay seine Fassung halbwegs wiedererlangt. „Frau Zielinski ...“

„Selina! Ich mag es viel lieber, wenn man mich Selina nennt. Das klingt nicht so hart und auch nicht so alt“, unterbrach ihn Selina Zielinski.

„Okay, Selina! Sie ... du hast dich telefonisch in Heide auf dem Revier gemeldet. Warum?“

Selina Zielinski sah ihn an, als würde sie die Frage nicht verstehen. „Na, weil Thoralf tot ist.“

Immer noch fasziniert schaute Onay Selina Zielinski an und bemerkte fast nicht, dass er seine nächste Frage bisher nur gedacht, aber nicht ausgesprochen hatte. Er musste sich dringend zur Konzentration zwingen. „Woher weißt du von seinem Tod?"

Ohne nachzudenken, antwortete Selina: „Von den Kollegen natürlich. Seit Tagen spricht keiner mehr über etwas anderes."

Onay war überrascht und holte seinen Notizblock hervor. „Wo arbeiten Sie denn ... du ..., dass alle Kollegen über Thoralf Hemke reden?"

Selina guckte überrascht. „Auf dem Finanzamt!"

Özcan Onay war verwirrt. „Aber dann hätte schon lange eine Kollegin oder ein Kollege von mir mit dir gesprochen haben müssen. Warst du krank oder im Urlaub oder so etwas?"

Bei Selina fiel der Groschen. „Finanzamt Itzehoe. Thoralf hat da seine Ausbildung gemacht, bevor er nach Heide ging."

„Und daher kennt ihr euch?"

„Genau. Streng genommen waren wir sogar eine Zeit lang zusammen."

„Streng genommen", wiederholte Onay.

„Ja, streng genommen."

„Und was soll das bedeuten?", wollte er wissen.

Selina stützte ihre Ellenbogen auf die Tischplatte, lehnte sich in Özcan Onays Richtung vor und schaute ihm direkt in die Augen. „Das heißt, wir waren zusammen, aber irgendwie auch nicht."

Özcan Onay wollte ihrem Blick nicht ausweichen, und so durchfuhr ihn ein Schauer, als er fragte, was das nun wieder bedeuten sollte.

„Meine Oma sagt immer, einen schönen Mann hast du nie für dich allein!", gurrte Selina mehr, als dass sie es sagte.

„Und eine schöne Frau auch nicht, oder wie?", entfuhr es Özcan Onay.

„Richtig!"

Onay merkte, wie ihm das Blut in die Ohren schoss. Trotzdem zwang er sich, möglichst cool zu wirken, und beugte sich ebenfalls nach vorn. „Das musst du mir schon genauer erklären, Selina!"

Und das tat Selina dann auch mit vielen Einzelheiten, die zwar höchstwahrscheinlich nichts mit dem Fall zu tun hatten, die Selina Zielinski aber äußerst bereitwillig und in schillernden Farben erzählte und auf die Özcan Onay nur ungern verzichtet hätte.

Nach zwanzig Minuten Erzählung, die Onay klarmachten, was er so alles in seinem bisherigen Leben verpasst hatte, brachte ein Schluck des mittlerweile kalten Kaffees ihn wieder zur Besinnung, und er schaffte es, die ‚normale' Befragung wieder aufzunehmen. So erfuhr er, dass das Foto, das Katja Greets von Thoralf Hemke und ihr gefunden hatte, vor dem Itzehoer Finanzamt aufgenommen worden war und dass Selina mit Thoralf Hemke bis vor Kurzem zwar immer noch sexuellen Kontakt pflegte.

„Das war aber nur noch sehr sporadisch", sagte sie in bedauerndem Ton, „er hat irgendwie das Feuer verloren."

Von einer neuen festen Partnerschaft Thoralfs wusste sie nichts, konnte sich das aber durchaus vorstellen. „Früher hatte er eigentlich immer noch ein, zwei andere, mit denen er sich ab und zu mal traf.“ Selina machte eine kurze Pause. Sie schien über etwas nachzudenken. Dann grinste sie schelmisch. „Warte mal, das wird dir gefallen“, sagte sie, stand auf und ging aus der Küche. Gleich darauf kam sie mit einem samtroten Mini-Fotoalbum wieder. „Das hat er mir am Ende unserer Ausbildung geschenkt. Thoralf ist ein richtiges kleines Ferkel, und sportlichen Ehrgeiz hat er auch.“ Sie legte das Album vor Onay auf den Tisch und forderte ihn auf, es sich anzuschauen.

Onay notierte sich, dass Selina Zielinski von Hemke sprach, als würde er noch leben. Dann wandte er sich dem kleinen Album zu. Auf der ersten Seite stand ‚Unser Ausbildungsjahrgang‘. Dann blätterte er weiter und schaute nacheinander in die gespreizten Beine von Selina, Anja, Irina, Anna-Lena, Lisa, Anna, Vanessa und Nadine. Alles fein säuberlich beschriftet.

„Anja gehört übrigens nicht wirklich dazu“, erklärte Selina.

„Anja, was?“, stammelte Onay vor lauter Verlegenheit.

„Die blonden Locken“, sagte sie. „Die hat nur eine Ausbildungseinheit geleitet.“ Selina nahm das Album, blätterte etwas zurück, legte es Onay wieder vor die Nase und tippte auf ein Foto. „Hier!“

Onay schluckte und klappte das Album zu. „Das sind ja alles nur ...“

„Muschis?“ Selina hatte sichtlich ihre Freude. „Klar! Oder glaubst du, die lassen sich für ein Trophäenalbum mit Kopf fotografieren?“

Fassungslosigkeit stand in Onays Gesicht geschrieben. „Die wussten alle, was er da macht?“

„Logisch, ist doch nichts dabei.“

Onay dämmerte, dass Selina sich einen Spaß mit ihm machte. Deshalb bemühte er sich, abgeklärt und sachlich zu klingen, als er fragte: „Sind das alle Frauen aus dem Jahrgang?“

„Nein, nicht ganz“, grinste Selina. „So erfolgreich war er dann doch nicht. Aber ein paar hat er ja rumgekriegt. Wir hatten gewettet.“

„Wie, ihr hattet gewettet?“

„Na gewettet halt. Ich hatte das selbst ja noch nie gemacht und fand mich total verwegen dabei. Also dachte ich, dass ich die Erste mit so einem Foto war, und ich hatte halt auch gedacht, dass so was keine andere macht. Da hat er mich ausgelacht und gesagt, dass das gar kein Problem sei, solche Fotos zu bekommen.“ Selina Zielinski setzte ein zuckersüßes unschuldiges Lächeln auf, das Özcan Onay ihr natürlich nicht mehr abnahm. Provokativ wartete sie darauf, dass er sie aufforderte weiterzuerzählen.

„Und dann?“, tat er ihr den Gefallen.

„Ich hab’ gesagt, dass er es nicht schaffen würde, noch zwei solche Fotos aus unserer Ausbildungsgruppe zu bekommen. Darauf hat er mich gefragt, was er bekommt, wenn er mir vier bringt.“

„Hat er dann ja auch geschafft!", sagte Onay.

„Wollen Sie denn gar nicht wissen, was der Wetteinsatz war, Herr Wachtmeister?", sagte sie mit einem so lasziven Hauchen, dass es Özcan Onay zu bunt wurde. Natürlich wollte er jetzt auch das noch wissen. Aber ihm war völlig klar, dass diese Selina Zielinski sich ihren Spaß mit ihm machte, und diesen letzten Triumph wollte er ihr nicht auch noch gönnen.

Trotzdem nahm er fast ehrfürchtig das Album in die Hand und sagte: „Das muss ich als Beweisstück mitnehmen."

Selina lachte laut auf. „Sicher!"

Onay wurde rot, schon wieder. „Nein ernsthaft, Frau Zielinski. Vielleicht ist das ein Motiv." Er hatte das SIE ganz bewusst gewählt und versuchte so, seinen Fehler vom Anfang der Befragung zu korrigieren. Dann stand er auf. „So, ich glaube, ich hab' jetzt alles, was ich brauche."

„Wirklich?", fragte Selina mit einer Stimme, die Onay unter die Haut ging.

Schon das zweite Mal heute, dass ihm so eine schräge Anmache widerfuhr. Nur dass er dieses Mal sicher war, hochgenommen worden zu sein. Er sparte sich eine Antwort und verabschiedete sich.

Sobald er aus dem Hausflur an die kühle, nebelfeuchte Luft trat, hob er die Arme. Der Luftzug tat ihm gut, und er atmete tief durch.

Als er sich ins Auto setzte, beobachtete Selina Zielinski ihn vom Badezimmerfenster aus. Sie wusste, dass

Özcan Onay nicht sofort losfahren würde, ohne noch einmal in dem Büchlein zu blättern. Und sie hatte recht.

Auf dem Weg zurück nach Heide schwirrte Özcan Onay der Kopf. Erst Sabine Lüders, die immer so spröde daherkam. Eine Streberin, wie sie im Buche steht. Aber trotzdem mochte er sie. Ziemlich gerne sogar. Und dann haute sie so einen Spruch raus ... Eigentlich war er sich sicher, dass es tatsächlich nur ein Spruch von ihr gewesen war. Aber vielleicht war ja doch mehr dahinter.

Irgendwo hinter Marne legte er sich fest. Gleich nach Dienstschluss würde er zur Weinhandlung am Wulf-Isebrand-Platz fahren, ein nettes Fläschchen besorgen und um 19 Uhr bei Sabine einfach mal All-in gehen. Was konnte er schon verlieren.

Zufrieden mit sich und seinem Plan traf sein Blick beim Warten in Meldorf an der Ampel das rote Album auf seinem Beifahrersitz. Spontan blätterte er noch einmal darin herum. Da, das erste Foto: Selina. Eben noch hatte er mit dieser Granate in ihrer Küche gesessen, und jetzt guckte er ihr auf diesem Foto ins Allerheiligste. Unfassbar, wie abgebrüht die Kleine war, überlegte er, dass sie ihm das Album einfach so in die Hand drückte und diese Geschichte mit der Wette auftischte.

Ein Hupen schreckte ihn aus seinen Gedanken hoch, und er fuhr weiter. Dann ging er noch einmal durch, was sie ihm alles erzählt hatte. Nie im Leben hätte er auch nur die Hälfte davon vermutet, wenn er sie einfach nur auf der Straße getroffen hätte.

Kapitel 38

Ein Blick reichte Untiedt, um zu sehen, dass seine Kollegin schwer auf etwas herumkaute, und es war ein Leichtes zu erraten, dass es um diesen Fatzke Jungbier ging. Schon bei ihrer ersten Begegnung in Weddingstedt fand er ihn unsympathisch. Bauchgefühl. „Kann man nur leider nicht immer was drauf geben ...“, brummte er vor sich hin.

„Was meinst du?“, fragte Hansen.

„Ach nichts. Ich hab’ nur zu laut gedacht.“

Hansen hatte sich eigentlich schon verabschiedet, dann aber noch ein paar Takte mit seinen Husumer Kollegen gewechselt, die den Tatort sicherten. Nun stand er plötzlich wieder vor ihm und verabschiedete sich ein zweites Mal. „Du solltest dir ein Zimmer im Alten Gymnasium nehmen, so oft, wie du dich hier herumtreibst.“

„Das Hotel kenne ich sogar, Volker. Ist nicht meine Gehaltsklasse. Außerdem ist doch jeder Dithmarscher froh, wenn er wieder über die Eider darf.“

Hansen schaute ihn überrascht an. „Du bist Dithmarscher? Dann komm man gut über die Eider. Na, vielleicht bis morgen dann.“ Beide gaben sich die Hand, und Hansen machte sich endgültig auf den Weg zurück zu seiner Dienststelle.

„Karsten“, sagte Katja Greets und tippte ihm auf die Schulter, „es kann losgehen.“

Überrascht drehte Untiedt sich um. So in Gedanken versunken hatte er seine Kollegin nicht kommen hören. Sie drückte ihm einen dieser schrecklichen weißen Overalls samt weißer Kapuze und Überziehschuhen in die Hand. Sofort machte sich wieder so eine kribbelige Anspannung, so eine kindliche Neugierde in ihm breit, und er fragte sich, ob es seiner Kollegin wohl genauso ging. Vielleicht hatte die Anspannung von der Hausstürmung gerade eben sie aber auch zu sehr ermattet. Gleich würde er es wissen, dachte er sich und schlüpfte in die Schutzkleidung.

Für seinen Geschmack hatten sich die Damen und Herren von der KTU mit ihrem Teil der Tatortsicherung reichlich Zeit gelassen. Ein Blick auf die Uhr sagte ihm aber, dass das nicht stimmte. Er war einfach zu ungeduldig. Und obwohl seine Neugier auf das, was ihn im Inneren des Hauses erwarten würde, kräftig an ihm zerrte, ließ er Katja Greets unauffällig den Vortritt. Amüsiert stellte er fest, dass auch sie sich in dieser Kledage bewegte wie auf Eiern.

Im Hausflur nahm Holger Jungbier sie in Empfang und gab ihnen eine erste Einweisung. Danach bewegten sie sich frei und verschafften sich einen vorläufigen Eindruck. „Und?“, fragte Untiedt.

„Ich bin gespannt, was die Spurenauswertung ergibt.“ Katja Greets ließ den Blick noch einmal schweifen. Dabei verstärkte sich so ein komisches Bauchgefühl.

„Irgendwie passt das alles nicht zusammen, oder was denkst du?"

Untiedt hatte den gleichen Gedanken. „Was ist passiert? Wie ist das hier abgelaufen?" Auch er drehte sich noch einmal um sich selbst und ging ein paar Schritte durch die Zimmer. Stumm zeigte er mit den Fingern auf die nummerierten Schildchen, die schon aufgestellt waren. „Ein Kampf?!", stellte er fragend fest.

„Erst schlägt der oder die Täter die Scheibe ein", begann Katja Greets, „dadurch müsste Boetius eigentlich alarmiert sein, oder?"

„Sehe ich auch so. Ist eigentlich ein Wunder, dass die Nachbarn die Polizei nicht alarmiert haben", bestätigte Untiedt, „er rennt Richtung Wohnzimmerfenster, woher der Lärm kommt. Danach wird er überwältigt und verletzt."

„Aber wo kann das passiert sein? Im Wohnzimmer? Im Flur? Hast du hier eine Stelle gesehen, die dafür infrage kommt?"

Hatte Untiedt nicht. „Vielleicht ist er auch nicht zu dem Lärm hingerannt, sondern hat versucht abzuhauen."

„Möglich", sagte Katja Greets.

„Okay, das kann man vielleicht so nicht unbedingt erkennen. Findet die KTU heraus. Und weiter?", forderte Untiedt seine Kollegin auf, mit dem Spekulieren fortzufahren.

„Im Erdgeschoss sind überall Blutspuren. Also haben sie vielleicht gekämpft, wie du sagst. Boetius hat versucht zu entkommen, aber schließlich ist er überwältigt worden, und dann hat der Täter irgendetwas gesucht und dabei so ziemlich alle Schubladen durchwühlt.“ Katja Greets dachte über ihre eigenen Worte nach. „Wo? Wo hat hier ein Kampf stattgefunden, und wo hat er gelegen?“, fragte sie mehr sich selbst als ihren Kollegen.

„Wie meinst du das?“

Sie drehte sich zu ihm um. „Wo hat Boetius gelegen, nachdem er gefesselt wurde, oder was hättest du mit ihm gemacht, um ihn ruhigzustellen?“

„Du hast recht“, sagte Untiedt, „wenn es so war, müsste irgendwo eine Stelle zu finden sein, wo mehr Blut ist oder andere Spuren. Allein durch einen Kampf. Und wenn hier alles durchsucht wurde, muss Boetius eine Weile auf einem Fleck gelegen haben. Entweder gefesselt oder bewusstlos. Anders geht das nicht.“ Sie schauten sich noch einmal um, fanden aber nichts, was zu ihren Überlegungen passte.

„Das stinkt doch zum Himmel, Karsten. Wir sollen glauben, dass hier ein Kampf stattgefunden hat. Ergibt das irgendeinen Sinn?“

„Cui bono, Katja – wem nützt es? Wenn wir glauben, dass hier ein Kampf stattgefunden hat, dann müssen wir auch davon ausgehen, dass Boetius entführt wurde.“

„Also täuscht Boetius eventuell seine eigene Entführung nur vor. Meinst du das, Karsten?“

„Könnte doch sein“, sagte Untiedt. Mit dieser Annahme führten sie eine weitere Tatortbegehung durch. Die eingetrockneten Blutflecke brachten sie nicht weiter. Das war eine Sache für die Forensiker. Allerdings konnten sie sicher sein, dass deren Ergebnisse klare Erkenntnisse lieferten. Leider nur nicht sofort. Die Schubladen sprachen gegen ihre Theorie. „Die Schubladen, die Schränke, das sieht wirklich alles so aus, als hätte hier jemand etwas gesucht, und zwar ziemlich gründlich", sagte Katja Greets enttäuscht, und Untiedt stimmte ihr zu. Offen blieb die Frage, wonach gesucht wurde. Geld, ein USB-Stick, alles war möglich.

„Gehen wir noch einmal zurück ins Wohnzimmer, da waren die meisten Spuren. Vielleicht haben wir etwas übersehen", sagte Untiedt.

„Mach du das. Ich gucke von außen. Meine Fußspuren sind sowieso schon unter dem Fenster. Da müssen deine nicht auch noch hin. Du guckst von drinnen."

Untiedt stimmte zu und schaute sich weiter aufmerksam um, ohne recht zu wissen, wonach er Ausschau hielt.

Währenddessen machte sich Katja Greets auf den Weg ums Haus. Auch sie nahm auf ihrem Weg alles in Augenschein, fand aber ebenso wenig etwas, woran ihre Aufmerksamkeit hätte hängen bleiben können. Kurz darauf trafen sie sich am Fenstersims und begutachteten die eingeschlagene Fensterscheibe. „Wie hättest du es gemacht?", fragte sie.

Untiedt untersuchte das Fenster genauer. „Das Fenster ist uralt, Katja. Die Scheibe hat null Einbruchschutz, und der Schließmechanismus hier ist ein Witz. Vielleicht würde sogar ich so ein Fenster noch aufkriegen. Ein echter Schränker mit 'nem ordentlichen Schraubenzieher braucht für das olle Ding jedenfalls keine zwei Minuten. Aber der schlägt die Scheibe nicht ein, der hebelt das Fenster mit dem Schraubenzieher aus. Das ist viel einfacher und vor allem leiser." Untiedt strich mit den Fingern am Fensterrahmen entlang, ohne ihn zu berühren. „Guck mal hier: Der Rahmen hier ist völlig unversehrt. Da hat jemand nicht einmal probiert, das Fenster auszuhebeln. Also Amateur!", legte sich Untiedt fest.

Das war genau die Antwort, die Katja Greets erwartet hatte. Anlass genug für sie, ihre Augen erneut über das spärliche Beet und den Rasen wandern zu lassen.

„Wonach suchst du, Katja?"

„Einem Stein, einer Axt, irgendetwas, womit man die Scheibe kaputt bekommt."

Jetzt fing auch Untiedt an, sich suchend umzuschauen. Allerdings im Wohnzimmer. Nur kurz, dann hatte er, wonach sie suchten. „Hier, Katja. Was hältst du davon?"

Katja Greets schaute durchs Fenster und sah Untiedt neben einem länglichen Gegenstand stehen. „Eine Eisenstange! Das könnte gehen."

„Schürhaken!", verbesserte Untiedt sie. Er ging in die Hocke. „Wieso liegt hier ein Schürhaken herum, Katja?" Er verschwand um die Ecke aus ihrem Gesichtsfeld. „Hab' ich mir doch gedacht!", rief er, „ich fresse einen Besen, wenn der nicht hierzu gehört." Triumphierend kam er zurück. „Da steht ein komplettes Kaminbesteck.

Nur der Schürhaken fehlt. Und der hier passt exakt dazu. Das sollen die Kriminaltechniker mal abchecken. Wenn an den Glassplittern Eisen vom Schürhaken zu finden ist, funktioniert unsere Theorie. Dann hat Boetius das Ganze hier womöglich nur vorgetäuscht."

So ganz mochte Katja Greets in das Triumphgeheule nicht einstimmen. Einen Schürhaken mit aus dem Haus zu nehmen, um damit die Scheibe von außen einzuschlagen, entbehrte zwar nicht einer gewissen Logik. Es wäre aber ein ziemlich dämlicher Fehler für jemanden, der sich solche Mühe gibt, sein Verschwinden vorzutäuschen. Vorerst beschloss sie, ihre Bedenken noch nicht zu äußern. Stattdessen machte sie sich eine kurze Notiz dazu und ging wieder ins Haus.

Gemeinsam suchten sie nach Holger Jungbier und fanden ihn schließlich im Eingangsbereich. Der dienstliche Rahmen schien seine Kollegin zu schützen. Jedenfalls war das der Eindruck, den Untiedt von Katja hatte, denn ihm fiel nichts auf, was verraten hätte, dass da ein ziemlich schräges Ding zwischen ihr und diesem Typen von der KTU am Laufen war. Sein Kompetenzgerangel mit Greets ging ihm zwar echt gewaltig gegen den Strich, aber jetzt gerade in dieser Situation hielt sie sich top, fand er. Ihr souveräner Auftritt nötigte ihm eine gute Portion Respekt ab. Sie stieg weiter in seiner Achtung. Er mochte sie, gestand er sich ein. Auch wenn sie ihn regelmäßig nervte.

Ihre Theorie von der vorgetäuschten Entführung hörte Jungbier sich geduldig an und versprach, bei der

Spurensuche und Auswertung ein Auge darauf zu haben. Trotzdem betonte er, dass er schlussendlich nur Daten und Fakten liefern könnte und es ihre Aufgabe wäre, etwas daraus zu stricken.

Immer wieder schön, von Kollegen auf Selbstverständlichkeiten hingewiesen zu werden, dachte Untiedt und bemühte sich, gegen seinen Impuls einen freundlichen Gesichtsausdruck beizubehalten. Interessant war aber doch, was Jungbier zum Tatort bei der Ruine in der Wilhelmstraße zu sagen hatte. Demnach konnten sie sicher davon ausgehen, dass die Tötung dort stattgefunden hatte. Blutspritzer und Bodenproben passten zu der Kopfwunde an Thoralf Hemkes Schädel.

„Er wurde von hinten erschlagen. Mit rechts. Genauer gesagt muss man sich das wie einen Schlag beim Baseball vorstellen. Nur eben mit 'nem Axtstiel oder so etwas. Hemke muss gekniet haben ..." Jungbier ging selbst in die Knie. Ein Bein stellte er vor und stützte sich mit dem Ellenbogen darauf. „In etwa so ..."

„Wann hast du den Bericht fertig?", unterbrach ihn Katja Greets.

„Den schreibt Femke", sagte Holger Jungbier aus seiner unbequemen Haltung heraus schräg nach oben.

„Das muss schnell gehen", hakte Untiedt ein, bevor Katja Greets etwas sagen konnte, „so lange wie mit dem Handy darf das dieses Mal nicht dauern. Du siehst ja, was hier los ist!", und zeigte auf das Haus von Boetius.

„Sind wir jetzt schon beim DU?" Jungbier stand wieder auf und streckte sich im Oberkörper. Die von

Untiedt gar nicht mal so gut versteckte Botschaft war angekommen.

Vielleicht etwas zu deutlich. Denn dass Jungbier ganz offensichtlich die gleiche Abneigung gegen ihn hegte wie er selbst gegen Jungbier, überraschte Untiedt nicht. Aber damit, dass dieser Gockel sich jetzt so aufplusterte, hatte er nicht gerechnet. Spontan verspürte er die größte Lust, sich mit diesem Vogel anzulegen, zwang sich aber, ruhig zu bleiben. „Okay, Herr Jungbier!“, Karsten holte ein Notizbuch aus der Tasche. „Dann zählen Sie uns noch die wichtigsten gesicherten Erkenntnisse auf, damit wir unsere Arbeit weitermachen können und wir Sie nicht länger als nötig von Ihrer Arbeit hier abhalten.“

Gegenseitig bedachten sich die Männer mit Blicken, schneidend wie Nordwind. In absolut eisiger Atmosphäre betete Holger Jungbier die seiner Meinung nach wichtigsten Fakten herunter, Untiedt schrieb mit, und Katja Greets hoffte, dass das Schauspiel möglichst schnell ein Ende finden würde.

Sie fiel regelrecht in den Sitz ihres Wagens, und sich wieder vorzubeugen, um die Tür zu schließen, verlangte eine beinahe übermenschliche Anstrengung von ihr. Auch Untiedt stieg erschöpft ein, und beide genossen einen Moment lang schweigend die plötzliche Stille im Auto.

Schließlich raffte sich Katja Greets auf und startete den Motor. Der Wagen rollte an, und Untiedt fragte: „Ist noch Zeit für einen Kaffee?“

Katja hätte ihn für diese Frage knutschen können. Sie musste dringend raus aus der Mühle, und wenn es nur für fünf Minuten war. „Unbedingt! An der Hafenbrücke bei dem Fisch-Heini?"

„Egal", sagte Untiedt. „Hauptsache, auf dem Weg. Lange durch die Stadt gurken möchte ich jetzt nicht noch." Dann schwiegen beide wieder, als hätten sie es verabredet, und Katja Greets lenkte den Wagen betont ruhig und defensiv durch erträglichen Nachmittagsverkehr an Schobülls schmucken Reetdachhäusern vorbei Richtung Husum.

Der Blick auf die aufschäumende Nordsee beruhigte Untiedt. Ihm fiel zunächst gar nicht auf, dass in Schobüll der Deich fehlte. Hinter einem Bauernhof fing er plötzlich an, ganz so als wäre es die Idee dieser Bauersleute gewesen, einfach mal einen Damm aufzuschütten. Von da an war das Meer nur noch zu erahnen, einfach so hinter einem ins Unendliche strebenden Grashügel verschwunden, auch wenn es genauso dicht bei war wie wenige Meter zuvor.

Sie parkten direkt am Hafen und verzichteten darauf, einen Parkschein zu ziehen. „Notfalls waren wir dienstlich hier", grummelte Untiedt, und auch Katja Greets hatte wenig Lust, durch eine sportliche Parkgebühr den Preis für ihren Kaffee noch unnötig in die Höhe zu treiben. Obwohl es eigentlich zu kalt und mittlerweile auch zu windig war, entschieden die beiden sich für einen Platz am Stehtisch vor dem Fischlokal. Der Kaffee war heiß, zu heiß, um ihn gleich zu trinken, und so wärmten sie sich zunächst die Hände an den Bechern und schauten Richtung Außenhafen. „Wirklich schön ist es hier ja nicht. Die Aussicht ist mau, die Straße verdammt laut, aber immerhin ist der Kaffee heiß."

Bisher hatte Katja Greets noch nicht so viel von ihrer Umgebung wahrgenommen. Aber Untiedts Worte veranlassten sie, den Kopf zu heben, sich umzuschauen und zu lauschen. Er hatte recht. Es gab wahrlich schönere Plätze für einen gemütlichen Pott Kaffee. 200 Meter den Hafen runter ins Stadtinnere war Husum malerisch, fast pittoresk. Aber hier am Fischladen vor der Klappbrücke? Aus purer Gewohnheit nahm sie sich die Speisekarte aus der Halterung und blätterte desinteressiert darin herum. Fischbrötchen in allen Varianten. Das passte. In Steinwurfweite lagen tatsächlich ein paar verlorene Kutter an der Hafenmauer, aber eigentlich hätte sie hier mehr erwartet. „Labskaus", murmelte sie gedankenversunken das nächste Gericht von der Karte.

„Hast du das schon einmal gegessen?", fragte Untiedt und stellte sich fröstelnd den Kragen auf.

„Was?"

„Na, Labskaus!"

Jetzt schaltetet sie. „Nee, ... ja doch. Ich bin einfach über das Wort gestolpert."

Jetzt war es Untiedt, der ihr nicht folgen konnte. Dann fiel ihr ein, warum sich das Wort in ihren Hirnwindungen verfangen hatte. „Wir hatten eine Besprechung, als du deinen Rausch ausgeschlafen hast. Wegen Evers."

Untiedt nickte, und ein leichtes Schamgefühl stieg in ihm auf.

„Da kam zur Sprache, was Hemke vor seinem Tod noch gegessen hatte."

„Und?", fragte Untiedt.

„Labskaus und Döner!"

„Ungewöhnliche Kombination."

„Ja, finde ich auch. Deswegen ist mir das auch in Erinnerung geblieben." Katja Greets dachte nach. „Stell dir vor, er hätte genau wie wir hier gestanden und Labskaus gegessen. Warum hätte er das tun sollen?"

„Weil er Hunger hatte, Katja. Das bringt doch nichts. Vermutlich gibt es in Husum an jeder Ecke Labskaus. Zwei von drei Leuten hier sind Touristen." Untiedt rieb die Hände an dem heißen Kaffeepott.

„Das hat Sabine auch herausgefunden. Das Zeugs gibt es echt überall. Aber spiel doch mal mit. Was könnte er hier sehen?"

Untiedt, der sich die Pause eigentlich anders vorgestellt hatte, ging ein kleines Stück um den Tisch herum. Etwas lustlos fing er an aufzuzählen: „Den Binnenhafen, einen Italiener, den Fischladen, ein Hotel, die Straße, die Brücke, ein paar Schiffe, vielleicht das hässliche Beton-Silo dahinten. Keine Ahnung, was soll das bringen?"

Plötzlich marschierte Katja Greets los, den Pott Kaffee immer noch in den Händen. „Hej", rief Untiedt ihr hinterher. Aber sie reagierte nicht. Ungeduldig winkte Untiedt die Bedienung herbei, kramte ein paar Münzen aus seinem Portemonnaie, deutlich mehr, als er hätte zahlen müssen, legte den ganzen Batzen Klimpergeld auf den Tisch und eilte seiner Kollegin hinterher. Jenseits der Hauptstraße verlor er sie kurz aus den Augen. Hinter einem kleinen Fischlokal führte ein Weg hinunter ans Hafenbecken. Dahin musste sie gegangen sein. Er war sich sicher, sie dort gleich wiederzufinden, tippelte aber trotzdem ungeduldig von einem Bein aufs andere, als er an der stark befahrenen Straße warten musste, bis auch er die Fahrbahn queren konnte. Zwischen zwei Fahrzeugen schlüpfte er bis zur Straßenmitte hindurch, schaute zur Gegenseite, ließ ein Wohnmobil passieren und rannte dann das letzte Stück bis zu dem abschüssigen Abzweig. Er sah sie sofort. Hinter dem kleinen Restaurant stand sie neben einem Poller an der Kaimauer und schaute über die schmale Hafenrinne hinweg. Es sah aus, als hätte sie schon eine Ewigkeit so gestanden, und weil er sie in ihren Gedanken nicht stören wollte, trat Untiedt langsam, fast vorsichtig an sie heran.

„Vielleicht hat er auch da gesessen und gegessen", sagte sie, ohne ihn anzuschauen, und neigte nur den Kopf in Richtung des kleinen Lokals. Nur durch eine doppelte Straßen- und Eisenbahnbrücke vom Binnenhafen getrennt, bot der Außenhafen ein ganz anderes Bild als der Touristenhafen. Hier sah es tatsächlich nach Arbeit aus, stellte Untiedt irritiert fest.

„Hattest du gewusst, dass Husum einen echten Hafen hat?", fragte er.

„Was meinst du mit ‚echtem' Hafen?"

„Ein paar Fischerboote, damit hab' ich gerechnet. Aber das ist ja eine richtige Werft da drüben. Und das Frachtschiff, hast du gewusst, dass hier Frachtschiffe ankommen?"

Ohne auf Untiedts Frage einzugehen, nippte Katja Greets bedächtig an ihrem Kaffee. „Wir brauchen die Bewegungsdaten von Hemkes Handy. Ich will wissen, ob er hier war", sagte sie. Dann nahm sie ihr eigenes Handy heraus und machte eine Reihe Fotos vom Hafen mit einem fein säuberlichen Schwenk von rechts nach links.

„Komm", sagte Untiedt, „wenn wir noch einen Blick in die Wilhelmstraße werfen wollen, müssen wir uns beeilen. Es wird langsam dunkel. Außerdem tocht dat hier ganz ordentlich ums Eck." Wie um seine Worte zu unterstreichen, zog er sich den Mantel enger um die Brust.

„Hast recht!" Katja Greets nahm einen letzten Schluck und stellte ihren Becher auf dem Poller ab. Dann gingen sie.

Kapitel 39

„Das mit den Bewegungsdaten hab' ich schon versucht", sagte Femke Oberhauser. Sie war die Erste, die ihnen bei der Ruine in der Wilhelmstraße über den Weg lief, und allem Anschein nach war sie gerade im Begriff zu gehen. Sie steckte nur noch bis zur Hüfte in dem weißen Overall und knotete sich die Arme dieses Überanzugs vor dem Bauch zusammen. Darunter zum Vorschein kam ein grober Norweger aus verschiedenbrauner Schurwolle, der farblich perfekt zu ihren kastanienfarbenen Haaren passte.

„Und?", fragte Untiedt.

„Ja, und nichts! Das Handy ist ein Ubuntu-basiertes Smartphone. Selten, aber nicht doof. Also gibt es kein Android-Betriebssystem auf dem Handy, und Android erstellt somit auch kein Bewegungsprofil von ihm. Außerdem hatte Hemke kein Google-Maps installiert und in den Einstellungen die Tracking-Funktionen deaktiviert. So, wie das eigentlich jeder machen sollte. Und eine SIM-Karte war auch nicht im Gerät. Damit sind wir raus."

Das war nicht das, was Untiedt sich erhofft hatte. Im Gegenteil, normalerweise lieferten die Disk-Forensiker ziemlich gute Bewegungsprofile. Eigentlich war er davon ausgegangen, dass es fast nicht mehr zu vermeiden wäre, eine digitale Spur hinter sich herzuziehen. Da hatte er sich wohl getäuscht. „Wenn wir da was wollen, brauchen wir also die SIM-Karte", schloss Untiedt.

„So ist es, Herr Untiedt", sagte Femke Oberhauser, ohne, dass auch nur eine Spur von Provokation in der Stimme lag.

„Ich bin Karsten, wenn das für Sie in Ordnung ist." Schon als er sie das erste Mal gesehen hatte, war ihm diese zierliche Frau sympathisch gewesen. Sie nahm die Hand, die Untiedt ihr reichte.

„Femke", sagte sie und lächelte ihn an. „Vielleicht ist es sinnvoll, wenn ich euch eben herumführe. Ein bisschen was haben wir ja schon."

„Das wäre nett", sagte Untiedt und lief ihr hinterher.

Während Untiedt und Femke Oberhauser links um das verfallende Haus gingen, nahm Katja Greets den Weg rechtsherum. Sie hätte sich selbst ohrfeigen können. Die ganze Zeit, während Untiedt und Femke Oberhauser miteinander sprachen, hatte sie auf Femkes Bauch gestarrt. Natürlich hatte sie nichts erkennen können. Wie auch? Femke Oberhauser war höchstens im vierten Monat, schätzte sie, und unter einem Norwegerpulli schon gar nicht. Sie war sich sicher, dass Femke ihren musternden Blick bemerkt hatte. Und selbst die wenigen unverfänglichen, freundlichen Worte, die Untiedt und Femke wechselten, stießen ihr sauer auf. Diese naive mädchenhafte Nettigkeit war für sie fast nicht zu ertragen.

Aber es war eben auch genau diese Verletzlichkeit, die Femke ausstrahlte, die Katja daran hinderte, ihr zu sagen, dass sie beide betrogene Betrügerinnen waren. Dass Femke von ihr und Holger vielleicht wusste, kam ihr keine Sekunde in den Sinn. Es war für sie einfach undenkbar, dass von Femke Oberhauser irgendetwas Unmoralisches oder gar Böses ausging. Sie war das personifizierte Hörnchen Harmlos. Selbst dass Femke Oberhauser natürlich wissen musste, dass Holger verheiratet war, änderte nichts daran. Neben diesem feenhaften Wesen fühlte sie sich schlecht und schmutzig und wie ein Trampel. So einfach, so bescheuert.

Als sie sich dort trafen, wo Hemke mit fast absoluter Sicherheit erschlagen worden war, hatte Femke Oberhauser Untiedt im Grunde das bestätigt, was Malte Böttcher ihnen im Krankenhaus schon über diesen Ort erzählt hatte. Hier hausten zwar von Zeit zu Zeit Junkies, aber nichts wies auf einen dauerhaften Aufenthalt hin. Katja Greets, die den kürzeren Weg gegangen war, hockte bereits dort, wo die Nummerntafeln Hemkes Position markierten, die er vermutlich innegehabt hatte, als er erschlagen wurde. „Wenn du von hier guckst", sagte sie an Untiedt gerichtet, „hast du die Dönerbude im Blick. Nicht perfekt, aber immerhin." Sie stand auf, und Untiedt probierte es. Ganz bewusst stellte sie sich zwischen Untiedt und Femke und drehte ihr den Rücken zu. Schäbig kam sie sich dabei vor, aber sie konnte nicht anders.

„Wie hat der Täter gestanden, Femke?", fragte Untiedt an Katja Greets vorbei.

„Darf ich?“, fragte Femke Oberhauser, trat um Katja Greets herum und schob sie so hin, wie der Täter gestanden haben musste. „Wie groß bist du, Katja, 1,72?“

„78“, kam mit kaum verhohlener Kälte zurück, sodass Femke Oberhauser automatisch einen Schritt zurückwich.

„Bleib bitte mal einen Moment so, Femke“, sagte Untiedt und drehte sich um. Dann lief er schnell zum Bürgersteig. Die beiden Frauen verfolgten ihn mit ihren Blicken so gut es ging und hüllten sich ansonsten in peinliches Schweigen. Als er wieder zu ihnen zurückkam, atmete Femke Oberhauser erleichtert auf.

„Das ist ein echtes Risiko, hier jemanden zu erschlagen“, sagte Untiedt. „Von der Straße aus ist das zwar nicht richtig gut einsehbar, aber ‚versteckt‘ ist anders.“

Katja Greets trieb nun ein anderer Gedanke um: „Böttcher hat doch ausgesagt, dass er gesehen hat, wie Hemke erschlagen wurde. Von der Ruine aus. Habt ihr das überprüft?“

Femke Oberhauser zeigte auf ein Fenster im Obergeschoss der Ruine. „Dort oben haben sich definitiv immer wieder Personen aufgehalten, und von da hat man einen hervorragenden Blick auf den gesamten Vorgarten. Wer von da aus dem Fenster guckt, kann hier alles genau erkennen. Selbst wenn die Person sich verbergen will, also nur am Rande des Fensters steht, könnte sie alles sehen, was hier passiert.“

„Alles?“, fragte Katja Greets nach.

„Ja. Einen besseren Blick als von da oben gibt es nicht.“

Dann wandte sich Untiedt an sie: „Böttcher will außerdem gesehen haben, dass Hemkes Leiche danach ins Gebüsch geschleppt wurde ...“ Untiedt zeigte auf Nummerntafeln unter Sträuchern und schaute Femke Oberhauser fragend an.

Die bestätigte: „Ja genau. Hier ist sein Körper gleich nach der Tat langgeschleift worden, und für eine kurze Weile muss er dort gelegen haben. Da liegen so viele Lumpen und sonstiger Müll herum, da fällt ein regloser Körper unter den Zweigen mit einem flüchtigen Blick nicht sofort auf.“ Dann nahm sie ihr Handy aus der Tasche, schaute aufs Display, schnaufte und steckte es wieder weg.

Auch ihr Tag war lang, dachte Untiedt, aber sie waren noch nicht fertig. „Wie ist die Leiche weggeschafft worden?“

„Vermutlich mit einem Auto.“ Femke Oberhauser führte sie geradewegs zur hinter dem Haus gelegenen Auffahrt. „Von dem Ablageort bis hierher haben wir die gleichen Fußspuren wie am eigentlichen Tatort. Außerdem ein paar Blutstropfen. Hemkes Leiche ist also von einer Person getragen worden.“

„Hemke war bestimmt 80 Kilo schwer!“, warf Katja Greets ein.

„Ich meine sogar noch ein bisschen drüber“, sagte Femke Oberhauser, „das hebt nicht jeder!“ Noch einmal atmete sie tief durch, dann sagte sie: „Eine Sache habe ich noch für euch, alles andere müsst ihr dann im Bericht nachlesen."

„Wann kommt der?", fragte Katja Greets sofort mit einer unterschwelligen Aggressivität in der Stimme.

„Sobald ich ihn fertig habe, Katja!", sagte Femke Oberhauser, und aus ihrer Antwort war deutlich herauszuhören, dass sie sich angegriffen fühlte. „Vielleicht erinnerst du dich, Karsten. Als wir vorhin hinten herum ums Haus gegangen sind, sind wir an Markierungen vorbeigelaufen. Dort haben wir die gleichen Fußspuren gefunden wie vor der Auffahrt und an der Stelle, wo Hemke erschlagen wurde. Das wissen wir so sicher, weil dort Asche lag. Vermutlich von einem Holzkohlegrill, und der Täter ist da hineingetreten. Diese Kohle findet sich von der Hausecke quer über den Rasen bis hin zum Tatort." Gemeinsam gingen sie abermals ums Haus, und Femke Oberhauser zeigte Katja Greets und Untiedt den Aschefleck neben dem Haus. „Von hier aus könnte der Täter also Hemke aufgelauert haben. Dann hat er sich angeschlichen und ihn von hinten erschlagen."

„Und das?" Katja Greets zeigte auf weitere Markierungen.

„Auch Fußspuren. Aber vermutlich von einer Frau, jedenfalls von einer leichten Person mit kleinen Füßen. Die Spuren gehen nicht über den Rasen. Wir sind uns auch nicht sicher, ob sie überhaupt dazugehören. Jedenfalls scheint es, als hätte die Person sich hier länger aufgehalten."

„Kannst du einordnen, wie die Fußspuren zeitlich zu den anderen passen?"

„Ja, Katja, das kann ich. Die Fußspuren der Frau sind älter. Nicht viel, aber älter. Leider lässt sich nicht sagen, um wie viel sie älter sind." Es war leicht zu erkennen, dass sich Femke Oberhauser mit dieser wenig präzisen Angabe unwohl fühlte.

„Geht das nicht ein bisschen genauer, Femke?", hakte Katja Greets nach.

Zwar hatte Untiedt den Eindruck, dass seine Kollegin sticheln wollte, aber auch er hatte das Gefühl, dass sie hier auf etwas Wichtiges gestoßen waren. Katja hatte recht. Mit so einer vagen Auskunft konnten sie nicht viel anfangen.

„Na ja, an zwei Stellen liegen die kleineren Spuren unter denen des Täters", sagte Femke Oberhauser, „daher wissen wir, dass sie älter sind." Nacheinander schaute sie Katja Greets und Karsten Untiedt an und warf noch einen flüchtigen Blick auf ihr Handy. Dann fuhr sie fort: „Sie sind auf alle Fälle vom gleichen Tag, denn am Vortag hat es keinen Regen gegeben. Wären beide Spuren oder auch nur eine vom Vortag gewesen, hätte das eine abweichende Abdrucktiefe ergeben. Aber ob die eine Person jetzt fünf Stunden vor der anderen da war oder quasi zeitgleich, das lässt sich nicht sagen."

Katja horchte auf. „Sie könnten also zeitgleich hier gewesen sein?"

„Ja, wäre möglich. Aber mit hoher Wahrscheinlichkeit hat sich die Person mit den kleinen Füßen länger hier aufgehalten. Sie ist hier etwas umhergelaufen. Die Person mit den größeren Füßen ist dagegen gleich zur Hausecke gegangen und auch dort geblieben."

„Bis sie über den Rasen zum Tatort gegangen ist?", fragte Untiedt nach.

„Richtig!" Wieder schaute Femke Oberhauser auf ihr Handy, und diesmal machte sie aus ihrer Ungeduld keinen Hehl: „Okay, schaut euch noch um, wenn ihr wollt. Wenn ihr Fragen habt ... nur zu!" Dabei hielt sie ihr Handy hoch und winkte damit. „Ich muss jetzt. Tschüß Katja, tschüß Karsten!" Sie reichte beiden die Hand und ging.

Katja Greets und Karsten Untiedt fühlten sich ein wenig wie im Regen stehen gelassen. Nur überraschte sie nicht wirklich, dass Femke Oberhauser loswollte. Beide wussten, dass Femke gerade im Begriff gewesen war zu gehen, als sie ankamen. Es war vielmehr die Tatsache, dass sie es tatsächlich durchzog und wirklich ging.

„Okay", sagte Untiedt, „noch 'n Döner in der Bude drüben, und dann machen wir uns auch vom Acker?" Zwar war Katja Greets nach dem heutigen Tag mehr nach Schnaps als nach Döner, aber das behielt sie für sich und stimmte zu. Küssen würde sie heute ja wohl nicht mehr, dachte sie bitter, da konnte ein Döner auch nicht wirklich schaden.

Mit wenigen geübten Blicken war zu erkennen, dass vom Dönerimbiss aus nicht ernsthaft einzusehen war, was bei der Ruine passierte. Trotzdem waren weder Katja Greets noch Karsten Untiedt überrascht, dass die zwei männlichen Gäste und die Bedienung hinter dem Tresen genau zu wissen schienen, dass sie von der Polizei waren. Das Gespräch in der Bude erstarb bei ihrem Eintreten abrupt, und die Atmosphäre war eisig. Deutsch konnte natürlich keiner der Gäste, und der Mann hinterm Tresen verstand nur, was zur Bestellung nötig war. Auch Katja Greets und Karsten Untiedt sprachen fortan kaum ein Wort und bestimmt nichts Dienstliches, denn sie gingen stillschweigend davon aus, dass alles, was sie sagten, auf großes Interesse stoßen würde. Umso hingebungsvoller widmeten sie sich ihrem Döner und versuchten, ihn möglichst unfallfrei zu essen.

Plötzlich hastete ein junger Kerl ungestüm ins Lokal und störte kurz Katjas Konzentration aufs Essen. Ein Stück Fleisch löste sich gemeinsam mit ihrem letzten Bissen aus dem Dönerfladen. Vergeblich schnappte sie hinterher, doch das Stück landete zielgenau auf dem Revers ihres Mantels. Fast wie in Zeitlupe rutschte es dann eine duftende Joghurtspur hinterlassend darauf entlang und fiel schließlich in ihren Schoß. „Ach scheiße, Karsten!", fluchte Katja mit noch halb vollem Mund, stand auf und verteilte bei dem Versuch, den Fleck zu entfernen, nur noch mehr Soße von ihren Fingern auf dem Mantel.

Der neue Gast prustete los und rief: „Ey Hasan, mach der Lady noch einen Döner. Zum Üben!" Schlagartig verstummte jedes Geräusch, und alle Augen richteten sich auf Hasan neben dem Drehspieß. Hasan hielt beim

Gläserpolieren inne und schaute den jungen Gast über den Tresen hinweg fest an. Die Stille lag wie Blei im Raum. Im Blick des jungen Mannes, der vergeblich Halt suchend begann, von einem Gast zum anderen zu wandern, spiegelte sich zunehmend ängstliche Verwirrung. Einer der anderen Männer war es, der die Stille durchbrach und mit für Katja Greets und Karsten Untiedt fremden Worten die Aufmerksamkeit auf sich lenkte. Im nächsten Augenblick war der junge Mann so plötzlich verschwunden, wie er gekommen war. Ganz so, als wäre er nie im Raum gewesen.

Katja hatte den Appetit verloren und legte ärgerlich ihren Rest Döner auf den Teller. Nun stand auch Untiedt auf, verspeiste seine dreieinhalb letzten Bissen und machte zwei Schritte an den Tresen. „Ich möchte zahlen", sagte er, und: „Ach, vielleicht noch einen Döner zum Üben?" Diesmal wurde es ganz kurz etwas leiser, aber nicht still. Katja Greets spürte die Blicke der Männer wie Dolchspitzen in ihrem Rücken. Untiedt legte das Geld auf den Tresen, und sie gingen.

Wieder auf der Straße atmeten beide tief durch. „Was sollte das denn, Karsten. Hast du heute noch nicht genug Action gehabt?"

Untiedt lächelte Katja Greets an. „Jetzt wissen wir wenigstens, dass die Kameraden uns verstehen." Das Zucken in Untiedts Mundwinkeln verriet, dass die Nummer auch an ihm nicht spurlos vorübergegangen war.

Auf dem Weg nach Hause, in den Süden, wie Katja Greets sagte, schlichen sie mit achtzig über die Bundesstraße. Weder Katja Greets noch Untiedt fiel das überhaupt auf. Zu sehr waren beide mit ihren Gedanken noch immer bei dem Fall, und schon jenseits der Tankstelle am Ortsausgang Husum kreiste ihr Gespräch nur darum. Alles, was sie wussten, war selbstverständlich nur vorläufig. Ein Umstand, der sie beide gehörig nervte. Trotzdem stand fest, dass sie genug Material hatten, um ihre Ermittlungen voranzutreiben.

„Auf alle Fälle brauchen wir eine Fahndung nach Boetius", sagte Untiedt. Katja Greets nickte. „Sag mal, findest du nicht auch, dass das eine bodenlose Frechheit ist?" Sie konnte Untiedts Gedankengang nicht folgen und schaute ihn wort- und verständnislos an. „Der kann doch nicht ernsthaft glauben, dass wir auf so eine plumpe Nummer hereinfallen. Für wie dämlich hält der uns eigentlich?"

Für Katja Greets hörte sich das an, als fühlte sich Untiedt durch diesen recht unprofessionellen Täuschungsversuch persönlich beleidigt. Ihr ging es tatsächlich ähnlich, auch sie fühlte sich durch diesen Schachzug herausgefordert, erkannte sie. Und vielleicht lag genau in diesem Gedanken der Unterschied zu der Betrachtung ihres Kollegen. Er hielt es für einen plumpen Täuschungsversuch, sie für einen Schachzug. Nur welchen Unterschied das machte, wusste sie noch nicht. Oder ob es überhaupt einen Unterschied machte? Sie konnte es nicht sagen, noch nicht. Deshalb stimmte sie vorläufig mit ein: „Boetius wäre nicht der erste Kriminelle, der sich für ein überlegenes Superhirn hält." Damit musste es erst einmal genug sein. An dieser Stelle kamen sie ohnehin jetzt nicht weiter. Außerdem kreisten ihre Gedanken immer wieder um die Ruine in der Wilhelmstraße. Also wechselte sie ziemlich abrupt die Gesprächsschiene und sagte: „Hemke hatte die Dönerbude im Blick, als er erschlagen wurde. Nichts anderes ergibt einen Sinn. Kein Mensch schlägt sich da grundlos und freiwillig in die Büsche." Sie schaute Untiedt ins Gesicht. Als der nichts sagte, fuhr sie einfach fort: „Wem gehört der Imbiss, und warum hat Hemke ihn beobachtet?" Als Antwort auf die Frage nach dem Besitzer gab es für sie nur einen Namen: Gjata! Und auch was Hemke vor der Dönerbude zu suchen hatte, war für sie ebenso gut erklärbar. Er hatte Gäste gezählt, um dann die Tageseinnahmen hochzurechnen. Nur ermittelt werden müsste es noch.

Zum ersten Mal, seitdem sie losgefahren waren, registrierte Untiedt, dass sie überholt wurden. Im gleichen Augenblick wurde ihm auch gewahr, dass ein dunkler Kombi mit größerem Abstand ebenso lange hinter ihnen herfuhr und unterdessen auch schon mehrere andere Fahrzeuge an ihnen vorbeigefahren waren. Er nahm sich vor, den Kombi weiter im Auge zu behalten. Dann sprach er aus, was Katja Greets dachte: „Gjata! Ich fress' 'nen Besen, wenn der Laden nicht den Gjatas gehört." Ein kurzer Blick in den Seitenspiegel reichte, um zu erkennen, dass der Kombi immer noch da war. „Die Typen in dem Laden wussten genau, von welchem Verein wir sind", sagte er weiter, „bestimmt hatten die irgendwo jemanden stehen, der uns und die KTU die ganze Zeit im Auge hatte."

„Vermutlich hast du recht. Ich wette, die hatten uns von den Häusern aus im Blick. Ist ja wahrscheinlich ganz gut einsehbar."

Untiedt durchzuckte das plötzliche Gefühl, etwas Wichtiges vergessen zu haben. Hektisch zerrte er sein Handy aus der Tasche. „Ja moin, Untiedt hier. Sag mal, habt ihr ..." Untiedt hielt kurz inne und wandte sich an seine Kollegin: „Ich hab' Schmidt am Telefon, Katja. Ich frag nach, ob die Husumer schon eine Befragung der Anwohner angeleiert haben." Katja Greets warf ihm einen vielsagenden Blick zu. Er wusste genau, was sie jetzt am liebsten gesagt hätte, aber darauf konnte und wollte er gerade nicht eingehen. Stattdessen sprach er weiter: „... 'tschuldige bitte. Sag mal, habt ihr schon die Anwohner der Wilhelmstraße befragt? Okay, seh' ich ja dann. Dank' dir!" Untiedt legte auf. „Die Husumer Kollegen sind tatsächlich schon dran. Sobald etwas Interessantes dabei ist, bekommen wir das auf den Schreibtisch, sagt Schmidt." Dann schwiegen beide eine Weile.

Eine eigenartige Unruhe begann sich schleichend in Katja Greets breitzumachen. Zwar verstand sie die Ursache nicht, trotzdem wurde ihr bewusst, wie sich immer mehr kribbelnde Wellen höher und höher durch ihren Körper wälzten. Sie hatte das Gefühl, dass irgendetwas Wichtiges vor ihr lag. Es war zum Greifen nahe, aber sie konnte es trotzdem nicht fassen. So fuhren sie ein ganzes Stück, und sie schob dabei die Erinnerungen des Tages wie unsortierte Filmschnipsel von einer Hirnwindung in die andere. Ein dunkler Kombi überholte sie, und fast zeitgleich schloss Untiedt erschöpft die Augen. Er döste sofort leicht weg.

Direkt hinter der Eiderbrücke bogen sie rechts ab, und es ging weiter in den Koog hinein über schnurgerade Straßen, durch alte Deiche und an einsamen Höfen vorbei. Untiedt kam wieder zu sich und schwieg weiter. Eigentlich wartete er darauf, dass seine Kollegin irgendetwas sagte. Aber weil auch sie nicht sprach, holte er sein Handy aus der Tasche und scrollte durch die E-Mails des Tages. An einer Nachricht blieb er hängen. „Verdammt!", sagte er und las weiter. Katja Greets schaute nur kurz zu ihm hinüber und lenkte den Wagen dann die letzten paar Hundert Meter bis in die merkwürdige Siedlungsstraße, in der Untiedt untergekommen war. „Verdammt", wiederholte Untiedt kraftlos und ließ das Handy sinken.

Ungefähr dort, wo sie Untiedt morgens aufgesammelt hatte, hielt sie wieder an. „Was ist?"

Untiedt schaute Katja Greets direkt an. Er hatte einen Ausdruck in den Augen, den sie noch nicht kannte. „Evers ist tot!", sagte er.

Wie zur Erklärung reichte er ihr das Handy mit der geöffneten E-Mail. Sie las. „Oh Mann, Karsten, das tut mir leid."

Sabine Lüders hatte die Nachricht geschrieben. Am Morgen war Broder Evers tot in seinem Kälberstall aufgefunden worden. Erhängt. Ein Nachbar hatte das brüllende Vieh gehört und nachgesehen. In seiner Tasche steckte der Pfändungsbescheid. „Evers wusste schon, dass er den Hof loswerden würde, als du zu ihm kamst, oder?“, fragte Katja.

Untiedt nickte fast unmerklich. „Deswegen ist er ja auf mich los. Er dachte da noch, dass ich vom Finanzamt bin.“ Untiedt atmete tief durch, bevor er weitersprach: „Der hat für seinen Hof gelebt, Katja, und wenn ihn das mit dem ukrainischen Mädchen nicht so aus der Bahn geworfen hätte, würde er wahrscheinlich immer noch glücklich auf seiner Scholle sitzen.“

„Du kanntest ihn doch besser, oder?“, fragte Katja.

Karsten Untiedt schaute sie lange wortlos an. „Nein! Aber ich kenne die alten Bauern. Ich kenne die alten Bauern gut. Evers war zwar noch nicht so alt. Aber er war so ein alter Bauer. Für die ist das nicht nur ein Beruf, um Geld zu verdienen. Für diesen Menschenschlag gibt es nichts anderes. Sie sind der Hof, und der Hof sind sie. So einfach. Wenn einer wie Evers den Hof verliert, verliert er alles. Dann ist das, als würdest du ihm das Herz rausschneiden. Dann hört er auf zu atmen oder er erhängt sich im Stall. Ganz egal. Das ist das Gleiche.“

Karsten hatte aufgehört zu reden. Aber Katja merkte, dass da noch eine Flut von Worten in ihrem Kollegen steckte, die rauswollte. Sie schnallte sich ab.

Untiedt verstand das Zeichen und blickte nur kurz zur Seite. Er selbst fühlte sich in diesem Moment furchtbar erschöpft. Evers’ Tod war nur der letzte Tropfen. Schlaff ließ er sich in den Sitz zurückfallen und hing wie ein Boxer in den Seilen. Sein Blick hob sich leicht und ging über die Straße zum Haus seines Vaters. Für seinen Vater war das kleine Haus in dieser verlassenen unwirtlichen Gegend die Höhle, in der er sich regelrecht verkrochen hatte. Für Karsten Untiedt war es die Ringecke. In Dithmarschen zu sein bedeutete für ihn Kampf. Kampf mit einem Gegner, der wahlweise unsichtbar oder übermächtig war. Seit dreißig Jahren. Hierher in dieses Haus zu kommen war für ihn zum einen zwar eine Verschnaufpause. Zum anderen aber hieß es, mitten im Kampf zu sein, dass der Kampf immer noch lief und weitergehen würde, sobald er aufstand und das Haus verließ. „Korn und Kaffee?“, fragte er. „Trockene Kekse hab’ ich auch noch.“

Katja lächelte mehr mit den Augen als mit dem Mund. „Korn, Kaffee und Kekse! Du weißt, wie man eine Frau aus ihrem Auto lockt. Genau, was ich mir grade gewünscht habe.“

Erst jetzt bemerkte Untiedt sein eigenes Wortspiel, und die launige Antwort seiner Kollegin gefiel ihm. Auch er lächelte. Matt zwar, aber über beide Mundwinkel. „Dann komm man. Du willst doch sowieso schon die ganze Zeit wissen, wo ich untergekommen bin.“

Ein Weg aus Waschbetonplatten führte die Auffahrt entlang zur Eingangstür eines an Schlichtheit kaum zu überbietenden Hauses. Die Giebelseite kam vollständig ohne Dachüberstand aus, was die Einfachheit und Schmucklosigkeit nur noch unterstrich. Dieses Haus gewann seinen Stolz aus sich selbst. Es war da. Das musste als Statement reichen. Dass die Häuser links und rechts davon praktisch genauso aussahen, schmälerte die Würde dieses Gebäudes nicht. Katja kannte diesen Haustyp. Er stand in so ziemlich jedem Dithmarscher Dorf. Immer in schnurgeraden schmalen Wohnstraßen, immer mit kleinen Vorgärten und oft mit abenteuerlichen Anbauten, die nicht selten größer waren als das eigentliche Haus selbst. Es waren die ersten Einfamilienhäuser nach dem Krieg gewesen. 50er-Jahre, billig, zweckmäßig, aber Eigentum. Und Besitzerstolz.

Als Katja Karsten durch die Haustür folgte, wurden ihre Erwartungen nicht enttäuscht. Hellbraune hohle Türen, die bei jeder Berührung geräuschvoll zitterten, verwirbelten beim Öffnen eine Wolke aus Alte-Leute-Geruch, abgestandenem Essen und Staub. „Das gehörte meinem Vater", sagte Karsten fast wie zur Entschuldigung und ohne, dass Katja etwas gesagt hatte. Durch einen winzigen Flur führte er sie in eine kleine Stube, die aufgrund einer unechten beigefarbenen Sisaltapete und einer für den Raum zu großen hellgrünen Velours-Sitzgarnitur eigenartig gemütlich wirkte. „Noch zehn Jahre, dann kann die Einrichtung direkt in ein Museum für Geschmacklosigkeiten der Achtzigerjahre", sagte Karsten schon aus der Küche.

Katja verzichtete auf eine Antwort. Karsten hatte recht, aber das zu sagen, empfand sie als unhöflich. Umständlich befreite sie sich aus ihrem Mantel, legte ihn aufs Sofa und ließ sich dann vorsichtig selbst hineingleiten. Zu ihrer Überraschung war das Möbel sehr gut in Schuss und die Polster einigermaßen fest, auch wenn es schon deutlich über dreißig Jahre alt sein mochte.

Begleitet vom Röcheln der Kaffeemaschine brachte Karsten auf einem Tablett eine Untertasse voll Kekse, zwei Stamper, eine Flasche Korn und zwei Becher mit verblichenen Motiven herein. „Sitzt man eigentlich ganz gut drauf, oder?", sagte er und nahm auf dem dazugehörigen Sessel Platz. Mit langem Arm griff er nach der Flasche und schenkte ein.

„Prost, Karsten!", sagte Katja, wartete nicht auf eine Erwiderung und kippte den Schnaps. Auffordernd knallte sie den Stamper in die Tischmitte. Karsten verstand, trank und schenkte nach. Den zweiten Korn zog Katja zu sich heran, schnaufte durch und ließ ihn an der Tischkante stehen. „Vielleicht warte ich mit dem zweiten Korn doch lieber auf nach dem Kaffee", sagte sie. Karsten grinste und ging zurück in die Küche. Katja hörte, wie er den Kaffee in eine Thermoskanne umgoss. „Die passt stilistisch aber nicht hier rein", sagte sie, als ihr Kollege mit einer eleganten, hochwertigen Thermoskanne in der Hand zurückkam.

„War mein letztes Geschenk an ihn, also meinen Vater. Seine alte Kanne hatte tatsächlich noch so ein Karomuster. Eines Tages, es muss kurz vor seinem Geburtstag gewesen sein, hab' ich mit ihm telefoniert, und er erzählte mir, dass ihm seine Thermoskanne heruntergefallen war und sich das Innenleben in tausend Scherben aufgelöst hatte. Er hat sich dabei angehört, als hätte er einen alten Freund verloren."

„Hatte er vielleicht auch", sagte sie und stellte sich einen traurigen alten Mann vor, der kopfschüttelnd und ungläubig in die kaputte Thermoskanne schaute.

„Ja, hatte er vielleicht auch", wiederholte Karsten. „Jedenfalls wusste ich so das erste Mal, was ich ihm zum Geburtstag schenken konnte. Ehrlich gesagt weiß ich gar nicht, ob er sie jemals benutzt hat", sagte er immer noch mit der Kanne in der Hand und goss duftenden Kaffee in die Becher. „Brauchst du Milch?"

„Erinnerst du dich an die Sahnetorte bei Volker in Husum?"

„Okay, du kriegst keine. Ich trinke ihn auch gerne schwarz." Er setzte sich.

„Was war dein Vater für ein Typ?"

Mit dem heißen Pott Kaffee in der Hand lehnte sich Untiedt zurück und schlug entspannt die Beine übereinander. „Landwirt ... wie Evers, nur noch ältere Generation. Überrascht?"

Katja schüttelte den Kopf. „So was hab' ich mir schon gedacht. Aber das hier ...?" Sie öffnete die Arme in den Raum.

„Der Rest. Das ist alles, was übrig blieb." Untiedt richtete sich etwas auf. Katja sah, wie sich seine Augen nach rechts oben zum Erinnern bewegten. „'86 brannte der Hof ab. Die Versicherung zahlte nicht, und die Bank wollte ihr Geld. Erst war das Land weg, dann meine Mutter."

Das war die Kurzfassung, dachte Karsten und beschloss, dass das reichte. Es reichte, um zu verstehen, was alles danach kam, und es reichte, um zu verstehen, warum er Dithmarschen hasste, dieses Land, das er eigentlich so liebte.

„Das Land wurde versteigert, und die Nachbarn waren sich einig. Die wussten schon vorher, wer welchen Acker ersteigern würde und wie viel jeder bieten musste, damit die Auktion halbwegs sauber aussah. Die Bauern steckten mit dem Bankheini unter einer Decke. Die haben sich ordentlich bedient. Und heute stehen da überall Mühlen auf dem Land. Ein bisschen Geld blieb noch nach, davon hat mein Alter dieses Haus gekauft. Und seinen Granada konnte er behalten."

Karsten nahm das Kornglas und hielt es Katja hin. Beide stießen an und tranken. Wieder stellte sie ihr Glas in die Tischmitte und ermahnte sich regelrecht, nicht mehr auf Untiedts Augenbewegungen zu achten oder sonst irgendwie im Dienst zu sein. Karsten schenke nach.

„Du bist also ein echtes Dithmarscher Kind. Du hast deine gesamte Jugend hier verbracht", stellte sie fest.

„Jo, een Bengel vun de Masch'. Tagsüber Schule in Heide. Aber auf dem GHO, Gymnasium Heide Ost. Nicht auf dem Werner Heisenberg. Abends Landjugend." Diese Feststellung war ihm wichtig, auch wenn er nicht wusste, warum.

„Und was war mit dir, was hat das alles mit dir gemacht? Das ist ja ganz offensichtlich nicht spurlos an dir vorbeigegangen."

„Mit mir? Erst funktionierte ich, dann rebellierte ich, dann haute ich ab." Dann schwieg er. Aber nur kurz. „Nach dem Abi bin ich gleich zur Polizei. Raus hier. Dithmarschen ist klein, Katja. Besonders in der Landjugend. Mein Vater war stigmatisiert: Als einer, der den eigenen Hof angezündet hat. Aber das ging. Das war gesellschaftlich noch in Ordnung, solange man nicht erwischt wurde und die Versicherung zahlte."

„Was sie bei deinem Vater ja nicht tat!"

„Richtig. Nur viel schlimmer war, dass er dadurch den Hof dann endgültig verloren hatte. Den Hof, auf dem seine Vorfahren schon immer saßen. Kannst du dir vorstellen, was das bedeutet?" Karsten stand auf und irrte scheinbar planlos durchs Zimmer. Schließlich zog er ein paar Schubladen auf, kramte kurz darin herum und schloss sie wieder. „Irgendwo hier im Haus muss noch ein riesiger Stammbaum herumfliegen. Da kannst du Vorfahren von mir bis Fünfzehnhundertweißkohl zurückverfolgen. Immer aus der Gegend." Dann gab er die halbherzige Suche auf und setzte sich wieder. „Ach ja! Und die Frau war ihm auch weggelaufen. In den Augen der anderen war er ein Brandstifter, ein Versager und für mich noch viel Schlimmeres. Ich war sein Sohn."

Auch wenn der Brand und seine Folgen als große Lebenskatastrophe durchaus ausreichen mochten, beschlich Katja ein Gefühl, dass das noch nicht alles war. Irgendwie klaffte da eine große Lücke. Nicht, dass Karstens Geschichte unstimmig war. Sie spürte einfach, dass er einen Teil ausließ, vielleicht den wesentlichen, den ursächlichen. Aber das war okay für sie. Untiedt hatte in den letzten Minuten weit mehr von sich erzählt als in den ganzen Tagen zuvor. Sie wollte nicht fragen, es würde nichts bringen, und schließlich saß sie ja nicht als Polizistin hier, rief sie sich selbst ein wenig zur Ordnung. Entweder wollte er erzählen oder eben nicht.

Stattdessen hielt sie ihm ihr Kornglas hin, und Karsten stieß an. Dumm nur, dass der dritte Korn sich mit den ersten beiden nicht so gut vertrug und zurück in die Speiseröhre wollte. Mit Mühe und Kaffee zwängte Katja ihn zu den anderen. Zeit, die Waffen zu wechseln, beschloss sie: „Hast du vielleicht auch was anderes außer Korn?"

„Ich weiß nicht, muss ich mal gucken", sagte er, stand seufzend auf und verschwand durch eine weitere Tür, von der Katja nicht wusste, wohin sie führte. Mit einer Flasche in der Hand kehrte Karsten gleich darauf zurück und nahm zwei zu klein geratene hochstielige Weingläser aus dem Schrank. „Neben seinem Granada war das hier die zweite Leidenschaft meines Vaters." Wie zur Betonung stellte er die Flasche auf den Tisch.

Katja erkannte den ‚Sandemann-Schäfer'. „Oha, Karsten! Sherry ist aber nicht so meine Welt. Da kippe ich mir lieber den Korn in den Kaffee."

„Portwein, Katja. Mein Alter liebte das Zeugs. Aber es musste Jahrgangsportwein sein." Katja schien nicht besonders beeindruckt. Doch Karsten kannte die Reaktion schon. Er hatte bereits öfter die Erfahrung gemacht, dass Leute zwar Portwein dem Namen nach kannten, ihn aber nur selten schon getrunken hatten. Und wenn, dann nur die Möbelpolitur, die man im Supermarkt zu kaufen bekam. Von Jahrgangsportwein hatte von seinen Bekannten noch keiner gehört, bevor er ihnen davon erzählt hatte. Also packte Karsten all sein gesammeltes Fachwissen über Portwein aus und goss, nachdem er die zwei dafür nötigen, kurzen Sätze fertig gesprochen hatte, beiden ein Glas ein.

„Mann, der Stoff ist gut!“ Katja hielt Karsten ihr leeres Glas gleich noch einmal hin.

Karsten füllte nach. „Genau genommen trinkt man den eher langsam. Der hat nämlich echt Wumms. Aber schön, wenn er dir schmeckt. Ich trinke ihn auch gern mal. Allerdings nur sehr selten. Ich finde ja, der gehört zu Kuchen dazu.“

„Kekse gehen auch“, befand Katja, griff sich einen von der Untertasse und nippte nun vorsichtiger an ihrem Glas. Sie konnte aber kaum aufhören, so schmeckte es ihr.

Kapitel 40

Schon vor Jahren, noch als Kind, hatte sie es sich zur Gewohnheit werden lassen, die Büroräume der Firma möglichst unauffällig zu betreten. Mittlerweile hätte sie gar nicht mehr sicher sagen können, wann oder warum das anfing. Vielleicht war es ein Spaß gewesen, eine Art Versteckspiel, damit ihr Vater sie nicht sofort entdecken konnte, wenn sie mal wieder durch die Räumlichkeiten gestrichen war. Es war für sie also mehr Ritual oder Routine als Berechnung, dass sie den kaum genutzten und deshalb völlig schmucklosen Hintereingang nahm und so natürlich ungesehen in den Bürotrakt gelangte. Und nichts anderes passte auch zu dem Zimmer, in dem sie sich jetzt aufhielt. So lange sie denken konnte und dieses Zimmer kannte, hatte es nur den einen Zweck: die Vorgänge in dem danebenliegenden Zimmer, dem repräsentativen Büro, zu beobachten und demjenigen, der darin für die Firma verhandelte, einen Vorteil zu verschaffen. Der bestand darin, sich auf die Schnelle Unterstützung aus eben diesem Heimlichzimmer besorgen zu können. Denn wenn es wichtige Vorgänge gab, konnte man von hier aus alles verfolgen, Sachverhalte oder Preise gegebenenfalls kurz nachprüfen und dem Verhandlungsführer, in diesem Hause war es immer ein Mann gewesen, entscheidende Tipps geben. Vielleicht ist das nicht immer fair, hatte ihr Vater einmal gesagt, aber immer gewinnbringend. Außerdem hatte er ihr, sobald sie von dem Zimmer wusste, eingebläut, dass es dieses Zimmer nicht gab und man deshalb auch nie und mit niemandem darüber redete. Sie hatte das sofort begriffen.

Doch obwohl das Heimlichzimmer in gewisser Weise versteckt lag und natürlich nie Besucher von außerhalb oder irgendwelche einfache Angestellte diesen Raum je zu Gesicht bekamen, war er nicht minder erhaben ausgestattet. Im Gegenteil. Hier standen die beiden bequemsten und herrschaftlichsten Klubsessel, die sie kannte. Mit großer Selbstverständlichkeit ließ sie sich hineinplumpsen und genoss den Duft des Leders. Hier spürte sie Überlegenheit, tankte sie regelrecht auf. Dabei betrachtete sie wie schon so viele Male zuvor diesen altehrwürdigen Raum. Diese muffige Spießigkeit der mit Holz getäfelten Wände und der teilweise mit Leder beschlagenen Türen, wie es sie nur noch selten gab, hatte ihr schon immer gefallen. Sie strömten eine heute nicht mehr gekannte Wertigkeit aus. Materialisierte Beständigkeit. Das galt im gleichen Maße für das davorliegende große Arbeitszimmer, in dem gerade jetzt ihr Bruder saß, und auch für das etwas kleinere Arbeitszimmer noch eine Tür weiter. Sie kannte nichts Vergleichbares, was einerseits eine solche Behaglichkeit, eine Wärme und Geborgenheit vermittelte und doch gleichzeitig auf Fremde, auf alle, die nicht dazugehörten, so einschüchternd wirken konnte wie dieses Ensemble aus Kaufmannsräumen aus den frühen Dreißigerjahren. Zum Glück, dachte sie, hatten ihr Großvater und ihr Vater das genauso gesehen wie sie. Modernisierungen, die nötig waren, um die Räumlichkeiten auf den neuesten Stand der Technik zu bringen, wurden stets so durchgeführt, dass der Charakter der Räume gleich blieb. Es wurde sogar von jeher darauf geachtet, dass von der Grundsubstanz möglichst wenig beschädigt wurde oder möglichst viel erhalten werden konnte. Das Resultat war eine wahre Zeitreise. Hätte man die modernen Rechner und Telefone gegen alte Schreibmaschinen ausgetauscht und die ergonomisch optimierten Bürosessel durch das alte Gestühl ersetzt, hätte man glauben können, die Zeit wäre hier stehen geblieben.

Und auf tragische Weise war sie das. In den Vertäfelungen dieser wunderschönen Räume hing der Geist eines vollkommen kranken Patriarchats fest, der für sie nach wie vor unbegreiflich war und es wohl auf ewig bleiben würde. Sie wusste nicht, ob ihr Großvater der Urvater dieser kranken Haltung war. Aber auf alle Fälle hatte er die Weichen so gestellt, dass sie noch heute darunter leiden musste. Und die größte Ironie daran war vielleicht, dass besonders die Firma darunter litt, sogar Gefahr lief, daran ganz zugrunde zu gehen.

Diesen Großvater kannte sie fast nur aus Erzählungen. Als er starb, war sie noch sehr klein gewesen. Aber von ihrer Mutter wusste sie, dass er es gewesen war, der so vieles in die Wege geleitet hatte. Er hatte ihrer Mutter zwar eine solide Ausbildung zukommen lassen. Sie hatte sogar studieren dürfen. Aber er hatte auch dafür gesorgt, dass sie früh geheiratet hatte. Den passenden Mann hatte er besorgt, noch bevor sie das Studium beenden konnte. Ihr Vater war schon einige Jahre in der Firma ihres Großvaters tätig, als er und ihre Mutter einander offiziell vorgestellt wurden. Sie rechnete im Geiste noch einmal die Jahre nach, obwohl sie die Zahlen kannte. Trotzdem blieb es für sie unbegreiflich, wie ein solch anachronistischer Geist es bis in eine eigentlich doch schon viel modernere Zeit schaffen konnte.

Ihr Vater war etliche Jahre älter als ihre Mutter. Ein Mann, ganz nach dem Geschmack ihres Großvaters. Ein großer stattlicher Mann, der schon auf dem Hochzeitsfoto schütteres blondes Haar hatte. Ein ausgebildeter Jurist, genau wie sein Vater und dessen Vater zuvor. Wie genau er in der Firma ihres Großvaters gelandet war, wusste sie nicht. Auch ihre Mutter hatte es ihr nicht sagen können, und ihren Vater hatte sie das nie zu fragen gewagt. Was musste ihr Bruder in dieser Ahnenreihe für eine Enttäuschung darstellen, schoss es ihr durch den Kopf, und ihr dämmerte, dass das vielleicht als Grund genügte, etwas Mitleid mit ihm zu haben.

Bei diesem Gedanken schaute sie auf den Monitor, der Laurenz im großen Arbeitszimmer zeigte. Sein Anblick reichte ihr vollkommen aus, um den Anflug dieses Gefühls wegzuwischen. Ihr Bruder war definitiv eine einzige Enttäuschung, auch ohne Ahnenreihe, und trotzdem saß er da, wo eigentlich schon ihre Mutter hätte sitzen sollen und wo jetzt sie hingehörte. So sah sie das. Dieser Anblick ließ sie eine altvertraute Bitterkeit schmecken, und sie verzog angewidert das Gesicht.

Aber dafür, dass die Dinge so waren, wie sie waren, hatte ihr Großvater gesorgt, als er noch zu Lebzeiten verhindert hatte, dass seine eigene Tochter Teil der Firma wurde oder gar nur Einblicke erhalten konnte. Er hatte in ihr keinen Sohn. Vermutlich war das ihr größter Fehler, wenn nicht gar der einzige. Ihr Großvater korrigierte diesen Makel auf seine Weise, indem er ihr einen Mann suchte, den er an Sohnes statt in der Firma platzierte und an seine Tochter verheiratete. Ihren Vater. Danach war es ihr Vater, der ihre Mutter konsequent außen vor gehalten hatte.

Sie vermutete, dass der Widerstand ihrer Mutter lange Jahre vor allem darin bestanden hatte, dass sie sich weigerte, schwanger zu werden. Das geschah erst nach zermürbenden Jahren und ganzen Reihen von demütigenden ärztlichen Untersuchungen, als ihre Mutter den Kampf schließlich aufgegeben hatte. So jedenfalls hatte sie ihre Mutter verstanden, und das passte auch zu dem, wie sie die Ehe ihrer Eltern erlebt hatte. Eine Ehe auf dem Papier würde es wohl am besten beschreiben, dachte sie, vielleicht besser noch eine Ehe für die Gesellschaft. Aber da mochte sie sich nicht festlegen.

Dass die Firma den Namen ihrer Mutter behalten hatte, war die Bedingung ihres Großvaters gewesen und schmeckte ihrem Vater gar nicht. Aber das war nun einmal der Preis, den er für Husums Aushängeschild, für Husums Tor zur Welt hatte zahlen müssen.

Mit der Geburt von Laurenz ging das Kalkül ihres Großvaters dann beinahe wirklich ein Stück weit auf. Sein Vermächtnis würde auf männlicher Linie weiter in die Zukunft getragen werden, wenn auch mit dem Überspringen von einer Generation. Nur dass sein Enkel eben ein Kretin war, hatte ihr Großvater in seiner Hybris nicht einkalkuliert.

Wartend guckte sie ihrem Bruder zu, wie er rastlos und nervös durch das große Büro lief, das ihrs hätte sein sollen. Sie schüttelte den Kopf bei der Vorstellung, dass dieses saftlose Gemüse von ihrem Bruder die Wert- und Weltvorstellungen ihres Vaters und Großvaters auf seinen knochigen Schultern tragen sollte. „Absurd!", rutschte es ihr heraus.

Ihr Vater tickte offenbar ganz ähnlich wie ihr Großvater, was logisch war, denn der hatte ihn sich damals sicherlich nicht ohne Grund ausgesucht. Und das Resultat? Jetzt war sie es, die übergangen wurde. Sie, die Jüngere! Sie, das Mädchen! Auch sie reichte nicht. Obwohl es doch für die gesamte Familie so offensichtlich war, dass sie aus härterem, besserem Holz geschnitzt war als Laurenz.

Vielleicht hätte man sie wirklich Franziska nennen sollen, kam ihr ein alter Streit mit ihrem Vater wieder in den Sinn. Laurenz hatte auf ihrer Geburtstagsparty ein Mädchen aus ihrer Nachbarklasse bedrängt. Pia hieß sie, so viel wusste sie noch und würde es auch nicht mehr vergessen.

‚Bedrängt', sie überlegte kurz angestrengt, wer das Wort damals gebraucht hatte, aber es fiel ihr partout nicht mehr ein. Vielleicht war es sogar ihr Vater gewesen. Sie wusste es nicht mehr, aber unwahrscheinlich war es nicht. Abfüllen hatte Laurenz sie wollen, erinnerte sie sich, und dann war er selber voll wie ein Klo gewesen. Ole war es, das wusste sie noch genau, Ole hatte ihr damals gleich kichernd das Handy-Video gezeigt, das er gemacht hatte. Laurenz, dieser Vollidiot, hatte sich tatsächlich von ihm dabei filmen lassen, wie er mit einer Hand Pias Gesicht an die Wand drückte und ihr mit der anderen unter den Rock grapschte. Das Video war widerlich. Sie hatte es zwar nur ein einziges Mal gesehen, und doch hätte sie noch immer genau das Muster des Rockes beschreiben können, in dem der Arm ihres Bruders steckte. „Gib her!", schrie sie Ole an und riss ihm das seinerzeit top-modernste iPhone aus den Fingern. Sie hatte sofort gewusst, was zu tun war, und keinen Augenblick gezögert. Von Ole hatte sie erfahren, dass Pia noch immer im Teezimmer saß, wo ihr Bruder sich an ihr vergangen hatte, und war gleich zu ihr gegangen. Schluchzend und leise heulend hatte Pia in der Ecke gesessen, als sie sich zu ihr hinunterbeugte, ihr das Smartphone unter die Nase hielt und sagte: „Wenn du die Fresse hältst, wird das nie jemand zu Gesicht bekommen." Pia, noch völlig verschreckt, hatte die verheulten Augen ängstlich aufgerissen. „Wenn du aber irgendwelche Scheiße rumerzählst, kann jeder sehen, was für eine dreckige Schlampe du bist." Als Pia nichts erwiderte, schlug sie ihr mit der flachen Hand ins Gesicht. „Und ein hübsches Foto von deiner Fotze gibt's obendrauf!" Diesmal wartete sie gar nicht ab, ob Pia etwas sagte, sie ohrfeigte sie sofort. Pia, die eigentlich einen Kopf größer war als sie, kauerte nun vollends zusammengekrümmt an der Wand und machte sich so klein es ging. Pia winselte.

Noch einmal schlug sie zu. Nicht allzu fest, nur so, dass es ordentlich klatschte. In der Erinnerung wurde ihr bewusst, wie besonders dieser Abend, diese Minuten mit Pia waren. Sie wusste noch genau, sie war auf einmal nicht mehr so aufgebracht gewesen wie noch kurz zuvor in dem Moment, als sie Ole das Handy weggenommen hatte. Sie hatte einen Zustand angenehm gleichgültiger Kälte erreicht. Das war neu. Noch nie zuvor hatte sie so intensiv gespürt, welche angsteinflößende Macht von ihr ausgehen konnte, wie damals.

Pia zog die Schultern so hoch sie konnte und versuchte dabei zu nicken.

„Ich hör' nichts", hatte sie gesagt.

„Ich sag nichts", flüsterte Pia.

„Ich kann dich immer noch nicht hören", wiederholte sie sich.

„Ich werd' nichts sagen", schluchzte Pia etwas lauter.

„Sag: Ich werd' meine verfickte Lügenfresse halten!", forderte sie Pia in ruhigem, aber schneidendem Ton auf.

Pia zögerte.

Jetzt traf die Linke. Sie war selbst überrascht, wie kräftig das ging, auch wenn sich die Bewegung nicht so schön rund anfühlte.

Nun sagte Pia es und bekam dafür ein Papiertaschentuch. Dann noch eines und noch eines. Schließlich hakte sie sie unter und ging mit der völlig verstörten Pia zu den Wodkaflaschen. Um sie herum waren die allermeisten schon komplett breit, oder sie knutschten in irgendwelchen Ecken. Pia wollte nichts trinken, aber das war egal, sie trank. Nach zwei doppelt großen Wodkashots sackten Pia die Knie weg, und morgens wachte sie kotzend auf.

Ole hatte sie nie nach dem Handy gefragt. Es lag in ihrer Schublade neben dem gelben Reclam-Heftchen, das sie zu der Zeit in der Schule lasen. „Die Räuber". Es passte. Ihr Vater hatte das teure Handy dann gefunden. Vielleicht, als er in ihrem Zimmer herumschnüffelte. Eine andere Erklärung gab es für sie nicht. Jedenfalls hatte sie ihm alles erklären müssen.

Sie hatte nicht alle Details erzählt, aber im Groben musste ihrem Vater klar gewesen sein, was für ein Schwein und schwacher Charakter ihr Bruder war. Aber soviel sie wusste, hatte es nie Konsequenzen für Laurenz gegeben. Nur sie hatte sich heftig mit ihrem Vater wegen der Schnüffelei gestritten.

Die Gefühle von damals kamen unvermittelt wieder hoch. Nicht so kraftvoll, aber es waren dieselben. Sie wollte die Anerkennung ihres Vaters so unbedingt. Hatte sie nicht gezeigt, dass sie die Situation gerettet hatte? Hatte nicht sie einen kühlen Kopf bewahrt und die Familie vor einem Skandal gerettet, den ihr schwachköpfiger Bruder ohne sie zweifellos verursacht hätte? Aber von ihrem Vater kam nichts. Kein Lob, kein Schulterklopfen, nichts. Ein Gespräch, in dem sie ihm alles erklärte, dann ewiges Schweigen. Er hatte das Handy an sich genommen und war wieder aus ihrem Zimmer gegangen. Danach war es, als hätte es den Vorfall nie gegeben. Nur einen Streit wegen der Schnüffelei hatte sie noch einmal angezettelt. Oh, wie hatte sie ihn damals gehasst, ihren Vater. Und wie wollte sie von ihm unbedingt gesehen werden.

Gesehen werden. Sie musste lachen. Wie töricht sie damals war. Längst hatte sie begriffen, dass Macht unsichtbar noch viel machtvoller ist, dass Bedrohung noch viel bedrohlicher wirkt, wenn sie aus dem Dunkeln kommt. Sie war nicht mehr der Backfisch wie mit sechzehn. Die große Bühne, das war nicht ihrs.

Aber damals hatte sie sich ein bisschen gefühlt wie eine kleine Franziska, wie Franz Moor aus Schillers „Die Räuber", dachte sie bitter. Als sie dieses berühmte Drama in der Schule hatte lesen müssen, war sie vermutlich die Einzige in der Klasse gewesen, die Sympathien für den Charakter des Franz Moor hatte, der, wie sie es sah, gegen sein Schicksal aufbegehrte und die Dinge in seinem Sinne zurechtrücken wollte. Aber sie war kein Franz Moor. Sie war schon im Teenager-Alter nicht linkisch und schon gar nicht hässlich wie dieser. Und ihr Vater war sicher auch kein gutherziger Mensch. Doch am wenigsten taugte ihr Bruder wie Karl Moor zum tragischen, genialischen Helden.

Sie lachte auf und erinnerte sich daran, warum sie gerade hier im Heimlichzimmer saß. Ihr so überaus talentierter Bruder hatte sie gerufen, weil er mal wieder nicht weiterwusste. Weil er etwas angefangen und nicht zu Ende gedacht hatte. Sie schaute auf die Uhr. Das Spektakel würde in wenigen Minuten beginnen, und ihre Aufgabe lag darin, dass es kein Fiasko wurde.

Kapitel 41

Benommen versuchte Katja ihren Kopf zu heben, ließ es aber gleich wieder sein. Zu heftig schoss ihr der Schmerz in die Schläfen. Vorsichtig zog sie ihre Hand unter der Wolldecke hervor und massierte sich die stechenden kleinen Muskeln. Das war ganz sicher nicht ihre erste durchzechte Nacht, die unter einer Wolldecke auf einem alten Sofa endete. Nur die letzte lag etliche Jahre zurück. Und ihr fiel ohne Schwierigkeiten ein, warum das so war.

Auf der anderen Seite des Tisches, fein säuberlich über die Rückenlehne des Sessels drapiert, fand sie ihre Bluse, was sie nur kurz beruhigte, weil ihre Hose auf dem Boden daneben lag. Sie sah aus, als wäre sie ihr einfach von der Hüfte gerutscht. Ein Anblick, der sie erschreckte und ihr einen leichten, unangenehmen Schauer den Rücken hinunterjagte. An irgendwelche Handlungen, die sie besser gelassen hätte, konnte sie sich zwar nicht sofort erinnern. Aus leidvoller Erfahrung wusste sie aber, dass das noch nichts heißen musste. Fröstelnd schob sie die Decke beiseite und richtete sich mühsam auf. Gott sei Dank saßen ihre restlichen Kleidungsstücke da, wo sie hingehörten. Bis auf ihre Socken, stellte sie fest. Die waren weg. Vielversprechende

Orte zum Suchen wären sicherlich unter dem Sofa oder dem Sessel gewesen, aber ein Instinkt sagte ihr, dass es keine gute Idee wäre, den Kopf jetzt zu senken. Da, wo er war, war er schon schwer genug. Karsten hatte ihr gestern zwar erklärt, dass dieser Portwein kaum Nachwirkungen verursachen würde, aber das war entweder gelogen, oder es galt schlichtweg nicht für sie.

Mit der Wolldecke um die Schultern und ihrem Herzschlag unter der Schädeldecke schlich sie ins Bad, wo eine Handvoll kalten Wassers ihrem Kopf guttat. Ob ein kräftiger Schluck aus dem Wasserhahn die gleiche Wirkung haben würde, war noch nicht ausgemacht. Fürs Erste beruhigte er ihren Magen jedenfalls, was sie über ihren Anblick im Spiegel nicht sagen konnte.

Mitten in ihre Bemühungen, mit noch mehr kaltem Wasser, etwas Geduld und bloßen Händen ein bisschen Frische in ihr Gesicht zu zaubern, platzte gedankenverloren und ebenfalls verkatert Karsten herein. Überrascht und nur mit Shorts und T-Shirt bekleidet stand er plötzlich im Türrahmen. „Oh“, murmelte er im Moment seiner Verwirrung, der lange genug dauerte, dass Katja ihn mustern konnte. Schon im nächsten Augenblick wandten sich beide mit dem beschämenden Gefühl ab, in die Intimsphäre des anderen eingedrungen zu sein. Wortlos schloss Karsten die Tür wieder, und Katja schaute nach, ob irgendwo ein Schlüssel für die Badezimmertür herumlag, den sie übersehen hatte. Sie fand keinen. Da Karsten jetzt aber wusste, dass sie das Bad belegte, war das eh egal.

Ihr Verstand brauchte ein paar Sekunden, um das zu realisieren. Aber als er das geschafft hatte, versuchte Katja sich im Bad zu beeilen und hoffte, beim Verlassen ihrem Partner nicht wieder nur in Unterwäsche über den Weg zu laufen. Zu ihrer Erleichterung war er weder zu sehen noch zu hören, sodass sie sich schnell und unkompliziert ihre Bluse überziehen konnte. Mit dem Fuß fischte sie dann ihre Hose vom Boden. An Bücken war noch nicht zu denken.

Mit brummendem Schädel lehnte sie am Sessel und begann eine akrobatische Übung. Nach dem ersten Hosenbein war klar, dass, ins zweite zu schlüpfen eine echte Herausforderung darstellte, die sie schließlich aber meisterte, auch wenn ihre Schläfen heftig unter dieser Anstrengung pochten. Auf ihre Socken konnte sie gerade verzichten.

Den Geräuschen nach zu urteilen, musste Karsten von draußen zurück ins Haus gekommen sein. Die kalte Luft, die er mit sich ins Wohnzimmer zog, bestätigte diesen Eindruck. „Kaffee?", fragte Karsten, der mit seiner Hose auch seine Würde wiedergefunden hatte.

Kapitel 42

„Du bist so ein Lauch, Laurenz!“ Fassungslos schaute sie auf den Monitor. Zur Untätigkeit verdammt saß sie im Hinterzimmer des Büros ihres Bruders und raufte sich die Haare. Zwar war sie heilfroh, dass er sie rechtzeitig informiert hatte, sodass sie jetzt hier war und versuchen konnte, das Schlimmste zu verhindern. Aber es bereitete ihr fast physische Schmerzen, mitansehen zu müssen, wie sich Laurenz von dieser Gjata-Wanze in seinem eigenen Arbeitszimmer an die Wand drücken ließ. Kaum war dieser Wicht, Gjata war knapp einssiebzig und damit nur wenig größer als sie selbst, durch die Bürotür gepoltert, schob er ihren Bruder beiseite und setzte sich auf dessen Ledersessel hinter seinen Schreibtisch. Und dabei maß Laurenz gute ein Meter und neunzig. Ziemlich unbeeindruckende ein Meter neunzig zwar, aber immerhin. Doch Laurenz' geckenhafte scheinbare Selbstsicherheit war wie weggeblasen. Da half auch der hellblaue Maßanzug mit weißem Hemd und teurer Krawatte nichts. Auf irgendwelchen Partys oder vor den jungen Dingern auf dem Gestüt konnte er sich wunderbar aufplustern und gewaltige sinnentleerte Reden schwingen. Aber sobald er auf eine Person traf, die nicht vor seinem Nachnamen ehrfurchtsvoll zitterte, fiel er in sich zusammen wie so ein Flattermännchen, dem man das Gebläse abgestellt hatte. Da waren die Gjata-Brüder aus ganz anderem Holz, stellte sie fest. Reichlich ungehobeltes Holz zwar, aber die Typen hatten wenigstens einen Arsch in der Hose, und sie wussten, wen sie in ihrem Bruder vor sich hatten. Ein dreister Auftritt wie dieser reichte, und Laurenz war völlig von der Rolle.

Weil Laurenz, der Vollidiot, noch kurz vor Gjatas Eintreffen seinen Mantel so dämlich auf den ansonsten leeren Schreibtisch geworfen hatte, wurde das unter der Tischplatte montierte Mikro verdeckt und somit nutzlos. Folglich verstand sie nicht, was gesagt wurde. Sie sah nur, dass Gjatas Auftreten bei Laurenz zu einem nicht enden wollenden Redeschwall führte, der von wildem Gefuchtelt seiner langen, dünnen Arme begleitet wurde. Gjata blieb davon offensichtlich unbeeindruckt. In seiner Hilflosigkeit drehte Laurenz sich zu der in der Holzvertäfelung versteckten Kamera um. Gleich würde er zu Mami rennen. Nur gut, dachte sie, dass das Gesicht ihres Bruders im Moment kurz vor der Panik tatsächlich nach Zorn aussah. Ein Umstand, der auch schon früher hilfreich gewesen war, eine entgleitende Situation doch noch retten zu können.

Wie sie es vorausgeahnt hatte, stampfte Laurenz durch das altmodisch-erhabene Arbeitszimmer, drückte die Klinke der schweren lederbeschlagenen Eichentür, verschwand vom Bildschirm und stand im selben Augenblick vor ihr.

„Du bist so ein Lauch, Laurenz!“, wiederholte sie einen Satz, den ihr Bruder von ihr oft hörte. „Der Typ sitzt auf deinem Schreibtischsessel, hat seine schmutzigen Schuhe auf deiner Schreibtischplatte, und du lässt ihn jetzt auch noch allein in deinem Büro hocken. Es reicht schon, dass er überhaupt hier ist. Und du lässt zu, dass er sich benimmt wie sonst wer! Jetzt reiß dich verdammt noch mal zusammen und tu wenigstens so, als hättest du Eier in der Hose. Du kannst doch sonst auf jeder Party den Macker markieren. Aber jetzt, jetzt ist das wichtig!“

„Du verstehst das nicht, Schwesterherz. Die Gjatas wollen mit dem Geschäft aufhören. Jedenfalls bis Boetius wieder da ist und die Bullen aufhören, bei ihnen herumzuschnüffeln.“

Laurenz guckte in das ungerührte Gesicht seiner Schwester, die nur die Augenbrauen hochzog und mit fragender Gestik die Handflächen nach außen drehte. Sie hätte ‚und?‘ fragen können oder ‚so what?‘, tat aber beides nicht, und diese erwartungsvolle Stille erhöhte so nur noch weiter den Druck auf ihn, der sich ohnehin schon vollends überfordert fühlte. „Ohne die Extraeinnahmen sind wir bald pleite. Wir brauchen das Geld“, jammerte er.

„DU brauchst das Geld, Laurenz. Du hast die Firma übernommen, und du hast angefangen, mit diesem Geschmeiß Geschäfte zu machen.“ Der Ekel stand ihr ins Gesicht geschrieben.

„Du weißt genau, dass Papas Hof, das Gestüt und die ganzen Grundstücke noch an der Firma hängen“, winselte Laurenz weiter.

Ja, das wusste sie. Und erst nach dem Tod ihres Vaters würde sie ihren Teil des Kuchens abbekommen, wenn nicht ihr nichtsnutziger, völlig unfähiger Bruder bis dahin dieses wunderbare altehrwürdige Familienunternehmen in den Abgrund geführt hätte und alles, was da mit dranhing.

Sie sei zu jung, hatte ihr Vater befunden, als er vor ein paar Jahren nach seinem x-ten Schlaganfall den Führungsstab abgeben musste, den er selbst von seinem Schwiegervater übernommen hatte. Lieber hatte er wider besseres Wissen seinen missratenen Sohn mit der Geschäftsführung betraut, als seine unbestritten fähigere Tochter, eine Frau, ans Ruder zu lassen. Genau wie bei ihrer Mutter, die damals zugunsten ihres Ehemannes übergangen wurde. ‚Du wirst deinem Bruder schon helfen, wenn es nötig ist, mein Augenstern!' Dämlicher, altersstarrsinniger Chauvinist, dachte sie. Das dachte sie immer, wenn sie an ihren Vater dachte, den sie doch eigentlich liebte. Und hasste, zumindest früher. Heute war es höchstens noch Gleichgültigkeit, was sie fühlte.

Vielleicht kümmerte sie sich deshalb um jeden Mist, den Laurenz fabrizierte: damit er nicht alles ruinierte, bis ihr Vater endlich abtrat. Aber gegen die Geschwindigkeit, mit der er sich auf krumme Dinger einließ, die für ihn schnelles Geld und, wichtiger noch, das Gefühl, ein echter Kerl zu sein, bedeuteten, konnte sie fast nicht anarbeiten. Dazu kam, dass er das Geld mit vollen Händen ausgab und eine unnachahmliche Gabe besaß, innerhalb kürzester Zeit jeden vernünftigen Geschäftspartner von seiner Unfähigkeit zu überzeugen. Einzig der alte Name der Familie und die über Jahrzehnte gewachsenen Beziehungen hatten bisher eine größere Katastrophe verhindert. Und natürlich ihr Einsatz. Ohne sie, das wusste Laurenz, das wusste sie und das wusste schlussendlich auch ihr Vater in seinen immer weniger werdenden wachen Momenten, würde kein Schiff mehr mit ihrem Namen im Husumer Hafen anlegen und das Getreide der Region in aller Herren Länder verschiffen oder seine Ladung in die Silos am Hafen löschen. Wenn sie scheiterte, würde der uralte Name ihrer Mutter aus Husum verschwinden, der jetzt noch eine Strahlkraft weit über die Region hinaus hatte.

Am liebsten würde sie ihrem großkotzigen Bruder links und rechts ein paar an die Ohren geben, damit er endlich aufwachte und sich wie ein Erwachsener verhielt. Aber ihr war klar, dass das nie der Fall sein würde. Für manche Dinge war er schlicht zu einfältig. Also musste sie ihm auch jetzt wieder sagen, was er zu tun hatte. Und mit etwas Glück würde er sich auch halbwegs daran halten.

„Du gehst da jetzt wieder rein. Zuerst zum Schreibtisch. Dann wischst du seine Füße von der Tischplatte und stellst dich so dicht vor ihm auf, dass er nicht aufstehen kann, ohne dass er dich berühren muss. Begriffen?“ Laurenz nickte und starrte dabei auf ihre samtenen Pumps. „Dann sagst du ihm klar und fest: ‚Du sorgst dafür, dass das Geschäft weiterläuft! Ich regle dein Problem mit Boetius. Aber einen Stillstand in den Geschäften gibt es nicht!' Wiederhole das, Laurenz!"

In ihm regte sich spontaner Widerstand. „Jetzt mach mal halblang, Schwester, ich bin hier nicht dein Clown. Ich krieg das schon hin."

Sie wusste, dass er es alleine nie und nimmer hinkriegen würde. Aber sie wusste auch, dass es ein schmaler Grat war, auf dem sie gerade wandelte. Sie musste ihren Bruder jetzt mit Energie aufladen, die er dann gleich im Arbeitszimmer hoffentlich richtig kanalisiert ablassen konnte, ohne ihn komplett gegen sie selbst aufzubringen. Nur so würde es funktionieren. „Gleich kannst du dich aufplustern. Wiederhole jetzt, was ich gesagt habe, Laurenz!"

Er blieb vor ihr stehen wie ein bockiges Kind und schwieg.

Nicht jetzt, du degenerierter Schwachkopf, dachte sie. „Das ist kein Spaß, Laurenz. Gjata muss glauben, dass du die Dinge im Griff hast. Der hat über sich auch einen Boss. Und diesen Boss muss er überzeugen, dass die Geschäfte hier weitergehen können, und das kann er nur, wenn du IHN überzeugst."

Sie schaute ihm direkt ins Gesicht. Mit dem ‚auch' hatte sie sich gemeint. Sobald sie das Wort ausgesprochen hatte, ärgerte sie sich über sich selbst. Es war ein Fehler. Ein Fehler aus Unkontrolliertheit, der jetzt alles gefährden konnte. Angespannt beobachtete sie die Reaktion ihres Bruders. Beiden war klar, dass sie das Sagen hatte. Aber aus gutem Grund blieb es unausgesprochen. Sie konnte nur hoffen, dass er es überhört hatte oder, besser noch, selbst so verinnerlicht hatte, dass sein Verstand sich jetzt nicht in diesem kleinen Wort verhakte.

Laurenz wackelte, das sah sie ihm an. Sein Trotz und die Erkenntnis, dass sie recht hatte, kämpften miteinander. Es war ein altes Spiel zwischen ihnen.

„Gjata hat Schiss, Laurenz. Seine Familie hat viel zu verlieren, verdammt viel! Wenn das Geld erst einmal über Cuxhaven oder Brunsbüttel oder einen anderen Hafen kommt, ist er raus aus dem Spiel, genau wie du. Er will auch drinbleiben, vielleicht muss er sogar. Aber er will auch seinen kleinen Arsch nicht riskieren. Hast du das begriffen?“

Laurenz nickte heftig. „Ja klar, ist ja nicht so schwer zu begreifen!“

Sicher Laurenz, so *schwierig* ist das nicht, sagte sie bitter und tonlos vor sich hin. „Dann ist ja gut. Also überzeugst du ihn jetzt, dass du alles im Griff hast!“

Laurenz lief nachdenkend durch den Raum. Natürlich hatte er mal wieder behauptet, etwas verstanden zu haben, bevor er überhaupt darüber nachgedacht hatte. Trotzdem stellte sie zufrieden fest, dass ihr Bruder langsam wirklich zu begreifen schien und darüber seinen Trotz vergaß. Das war der Kipppunkt, auf den sie gewartet hatte. Dann stand er wieder vor ihr.

„Jetzt sag es, Laurenz! ‚Du sorgst dafür, dass das Geschäft weiterläuft. Ich regle das mit Boetius. Aber die Geschäfte laufen weiter!‘ Los!“ Sie ließ nicht locker, fasste ihn scharf ins Auge. Auf gar keinen Fall durfte sie, durfte er jetzt versagen.

Laurenz zögerte noch immer. Ansatzlos klatschte seine Schwester ihm eine schallende Ohrfeige ins Gesicht. „Jetzt, Laurenz!“, spie sie ihn unerbittlich an.

Ein Schreck fuhr ihm durch die Glieder. Sofort spannte er sich. Sie las es in seinen Augen: Er kochte. Und er wiederholte zähneknirschend, was seine Schwester ihm vorgebetet hatte. Es zischte mehr durch seine Zähne, als dass er es sprach. Am liebsten hätte er sie zurückgeschlagen. Aber das wagte er nicht. Stattdessen ging er zornerfüllt zurück in sein Arbeitszimmer, baute sich vor dem überraschten Gjata auf und schleuderte unwirsch dessen Füße von seinem Schreibtisch.

Mit Genugtuung verfolgte sie den kraftstrotzenden Auftritt ihres Bruders. Dann strich sie ihre matt schimmernde Seidenbluse glatt, richtete ihr Kostüm und wusste, dass sie keinerlei Achtung mehr für ihn übrig hatte.

Kapitel 43

„Weißt du, was das ist?“ Noch bevor seine Kollegin die Chance hatte, die Bürotür hinter sich zu schließen, hielt Untiedt ihr ein rotes, in Samtstoff eingeschlagenes Album unter die Nase. Er war schon eine ganze Weile vor Katja Greets angekommen, denn sie hatte es vorgezogen, nach ihrem gemeinsamen improvisierten Katerfrühstück erst noch nach Hause zu fahren, zu duschen und sich frische Sachen anzuziehen. Die Eskapade des letzten Abends war ihr nicht mehr anzusehen.

„Zeig her!“, sagte sie und schnappte sich das Büchlein. Untiedts Warnung kam zu spät, sodass Katja Greets gänzlich unvorbereitet in das Fotoalbum schaute. Schnell blätterte sie ein paar Seiten durch, dann schlug sie es angewidert zu. „Was soll das sein, Karsten?“

„Ein Mordmotiv!“

Noch einmal klappte sie das Buch auf und ging es Seite für Seite durch. Dieses Mal aber mit dem Hintergrundwissen, das ihr die nötige Distanz verschaffte.

„Özcan hat das Fotoalbum von dieser Selina in die Hand gedrückt bekommen.“

„Hemkes Ex-Freundin?“ Mit leichtem Schwung beförderte sie das Album in den Ablagekorb ihres Schreibtisches.

„Genau! Aber mehr weiß ich auch noch nicht. In ...“, Untiedt schaute auf seine Armbanduhr, „... 15 Minuten treffen wir uns mit Sabine und Özcan im kleinen Besprechungsraum. Vielleicht ist da was dran.“

Mittlerweile hatte Katja Greets ihren Mantel weggehängt und hinter ihrem Schreibtisch Platz genommen. Während ihr Rechner hochfuhr, fragte sie Untiedt nach Boetius.

„Die Fahndung ist raus. Mehr aber noch nicht. Keine Spur von ihm“, sagte er.

Ungeduldig starrte Katja Greets auf ihren Bildschirm. Eine Reihe von Fenstern ploppte schwarz auf, zeigte sich stetig verändernde Zeilen kryptischer Schrift und schloss sich wieder. Alles dauerte aufreizend lange und verschaffte ihr die Zeit, laut zu denken. „Thoralf Hemke nimmt Kontakt zu Boetius auf. Hemke wird in Husum ermordet und seine Leiche bei Weddingstedt vor den Zug geworfen. Das ist ein ziemliches Risiko. Aber wenn du von dem Selbstmord, der da kurz vorher passiert ist, weißt, dann ist dir auch klar, dass da so viele Polizeibeamte und andere Leute ihre Spuren hinterlassen haben, dass kaum noch was Verwertbares zu finden sein dürfte. Und schließlich gibt es dann noch den Einbruch in Boetius' Haus, und Boetius ist verschwunden.“

„Wir suchen also eine Person, die intelligent ist, strategisch vorgeht, bereit ist, ein kalkuliertes Risiko einzugehen, und höchstwahrscheinlich mindestens noch eine andere Person mit im Boot hat. Passt das auf Boetius?“

„Das passt!“, entschied Katja Greets, „aber wie kommst du darauf, dass es eine weitere Person geben muss?“ Bevor Untiedt antworten konnte, zählte sie auf: „Hemke erschlagen. Geht allein. Leiche abtransportieren. Geht allein. Leiche ins Gleisbett legen. Geht auch allein.“

Was seine Kollegin sagte, war alles richtig. Trotzdem hatte Untiedt das Gefühl, zwei Legosteine aufeinander zu drücken und sie wollten einfach nicht passen. „Was ist mit den Fußspuren an der Ruine? Femke hat doch gesagt, dass es sehr wahrscheinlich ist, dass die Fußspuren der zweiten Person zeitgleich entstanden sind.“

„Oder kurz vorher. Außerdem hat Malte Böttcher nichts von einer zweiten Person gesagt“, wandte Katja Greets ein.

„Stimmt schon“, pflichtete Untiedt ohne Überzeugung bei. Sein Blick wanderte ziellos durchs Büro und fiel zufällig auf das Fotoalbum. Plötzlich wusste er wieder, was ihn an Boetius zweifeln ließ. „Vielleicht hast du recht, und die Fußspuren der zweiten Person sind nur zufällig da. Ich mag nicht daran glauben, aber nehmen wir es einmal an. Dann ist Boetius unser Mann.“

Katja Greets nickte zustimmend.

„Aber wenn die Fußspuren NICHT zufällig am Tatort sind, dann haben wir auf einmal eine ganze Latte neuer Verdächtiger.“ Dabei lehnte er sich auf den Schreibtisch und tippte mit langem Arm auf das Fotoalbum in Katja Greets’ Ablagefach.

„Du meinst, wegen der kleinen Schuhgröße muss es eine Frau gewesen sein?“

Dieses Mal war es Untiedt, der nickte. „Ist jedenfalls das Wahrscheinlichste“, sagte er.

„Oder ein zu kurz geratener Südeuropäer“, konterte Katja Greets mit einem kleinen Spritzer Triumph in der Stimme. „Gjata!“

Untiedt legte den Kopf schief. Er wusste, dass er im Bilde sein sollte, deshalb fragte er nicht nach, hoffte aber, dass seine Kollegin ihre Ausführungen fortführen würde. Sie tat ihm den Gefallen. „Durch diesen Malte Böttcher sind wir das erste Mal über die Gjata-Brüder gestolpert.“ Sie holte kurz Luft. „Dass die nicht ganz sauber sind, ist doch wohl klar. Das sagt jedenfalls auch Volker Hansen. Auch wenn man den Brüdern noch nicht ans Zeug flicken konnte.“

Untiedt brummte zustimmend, sagte aber nichts.

„Außerdem wissen wir von der Kleinen aus dem Finanzamt Husum, dass die Steuerunterlagen der Gjatas von Boetius bearbeitet wurden. Wie wird daraus jetzt ein Mordmotiv?“

Alles, was seine Kollegin da sagte, war plausibel, erkannte Untiedt. Automatisch ließ er sich auf ihren Gedankenweg ein und folgte ihm. „Hemke hatte doch auch Dönerläden, Friseursalons und so was Ähnliches im Visier“, ergänzte Untiedt, „der hat in Heide im Grunde das Gleiche gemacht oder bearbeitet wie Boetius in Husum. Was, wenn Hemke eine Verbindung zu den Gjatas gefunden und bei Boetius nachgefragt hat? Per E-Mail Kontakt aufgenommen hatte er ja. Immerhin ist Boetius doch für die gleichen Geschäfte zuständig.“

Vor Katja Greets' innerem Auge fingen einzelne Fragmente an, sich zu bewegen. Stück für Stück setzten sie sich zusammen. Ein Bild entstand, das sich immer klarer abzeichnete. „Genau. Vielleicht war es so: Hemke fragt bei Boetius nach, und der sagt ihm: ‚Alles ist okay mit den Gjatas!' Aber Hemke glaubt ihm nicht und fängt selber an herumzuschnüffeln."

„Das passt doch auch zu unserer Befragung im Finanzamt Husum", sagte Untiedt.

„Das hat mir jedenfalls diese Kleine gesagt. Wie heißt sie noch?" Katja Greets fing an, etwas wild und hektisch die unsortierten Blätterstapel und Mappen auf ihrem Schreibtisch zu durchwühlen.

Untiedt war verwundert. „Die Kleine hat gesagt, dass Hemke rumgeschnüffelt hat?"

„Nein. Doch. Weiß nicht", sagte Katja Greets, immer noch mit Wühlen beschäftigt. „Sie sagte, dass bei den Gjatas alles so weit in Ordnung war. Oder vielmehr, dass Boetius nichts zu beanstanden hatte, obwohl das Finanzamt den Brüdern immer ganz genau auf die Finger geguckt hat." Triumphierend zog sie schließlich ein Blatt aus dem Stapel. „Matthiessen! Lena Matthiessen!"

„Okay, Boetius sagt Hemke also, dass alles okay sei, aber der glaubt das nicht. Und wie weiter?"

„Hemke gibt sich damit also nicht zufrieden und fängt an, in Husum herumzuschleichen. Dabei findet er heraus, dass mit den Läden von den Gjatas tatsächlich was nicht stimmt und Boetius nicht die Wahrheit sagt."

Zufrieden lehnte Katja Greets sich in ihren Bürostuhl zurück, so als wollte sie sagen: Fall gelöst.

„Und wie soll er das herausgefunden haben? Dann müsste er doch Akten angefordert haben oder so. Hat er aber unserer Kenntnis nach nicht gemacht." Untiedt schien das zu einfach zu sein.

„Er hat sich zum Beispiel in die Büsche bei der Dönerbude geschlagen und die Gäste gezählt. Das macht er ein paar Mal, und dann hat er Zahlen, mit denen er bei Boetius nachfragt, wie sich das Geschäft der Gjatas denn rechnen kann, wenn da nur ein paar Pommes über den Tresen gehen."

Untiedt war immer noch nicht zufrieden. „Das ist ja alles richtig. Wir wissen, dass er in den Mails nach Gjata gefragt hat, und dass er im Gebüsch den Dönerladen beobachtet hat, ist auch mehr als wahrscheinlich. Aber glaubst du wirklich, dass das so einfach geht? Gäste zählen und dann …?"

„Das ist so einfach!", sagte Katja Greets. „Die Finanzbeamtin in Heide hat mir doch erklärt, wie das funktioniert und warum diese kleinen Geschäfte super sind, um Geld zu waschen. Deswegen macht das Finanzamt tatsächlich ab und zu genau solche Aktionen wie Gäste zählen, gucken, wie viel Toilettenpapier verbraucht oder Haarspray bestellt wurde. Also ums kurz zu machen: Boetius kriegt kalte Füße, weil er die Akten der Gjatas frisiert und die Hand aufhält."

„Du meinst also, die Gjatas verkaufen in ihren Buden Döner und Drogen, und das Geld waschen sie gleich mal mit? Klingt gut", sagte Untiedt. Langsam fing auch er an zu glauben, dass sie einen echten Durchbruch erreicht haben könnten.

„Ob sie jetzt Drogen in den Läden verkaufen, wissen wir nicht. Glaube ich auch eher nicht. Drogen ja, kann sein. Aber nicht in den Läden, so dumm sind die nicht. Trotzdem, ich bin mir sicher, dass die in ihren Geschäften Geld waschen. Boetius hatte seine Finger mit drin ..." Katja Greets platzte fast vor Überzeugung.

„Hemke ist ihm auf die Schliche gekommen und hat ihm auf die Finger geklopft. Und mithilfe der Gjatas hat Boetius Hemke dann unschädlich gemacht. Wäre ja auch in deren Interesse." Nun lehnte sich auch Untiedt zurück. „Jetzt brauchen wir nur noch ein Paar Schuhe von Boetius."

Katja Greets schaute ihren Kollegen halb fragend, halb belustigt an.

Demonstrativ verschränkte Untiedt die Arme hinter dem Kopf und legte seine Füße auf die Schreibtischecke. „Wenn ein Schuhabdruck bei der Ruine zu der Schuhgröße oder besser noch zu einem Schuh von Boetius passt, dann wird ein Schuh draus."

Katja Greets kam aus ihrem Stuhl hoch, setzte sich auf die Arbeitsplatte ihres Schreibtisches, nahm den Hörer ab, wählte, und im nächsten Moment hatte sie auch schon Femke Oberhauser am Apparat.

„Bis heute Abend will Femke das geschafft haben, sagt sie. Das ist die gute Nachricht. Allerdings meinte auch sie, dass Boetius schon ziemlich große Füße haben müsste, damit das mit den Spuren passt", sagte Katja Greets, der plötzlich deutliche Spuren der Ernüchterung ins Gesicht geschrieben standen. Es hätte alles so schön gepasst.

Auch für Karsten Untiedt war ihr Gedankenspiel ein Euphorieschub gewesen, der sich jäh verflüchtigte. „Das ist dann wohl die schlechte Nachricht. Schade", sagte er und schaute wieder auf die Uhr. „Komm, mal sehen, was Sabine und Özcan haben!" Er nahm das Fotoalbum aus der Ablage und klopfte sich nachdenklich mehrfach damit in die flache Hand.

Beide verließen das Büro mit einem unausgesprochenen indifferenten Gefühl. Ihre Theorie war rund, nur ein Puzzleteil, ein Fragment passte nicht. Ohne es voreinander auszusprechen, ahnten beide, dass die Überprüfung der Fußspuren eine Enttäuschung werden würde. Und doch glaubten sie, ganz dicht vor einem Durchbruch zu stehen.

Noch in der Tür zum Besprechungsraum fasste Untiedt Katja Greets an der Schulter. „Das war richtig gut von dir, Katja. Wir sind so dicht dran. Ein kleiner Denkfehler, mehr nicht. Es gibt nur einen kleinen Denkfehler. Wenn wir den finden ..."

Kurz nach ihnen schwebten auch schon Sabine Lüders und Özcan Onay in den Besprechungsraum, anders ließ sich das nicht beschreiben. Fast gleichzeitig schauten Untiedt und Katja Greets einander an. Untiedt zuckte mit den Schultern, und auch Katja Greets zeigte mit den Augenbrauen, dass sie keine Ahnung hatte, was da zwischen den beiden jüngeren Kollegen für Schwingungen herrschten. Jedenfalls waren sie bester Laune und scherzten miteinander. Noch in der Tür gab Sabine Lüders ihrem Kollegen einen Knuff in die Seite, den dieser mit einem Lächeln quittierte.

„Habt ihr euch das Fotoalbum schon genauer angesehen?", fragte Özcan und grinste wissend in die Runde. Sabine warf ihm einen Blick zu, der missbilligend, belustigt und verschwörerisch zugleich war. Katja Greets antwortete nur mit: „Ja, haben wir, Özcan. Und damit gar nicht erst ein falscher Zungenschlag hineinkommt: Das Fotoalbum ist ein Beweismittel, sonst nichts weiter."

„Hast du schon die vollständigen Namen der fotografierten Damen herausgefunden?", fragte Untiedt, dem die Süffisanz in Onays Frage auch nicht entgangen war.

„Nee, noch nicht. Das ist schwieriger, als ich es mir vorgestellt hatte. Die Diplom-Finanzfachwirte haben ihre Akademie in Altenholz. Da hab' ich natürlich schon angerufen. Einfach so geben die mir keine Liste raus. Datenschutz."

„Wir sind in einer Mordermittlung, Özcan. Sag Michels Bescheid, der braucht nur einen Anruf zu tätigen", sagte Untiedt. „Aber eins nach dem anderen, was willst du von irgendeiner Akademie in Altenholz?"

„Entschuldige, Karsten. Das hätte ich erklären sollen. Also die Selina Zielinski sagt, dass die Fotos alle von Frauen aus deren Ausbildung sind. Selina Zielinski und Thoralf Hemke sind beide Diplom-Finanzfachwirte. Alle

Diplom-Finanzwirte werden in Altenholz beschult, egal an welchem Finanzamt ihre Ausbildung stattfindet."

„Karsten hat recht", sagte Katja Greets jetzt hörbar um einen neutraleren Tonfall bemüht. „Geh damit gleich zu Michels. Der macht das schnell klar. Kurzer Dienstweg und so. Der hat da sicher Kontakte, die helfen, das zu beschleunigen. Wäre gut, wenn wir damit nicht so viel Zeit vertändeln!" Ihr Blick ging jetzt Richtung Sabine Lüders. „Über wie viele Namen sprechen wir denn eigentlich?"

Özcan Onay ging die Namen in Gedanken durch und zählte an den Fingern ab. „Acht. Also sieben. Selina Zielinski kennen wir ja schon", antwortete er für Sabine.

„Und wie groß ist der Heuhaufen, in dem wir suchen?"

Onay schaute Untiedt irritiert an. „Fast dreihundert", sagte Sabine Lüders.

„Ach so, wie viele infrage kommen, meinst du. Ja, ca. dreihundert. Das heißt, so hundertfünfzig."

„Dreihundert oder hundertfünfzig?" Auch wenn das Schlüpfrige an diesen Fotos ihre männlichen Kollegen und auch Sabine eher zu amüsieren schien, Katja Greets waren sie unangenehm. Überdies hielt sie diese Spur für eine Sackgasse, die nur unnötig Zeit und Ressourcen fraß. Trotzdem musste sie ausermittelt werden. Sie wollte das so schnell wie möglich erledigt wissen.

„Hundertfünfzig", sagte Onay, „dreihundert waren ungefähr über die Akademie in Ausbildung, und circa sechzig Prozent davon sind Frauen."

„Hundertachtzig!“ Katja Greets wirkte zunehmend gereizt. „Wir müssen also hundertachtzig Frauen überprüfen.“

„Wenn wir erst eine Liste mit den Namen haben, geht es sicher schnell. Das sind doch Klarnamen in dem Buch, oder, Özcan?“ So ganz konnte sich Sabine Lüders keinen Reim darauf machen, dass ihre Chefin begann, Druck zu erzeugen. Natürlich war Zeit immer ein Faktor, aber getrödelt hatten sie und Özcan nun wirklich nicht.

Özcan verstand und stieg sofort dankbar darauf ein. „Ja, ja, das sind normale Vornamen. Die eine heißt Anja und vielleicht habe ich die auch schon gefunden. Selina Zielinski hat gesagt, dass die Anja nicht wirklich dazugehören würde, weil sie eine Dozentin sei. Auf der Internetseite der Akademie habe ich jedenfalls eine Anja gefunden, die Dozentin ist. Die rufe ich gleich an.“

„Einen Teufel tust du!“, sagte Katja Greets, „was willst du sie denn fragen, Özcan? Etwa: Sind Sie die Anja, die vor Thoralf Hemkes Kamera die Beine breit gemacht hat? Wir haben da ein Bild von Ihrer Möse in seinem Fotoalbum gefunden.“

„Ungefähr das wird er fragen müssen, Katja!“, sagte Untiedt bestimmt, aber ruhig. Dann zog er seine Kollegin etwas zur Seite. „Was soll das, Katja?“, fragte er leiser. „Ja, das ist schlüpfrig, und ja, einige der Frauen werden nicht stolz sein auf die Fotos. Und vielleicht ist sogar eine unter ihnen, die deswegen einen Mord begeht oder deren eifersüchtiger Partner davon Wind bekommen hat, und der begeht wegen der Fotos einen Mord. Aber gefragt werden muss! Und zwar genau deswegen!“

Katja Greets, die noch dicht vor ihm stand, schaute leicht auf und ihm direkt in die Augen. Alles in ihr sträubte sich, aber sie machte sich bewusst, dass diese Fotos allem Anschein nach freiwillig zustande gekommen waren. Noch dazu hatte zumindest diese Selina Zielinski keinerlei Probleme mit den Bildern. Alles in allem konnten sie also getrost davon ausgehen, dass es sich hier um irgendeine sexuelle Spielart handelte, die ihr vollkommen verschlossen blieb. Somit war es auch keine Zwangsläufigkeit, dass sich die betroffenen Frauen erniedrigt fühlten, wenn sie mit diesen Aufnahmen wieder konfrontiert wurden. Auszuschließen war es allerdings auch nicht, denn im Einzelnen konnten die Umstände, in denen die Bilder entstanden waren, sehr unterschiedlich sein. Und ja, darin lag zweifelsohne ein mögliches Mordmotiv, das es zu überprüfen galt. Für sie waren auch nicht so sehr die einzelnen Bilder, wohl aber deren Sammlung in einem Album fast unerträglich abstoßend. Wie eine Wand voller Hirschgeweihe. Auch das brauchte niemand. Aber immerhin wurde da nicht mit menschlicher Würde gespielt.

„Mit allem, was du gesagt hast, hast du recht, Karsten. Trotzdem halte ich es für absolut wichtig, dass wir unbedingt sensibel vorgehen. Und so wie ich das sehe, kann es nicht schaden, im Blick zu behalten, dass wir hier Frauen damit konfrontieren, dass wir Details aus ihren intimsten Lebensbereichen kennen, von denen vermutlich nie eine dritte Person erfahren sollte."

Immer noch hielt sie den Blick auf ihren Kollegen gerichtet und war gerade im Begriff, mit ihrer Erklärung fortzufahren, als dieser sich unvermittelt von ihr abwandte und sagte: „Also gut! Seht zu, dass ihr eine Liste mit den Namen bekommt. Und wenn ihr anfangt, die Namen zu überprüfen, ... dann machst du das, Sabine. Falls das zu viele Namen sind, nimm dir eine Kollegin zu Hilfe. Und seid sensibel."

Sabine Lüders nickte, nahm Özcan Onay am Ellenbogen, und beide machten sich zügig vom Acker.

Untiedt hatte begriffen, was seine Kollegin umtrieb. Zunächst hatte er gedacht, dass ihr die nötige professionelle Distanz fehlte, aber das Gegenteil war der Fall. Jede der Frauen hatte das Recht, dass man, wenn man schon in ihre Privatsphäre eindringen musste, sie mit größtmöglichem Respekt behandelte. Und was für diese Frauen galt, galt natürlich auch für alle anderen Menschen, in deren Umfeld ermittelt wurde. Es hatte somit also ganz sicher nicht geschadet, dass sie das Team dahingehend noch einmal ermahnte. Nun hatte er das zwar ausgesprochen, aber es war zweifellos ihre Initiative gewesen. Er hätte sie einfach machen lassen sollen, erkannte er. Und wie sie damit jetzt umgehen würde, wusste er nicht. Also entschied er, sie erst einmal komplett in Ruhe zu lassen und stattdessen still seine To-do-Liste um die Punkte ‚Befragung Gjata', ‚Ergebnisse Akademie Finanzamt' und ‚Boetius!!!' zu aktualisierten.

Kapitel 44

Nach einigen Minuten des Wartens beschloss sie, dass es nun genug sei, und schaute noch einmal auf den Monitor. Bis auf ihren Bruder, der erschöpft in seinem Bürosessel hinter seinem Schreibtisch hing, war das Zimmer nun leer, Gjata schon eine Weile verschwunden. Schwungvoll öffnete sie die Tür und ging mit zügigen Schritten hinein. Die matten Gesichtszüge ihres Bruders atmeten Ratlosigkeit in den Raum. Alles an ihm roch nach Resignation und Selbstmitleid.

„Jetzt hör auf, hier herumzuheulen. Sieh zu, dass die Geschäfte vernünftig laufen, dann brauchst du dich zukünftig auch nicht mehr mit solchen Typen wie den Gjatas abzugeben." Energisch stützte sie sich mit beiden Armen auf die Arbeitsplatte des Schreibtisches. Die Schlaffheit ihres Bruders konnte sie zur Weißglut bringen. Grundsätzlich legte sie auf Äußerlichkeiten nicht besonders viel Wert, auch wenn sie selbst stets gepflegt und mit straffer Körperhaltung auftrat. Das war reine Fassade. Dankbare und einfache Mittel der Manipulation, und in ihren Augen wäre es nur töricht gewesen, ohne Not auf sie zu verzichten.

Mit den Augen vermaß sie Laurenz. In solchen Momenten fand sie ihn mit seinem langen, dünnen, untrainierten Körper und dem bebrillten Gesicht mit spitzem, weibischem Kinn so entsetzlich unmännlich, dass er ihr wahrhaft widerlich war. Dumm nur, dass sie ihn immer wieder dazu anhalten musste, die Geschäfte am Laufen zu halten. Das war eine riesige Herausforderung für sie, die in den letzten Monaten in immer kürzeren Abständen von ihr zu bewältigen war. Dabei musste sie tunlichst darauf achten, Laurenz ihren immer größer werdenden Ekel nicht spüren zu lassen, nur so behielt sie ihren Einfluss auf ihn. Aber vielleicht konnte sie zeitnah eine andere Lösung umsetzen.

Hart war sie schon von Kindesbeinen an gegen ihn gewesen, fies, mitunter auch herablassend. Aber wenn es darauf ankam, hatte sie ihn bisher immer beschützt. Vor anderen Kindern, gelegentlich vor ihrem Vater und hauptsächlich vor ihm selbst. Seitdem ihr Vater Laurenz aber endgültig als seinen Nachfolger bestimmt hatte, nagte dieser Zorn in ihr. Es hatte nicht einmal ein Jahr gedauert, dass Laurenz, nachdem er Geschäftsführer geworden war, anfing, sich mit den Gjatas einzulassen. Zu dem Zeitpunkt gingen die Geschäfte zwar schon schlechter, aber eine Notwendigkeit, eine wie auch immer geartete wirtschaftliche Rechtfertigung für so einen Schritt gab es nicht.

Die Gjatas hatten auf einem der Schiffe ihrer Reederei ein Besatzungsmitglied zu ihrem Mann gemacht. Der war aufgeflogen, als er auf dem Schiff eine große Menge Geld nach Husum schmuggeln wollte. Sinnigerweise hatte der Kapitän seinerzeit nicht der Polizei, sondern Laurenz den Vorfall gemeldet, und anstatt dass er dem Spuk unauffällig ein Ende bereitete, spielte er sich bei den Gjatas auf. An Ende konnte er der Versuchung des schnellen Geldes nicht widerstehen. Viel entscheidender war aber, so vermutete sie schon damals kopfschüttelnd, dass Laurenz sich durch den Deal selbst wie ein Gangsterboss vorkam.

„Die Geschäfte laufen doch“, sagte Laurenz kraftlos, „aber wenn Boetius den Gjatas nicht die Bücher frisiert, kriegen die die Kohle nicht mehr untergebracht.“

„Sag mal, hörst du mir nicht zu?“, fauchte sie ihren Bruder an. „Ich hab’ dir schon gesagt, dass ich das mit Boetius hinbiege. Du sollst einfach nur zusehen, dass die legalen Geschäfte laufen. Ansonsten ist hier nämlich früher oder später Feierabend, Brüderchen. Falls du es noch nicht mitbekommen haben solltest, die Bullen schleichen hier durch Husum und versuchen einen Mord an einem Finanzbeamten aufzuklären. Klingelt es da bei dir? Wenn die erst einmal eins und eins zusammenzählen, dann dauert es nicht lange, und die stehen hier bei dir auf der Matte und wollen wissen, was du mit den Gjatas zu tun hast. Da ist es dann schon besser, wenn die Reederei gut dasteht. Und zwar unabhängig von deinen krummen Geschäften. Das verhindert unangenehme Fragen, Laurenz. Geht das so weit in deinen Schädel?“

Ihr Bruder antwortete nicht. Er sah abwesend aus, so, als wäre jegliche Tatkraft in ihm erloschen. Der Anblick seines leeren Gesichtsausdruckes hätte ihr in diesem

Moment eigentlich Angst machen müssen. Tat er aber nicht, denn sie wusste: Es gab immer noch einen anderen Weg.

Kapitel 45

Zwar war Untiedt sich ziemlich sicher, dass es seiner Kollegin nicht guttat, aber sie hatte darauf bestanden, dass sie die Protokolle der Befragungen der Finanzfachwirtinnen durcharbeitete und nicht er als Mann. Also hatte er unterdessen bei den Kollegen in Husum angerufen, um zu erfahren, ob sich in Sachen Boetius etwas getan hatte. Fehlanzeige. Das einzig Erwähnenswerte war, dass Handy-Rechnungen gefunden worden waren und die Kollegen nun die registrierten Nummern überprüften. Boetius' Handy war seit seinem Verschwinden nicht mehr eingeschaltet gewesen. Das stellte für ihn keine sonderlich große Überraschung dar. Im Gegenteil: Es passte sowohl zu einem Szenario, das von einer Entführung ausging, als auch zu den Überlegungen, dass es sich um eine nur vorgetäuschte Entführung handelte. Unter dem Strich half das alles nicht weiter.

Wie lange seine Kollegin für die Protokolle noch brauchte, konnte Untiedt nicht abschätzen. Deshalb beschloss er, dem Finanzamt Husum noch einen Besuch abzustatten, notfalls ohne sie. Dort liefen die Fäden Boetius und Gjata schließlich zusammen, und wenn er irgendwo die Chance sah, die tieferen Zusammenhänge verstehen zu können, dann in dem ehrwürdigen alten

Verwaltungsgebäude. Oder in dem Neubau, wenn der Umzug schon stattgefunden hatte.

Allerdings musste Hemke ja irgendwie über die Gjatas gestolpert sein, überlegte er, und er hätte diesen Gedanken gerne mit Katja Greets geteilt. Aber die war beschäftigt und sah hochkonzentriert aus. Vielleicht ließe sich das mit einem kurzen Anruf klären, hoffte er.

Während seine Kollegin sich durch die Schlafzimmer, verborgenen Triebe oder vielleicht nur Jugendsünden etlicher junger Finanzbeamtinnen wühlte, hatte er zunächst ein etwas längeres, dann ein kurzes Telefonat mit dem Finanzamt Heide. Ein voller Erfolg, wie sich herausstellte. Er hatte ohne viel Aufwand in Erfahrung bringen können, dass die Gjatas vor zwei Jahren in Tellingstedt und Marne Dönerläden gekauft bzw. angemeldet hatten. Das musste der Bezugspunkt der Gjatas zu Hemke sein, war sich Untiedt sicher. Wieso Hemke die Gjatas allerdings schon nach so kurzer Zeit ins Visier genommen hatte, war ihm eine weitere Frage wert gewesen. Frau Widderrich-Westermann versprach ihm, so schnell sie dazu kam in den Akten nach einer möglichen Antwort zu suchen.

Ihre Stimme hatte Untiedt nicht wiedererkannt, und neben der Telefonnummer, die er sich aus den Akten geklaubt hatte, stand nur ‚Finanzamt Heide'. Trotzdem war er sich sicher, dass Frau Widderrich-Westermann genau die Beamtin in Cordhose und Kreppsohlen-Entenschuhen sein musste, deren Namen er bei den Vernehmungen nicht mitbekommen hatte. Er rief sich ihr Bild wieder vor Augen und grinste augenblicklich ein bisschen dümmlich vor sich hin. Das merkte er selber. Genau deshalb hoffte er schuldbewusst, dass seine Kollegin nicht über den Schreibtisch gucken würde. Denn wenn sie ihn jetzt nach seinem Grinsen fragen sollte und er nicht lügen wollte, müsste er ihr erklären, dass eine Frau mit dem Namen Widderrich-Westermann bei ihm in genau dieselbe Schublade gestopft wurde wie eine, die Kreppsohlen-Entenschuhe mit Cordhose trug. In dem Zustand, in dem sich Katja Greets seiner Vermutung nach gerade befand, konnte das die maximale Provokation sein. Unmöglich hätte er ihr jetzt gestehen können, sich über ein Frauen-Klischee lustig zu machen, wenn er vermeiden wollte, dass sie ihn mit an Sicherheit grenzender Wahrscheinlichkeit als Chauvinisten beschimpfte. Und vermutlich hätte sie damit sogar noch recht, dachte er bestürzt und schaffte es trotzdem nicht, sein dämliches Grinsen in den Griff zu bekommen. Zu seinem Glück war Katja Greets tief in die Aussagen der so intim fotografierten Frauen versunken. Sie nahm ihn überhaupt nicht wahr.

So nett und hilfsbereit das Angebot von Frau Widderrich-Westermann auch war, war er sich sicher, dass ihre Suche zumindest in der Kürze der Zeit ins Leere laufen würde. Nur was er bisher über die Gjatas hatte, reichte nicht, um bei den Brüdern aufzukreuzen. Da musste er schon mehr mitbringen, wenn er sich nicht zum Affen machen wollte. In Husum musste einfach noch etwas auszugraben sein, womit er Druck aufbauen konnte.

In seine Überlegungen hinein klingelte das Telefon. „Mensch Meier", begrüßte Untiedt seinen Gesprächspartner, „ich habe gerade erst mit deinen Kollegen telefoniert." Und während er Katja Greets den Rücken zuwandte, sah er vor seinem inneren Auge, wie sie wieder die Augen verdrehte. Das war nicht ihr Humor. Vielleicht war es auch nicht witzig. Aber es verband ihn mit Schmidt auf eine eigentümliche Weise. „Was verschafft mir die Ehre?"

Schmidt kam gleich zur Sache, sodass Untiedt sich schnell zurückdrehte und Katja Greets auf sich aufmerksam machte. „Warte mal, Schmidt. Ich stell mal laut. Dann kann meine Kollegin gleich mithören." Er stellte auf laut. „Kann losgehen!"

„Okay, ich fang dann noch einmal von vorne an", sagte Schmidt nun für alle gut hörbar. Trotzdem lehnten Katja Greets und Karsten Untiedt sich gespannt auf die Arbeitsplatte des Schreibtisches. „Ich hatte gestern noch spät einen interessanten Anruf, Karsten. Die Bundespolizei ist auch an den Gjatas dran. Die haben mitbekommen, dass wir uns um die Brüder kümmern. Jetzt wollen die, dass wir die nicht unnötig aufscheuchen."

„Wie soll das gehen?", fragte Untiedt, „wir ermitteln in einem Mordfall!"

„Ihr sollt denen nicht auf die Füße treten. Ganz sicher wird Michels gleich deine Kollegin informieren, und du bekommst auch noch Order von Wischnorek."

„Also Anweisung von ganz oben." Untiedt schaute Katja Greets an, die nur die Augenbrauen hob.

„Absolut, der Anruf kam direkt aus Bad Bramstedt."

„Bundespolizeidirektion", brummte Katja Greets.

„Aber ihr bekommt Unterstützung. Die Gjatas werden schon eine ganze Weile observiert. Die schicken eine Liste mit Kontaktpersonen und ausgewählte Telefonprotokolle. Man will euren Ermittlungen unter die Arme greifen."

Katja Greets langte über den Schreibtisch und nahm Untiedt den Hörer aus der Hand. „Was soll das heißen, wir bekommen ausgewählte Telefonprotokolle. Wieso bekommen wir nicht vollen Zugang zu den Ermittlungsakten?"

„Kriminaloberkommissarin Greets, richtig?" Für Untiedt war deutlich zu hören, wie Schmidt versuchte, seiner Stimme eine beruhigende Klangfarbe zu verleihen. „Sollten Sie das Gefühl haben, dass Sie ausgebremst werden sollen, kann ich Ihnen versichern, dass dem nicht so ist. Die Gjatas sind Teil von umfangreichen Ermittlungen im Bereich der organisierten Kriminalität, was Sie zu diesem Zeitpunkt sicher nicht überraschen dürfte. Hier geht es, soviel ich weiß, um die Arbeit mehrerer Jahre. Dass die nicht gefährdet werden soll, können Sie hoffentlich nachvollziehen."

„Herr ..." Katja Greets unterbrach sich und schaute zu Untiedt. Der verstand und formte mit den Lippen ‚Oberrat'. „... Polizeioberrat Schmidt! Ich kann sehr gut verstehen, dass wir mit unseren Ermittlungen der Bundespolizei in die Quere kommen. Trotzdem ermitteln wir nach wie vor in einem Mordfall, und da halte ich es einfach für angebracht, dass wir volle Einsicht erhalten."

Schmidt setzte gerade zu einer Erwiderung an, als die Bürotür aufging und Michels im Türrahmen stand. „Frau Greets, Ihr Telefon ist laufend besetzt. Kommen Sie doch bitte einmal kurz. Es ist wichtig!"

Genervt reichte sie Untiedt ohne Verabschiedung den Hörer und folgte ihrem Chef aus dem Büro.

Untiedt drückte die Laut-Taste und stellte das Telefon wieder auf Normalbetrieb. „So, ich bin's wieder. Du hattest recht. Michels hat sich gerade Katja geschnappt. Wahrscheinlich wird sie genau jetzt eingenordet. Ich bin übrigens genau wie sie der Meinung, dass wir volle Einsicht haben sollten. Wir sind so dicht dran, Schmidt. Das wäre der totale Scheiß, wenn die uns jetzt ausbremsen. Und die Gjatas hängen da mit drin. Ich weiß noch nicht wie, aber die haben ihre Finger im Spiel."

„Ich seh' zu, was ich denen aus dem Kreuz leiern kann. Aber versprich mir, dass ihr nicht bei den Gjatas aufreitet. Nicht, bevor wir darüber gesprochen haben."

Wie die Dinge lagen, hatten sie ohnehin keine Wahl. Außerdem bestand ja noch die Möglichkeit, dass sie von den Kollegen der Bundespolizei Informationen erhielten, an die sie selbst nie kommen würden. Jedenfalls wollte er das Katja Greets gleich so verkaufen, wenn sie wutentbrannt zurück ins Büro stürmen würde. Zumindest stellte er sich vor, dass es in wenigen Minuten ungefähr so ablaufen müsste.

„Wir werden da erst einmal nichts unternehmen, Schmidt, versprochen. Aber alles, was wir zusätzlich kriegen können, schieb uns bitte so schnell wie möglich rüber."

Im selben Augenblick ging die Tür auf, Katja Greets kam herein und warf hinter sich die Tür zu.

„Okay, ich muss Schluss machen, Schmidt." Untiedt legte auf und schaute seine Kollegin erwartungsvoll an. Die schaute zurück, sagte aber nichts.

„Was?", durchbrach sie schließlich die Stille mit harschem Ton.

„Ich hab' eigentlich erwartet, dass du jetzt richtig loslegst", sagte Untiedt, „kommst hier rein, schlägst die Tür zu ... genau genommen mache ich mir Sorgen um Michels", setzte er mit übertrieben besorgter Stimme nach, „geht's ihm gut?" Er versuchte ein Lächeln.

„Michels geht's bestens, Karsten! Fahren wir gleich nach Husum, oder musst du erst noch auf die Toilette?" Ohne eine Antwort abzuwarten, nahm Katja Greets ihre Jacke von der Stuhllehne und ging.

„Herrgott noch mal", zischte Untiedt kaum hörbar, sprang überhastet auf, griff sich auch seine Jacke und rief seiner Kollegen hinterher: „Du hast doch jetzt hoffentlich keinen Unfug vor, Katja?" Aber er erhielt keine Antwort, und ihm blieb nichts anderes übrig, als eilig hinter ihr herzuhasten.

KAPITEL 46

Das Praktische an Husum ist, dass alles so dicht beieinanderliegt, dachte sie und schlich sich aus dem Hintereingang des Reedereigebäudes. Je weniger sie gesehen wurde, je normaler und damit unauffälliger sie für die anderen hier im Hafen war, umso besser. Die wenigen Meter zu Friedjof Andresens Halle waren schnell gegangen, und befriedigt stellte sie fest, dass sie niemand bemerkt haben dürfte. Die Tür war verschlossen, ein Blick Richtung Hafenbecken, und sie wusste, dass Andresens Kutter an der Mole festlag. Die Wahrscheinlichkeit war also hoch, ihn hier anzutreffen.

Verborgen im Schatten zwischen zwei hohen, dicht beieinanderstehenden Lagerhallen schlug sie gegen die Tür. Nur kurz, und die Tür öffnete sich einen Spalt. Friedjof Andresen schob sein wettergegerbtes Gesicht hindurch, und die plötzliche Veränderung darin sagte ihr, dass er sich nicht freute, sie zu sehen. Trotzdem schob er die Tür weiter auf und ließ sie an sich vorbei in die Lagerhalle. Sein saurer Schweißgeruch war selbst im Fischdunst dieser großen Halle im wahrsten Sinne atemberaubend. Sie blinzelte. Ihre Augen brauchten erstaunlich lange, um sich an das ungewöhnliche Licht dieses Schuppens zu gewöhnen, und so fiel es ihr zunächst schwer, sich zu orientieren. Die Sonnenstrahlen, die durch die hohen Oberlichter fielen, gaben der Halle etwas Sakrales, und genau wie in einer Kirche war die Mitte des Raumes nahezu leer, und an den Rändern verschwand alles im Schatten. Trotzdem fand sie mit etwas Anlauf, was sie suchte.

„Was willst du hier?", fragte Friedjof Andresen mit seiner rauchigen Stimme, die durch den Hall in diesem Schiffsschuppen noch bedrohlicher klang als ohnehin.

Sie verschwendete nicht einen Gedanken darauf, ihm zu antworten. Um mit solchen Typen wie Andresen umzugehen, gab es nur eine Strategie für sie: Stärke. Wenn Andresen es gewollt hätte, wäre es ein Leichtes für ihn gewesen, sie zu zerquetschen wie eine Fliege. Sie wog vielleicht die Hälfte von ihm, schätzte sie. Ihr Blick wanderte von seinen groben Stiefeln hoch zu den leicht verfilzten silbergrauen Haaren. Nicht annähernd die Hälfte, korrigierte sie ihren Gedanken.

„Wann fährst du wieder raus?" Sie stellte ihm die Fragen. Er antwortete ihr.

Ihre Stimme hatte nichts vordergründig Bedrohliches, und doch war er es, der vor ihr Angst hatte. Ein Gefühl, das Friedjof umso mehr verunsicherte, da er es sonst nicht kannte. In jeder Hafenkaschemme reichte seine bloße Erscheinung aus, und er hatte den besten Platz am Tresen. Aber dieses kleine Fräulein hier war härter als er, härter als ihr Vater, und der hatte den Respekt aller im Hafen genossen, als er noch regelmäßig zwischen den Silos auftauchte. Im Gegensatz zu dem Alten kannten sie jedoch nur wenige. Friedjof kannte sie, hatte sie kennengelernt, wer sonst noch, wusste er nicht.

Sie schaute ihm direkt in die Augen und sie erwartete eine Antwort von ihm. „In neun Stunden“, sagte er, schaute auf seine Armbanduhr und verbesserte sich: „In achteinhalb.“

„Wie weit bist du?“, fragte sie und nickte mit dem Kopf in die Richtung einer blauen Tonne.

Friedjof Andresen verstand. Er war nicht stolz auf das, was er getan hatte, ganz und gar nicht. Dem Lackaffen eine verpassen war okay gewesen. Selbst als er ihn kopfüber in die Tonne hatte sausen lassen, war das noch irgendwie in Ordnung gewesen. Aber dann ... Sein Blick ging nun ebenfalls in Richtung des Fasses. Betonkleckse lagen noch davor, und sofort rebellierte sein Magen wieder. Dieses Mal bekam er sich aber in den Griff. Vielleicht lag es auch daran, dass sein Magen immer noch leer war. Trotzdem musste er die Arbeitsschritte wieder im Kopf durchgehen, wie so viele Male in den letzten Stunden. Beton aus dem Mischer in die Balge füllen. Halb voll, sonst hätte er sie nicht mehr heben können. Dann hochstemmen und in das Fass füllen. Beinahe wäre das Fass umgefallen, als Boetius ganz unerwartet noch einmal anfing zu strampeln. Also hielt er das Fass mit Armen, Beinen und der Balge auf dem Fassrand eingeklemmt. Nur kurz, und aus dem Strampeln wurde ein Zucken, das schließlich ganz aufhörte. Erst da konnte er die Balge wieder richtig absetzen. Seine Arme brannten vor Anstrengung. Er stützte sich auf der Tonne ab und schaute hinein. Boetius' Kopf war im Grau des Betons verschwunden. Ohne Vorwarnung erbrach er sich. Dann hatte er weitergemacht.

Mittlerweile war der Beton ausgehärtet, jedenfalls genug, dass er das Fass bis zur Mole rollen und dann mithilfe des Gabelbaums auf den Kutter hieven konnte. Mit dem Rest Beton hatte er ein Stück Hallenboden ausgebessert. Wenn er die Mischmaschine schon einmal hier hatte, konnte er das auch ausnutzen, und er musste nicht lügen, sollte ihn jemand fragen, was er mit dem Ding hier in der Lagerhalle wollte. Als er kniend mit einem Brett den Beton glattzog, hielt er sich für clever. „Fertig!", hatte er gesagt und war aufgestanden. Sobald er die Tonne wiedersah, war der Anflug von Zufriedenheit oder Stolz auf die Ausbesserungsarbeit und seine Cleverness verflogen. Ein anderes Gefühl kroch langsam in ihm hoch.

„Du nimmst sie nachher mit raus?" Was sich wie eine Frage anhörte, das wusste Friedjof Andresen, war eine Anweisung.

„Ja", sagte er und guckte zur blauen Tonne.

„Hast du noch ein Fass?", fragte sie.

„Wieso?" Die Frage gefiel ihm nicht.

„Hast du noch eines, will ich wissen?", wiederholte sie, und ihre Blicke scannten kurz die schattigen, unaufgeräumten Ecken der Halle. Neben einem Stapel Kisten wurde sie fündig.

Friedjof Andresen war mit seinem Blick ihrem gefolgt. „Siehst du doch, also frag nicht so dämlich", blaffte er ärgerlich. Zwar konnte sie unmöglich noch etwas Schlimmeres von ihm verlangen als das, was er schon für sie getan hatte, aber jedes bisschen mehr führte ihn dichter an eine Kante, von der er nicht fallen wollte.

Sie spürte eine kalte Taubheit in sich, als wäre sie in Watte gepackt. Es war ein noch neues Gefühl für sie. Nicht wirklich angenehm. Es schaffte so eine Distanz zu der Welt um sie herum. Eine Distanz, die sie eigentlich nicht mochte. Aber mit dabei war auch der wohlige Schauer einer Grenzüberschreitung, eines Thrills, und es war ein berauschendes Gefühl von Macht. Ihr war vollkommen klar, dass sie Gesetze brach, doch wie sollte sie sonst eine Ordnung herstellen gegen eine so dümmliche und bornierte männlich determinierte Ignoranz? Erstarrung war nur mit Gewalt beizukommen. Trotzdem war Gewalt natürlich schlimm. Allerdings hatte sie nach eingehender Selbstreflexion befriedigt festgestellt, dass diese schlimmen Taten für sie nur Mittel zum Zweck waren. Sie waren nicht schön, aber nötig, und es machte ihr nun einmal nicht allzu viel aus, sie zu begehen. Sie erregten sie sogar ein wenig. Mehr nicht.

Dann holte sie ihr Handy heraus und wählte die Nummer ihres Bruders. „Hallo Laurenz, bist du noch im Büro? Gerade raus? Das passt gut. Komm doch eben zu Andresen rüber. Ja, Friedjof Andresen. Genau, direkt in seinen Bootsschuppen. Erkläre ich dir gleich. Dauert nicht lang. Jo, tüs." Sie steckte das Handy wieder ein.

Als Friedjof Andresen den Namen ihres Bruders hörte, riss er die Augen erschrocken auf. Doch fast genauso schnell begriff er die Logik dahinter. Wenn man die Zusammenhänge kannte, ergab alles einen Sinn. Nun schaute er sie resigniert an. Sie sagte nichts. Das war auch nicht nötig. Mit müden Beinen trottete er zu der großen Handwinde, die an der Wand festmontiert war und mit der er selbst schwerste Motorteile auf seinen Kutter hieven konnte, wenn er ihn zum Überholen hier in der Halle hatte. Mit etwas Ruckeln löste er eines der acht hölzernen Griffstücke, mit denen er die uralte Winde sonst drehen konnte. Mochte sein, dass das Holz schon achtzig Jahre alt war, aber es war immer noch hart wie Eisen. Er ließ das Griffstück wie einen Baseballschläger zweimal, dreimal in seine Handfläche klatschen.

„Steck das wieder weg, Friedjof!", befahl sie. „Nimm einen Tampen. Du willst doch kein Blut in deiner Halle haben." Dann klatschte sie auffordernd in die Hände.

Unwillkürlich verfiel Friedjof Andresen zwei Schritte lang in Trab, ging dann aber wieder normalen Schrittes weiter und biss so stark die Zähne aufeinander, dass es schmerzte. Niemand hatte ihn scheuchen können, sein ganzes Leben lang nicht. Aber vor diesem aus seiner Sicht fast noch Mädchen kuschte er. Schlimmer noch.

Nachdem er das Griffstück zurück an seinen Platz gesteckt und einen passenden Tampen genommen hatte, trottete er zu ihr zurück und erwartete Anweisungen. Er hasste sich dafür. Er hasste sich für alles, was er in den letzten Tagen getan hatte. Wie hatte es nur so weit kommen können, dass diese kleine Teufelin ihn durch die Manege führte wie ein Dompteur den Bären am Nasenring? In diesem Moment schossen Zorn und Selbstverachtung in seine Adern. Immer lauter rauschte das vergiftete Blut an seinen Haarwurzeln, sein Mund wurde trocken, und unter der Gewalt, mit der er den Tampen strammzog, sprang die spröde, verhornte Haut seiner Hände blutig auf.

Wie gefährlich dieser Mann war, konnte sie in seinen Augen lesen. Es war ein erregendes Spiel mit dem Feuer. Diesen grobschlächtigen Kerl nach ihrer Pfeife tanzen zu lassen war ein prickelndes Extra. „Hinter die Tür", sagte sie bestimmt, aber den letzten Befehlston vermeidend. Ihr Instinkt warnte sie. Die Feder war gespannt, Andresen bis aufs Blut gereizt. Jetzt musste nur noch ihr Bruder durch die Tür kommen ...

Kapitel 47

„Den Strafzettel nehme ich in Kauf", sagte Katja Greets, parkte den Wagen gegenüber dem Finanzamt und stieg aus. Zu Untiedts Beruhigung hatte sich herausgestellt, dass Michels die richtigen Worte gefunden hatte und sie nicht halb so auf Zinne war, wie Untiedt befürchtet hatte. Ihr Chef hatte ihr plausibel darlegen können, dass die Bundespolizei sie nicht aus Willkür in ihren Ermittlungen behindern wollte, sondern dass da ernsthafte Interessen dahinterstanden und es tatsächlich den Willen seitens der Bundesbehörde gab, ihre Mordermittlungen zu unterstützen. Zudem waren sich Untiedt und Katja Greets einig, dass das SEK höchstwahrscheinlich nicht nur zum Zwecke einer Höhenübung an einer Windenergieanlagen-Attrappe in Husum weilte. Zwar hatten beide die Erklärung geschluckt, im Nachhinein erschien sie ihnen aber doch ziemlich unwahrscheinlich. Umso bemerkenswerter war der Auftritt der Spezialkräfte vor Ort in Boetius' Haus gewesen. Kooperativ, professionell, zurückhaltend, wenn das für ein SEK überhaupt ging. Spätestens als sie dieses Ereignis noch einmal durchgesprochen hatten, davon war Untiedt jedenfalls überzeugt, hatte Katja Greets angefangen zu glauben, dass sie von der

Bundespolizei tatsächlich Unterstützung zu erwarten hatten. Trotzdem fühlte es sich für ihn falsch an, den Gjatas keinen Besuch abzustatten. „Siehst du hier irgendwo einen Parkscheinautomaten?“ Ohne eine Antwort abzuwarten, wechselte Katja Greets die Straßenseite, und Untiedt hastete mit zwei, drei schnellen Schritten hinterher. Offensichtlich konnte er sich eine Antwort sparen. Also tat er das.

Auch bei diesem Besuch empfing sie Klaus-Helge Peters persönlich. Er passte sie schon auf dem Flur ab und geleitete sie in sein Büro, das sie bei ihrem ersten Treffen noch nicht zu Gesicht bekommen hatten. Auf einem großen Besprechungstisch waren unzählige Akten und einzelne Papiere ausgebreitet. Peters' Schreibtisch dagegen sah aufgeräumt aus, um nicht zu sagen leer. Nichts verwies auf die aufreibend harte Arbeit eines Finanzamtsaußenstellenleiters, dachte Katja Greets beim Eintreten und verkniff sich eine sarkastische Bemerkung, die ihr auf der Zunge lag.

„Leider müssen Sie heute mit mir vorliebnehmen“, sagte Peters, „Frau Matthiessen hat einen freien Tag. Aber wie ich Ihnen vorhin am Telefon schon sagte, hätte ich Sie ohnehin heute angerufen und einen Termin mit Ihnen vereinbaren wollen. Schön, dass es so schnell geklappt hat. Darf ich Ihnen einen Kaffee anbieten?“

„Gern“, sagte Katja Greets, die sich bei dem Anblick des übervollen Tisches fragte, wo da noch ein Becher Kaffee stehen sollte. Vielleicht auf dem Schreibtisch, wollte sie sagen, tat es aber nicht.

Peters bat sie, Platz zu nehmen, und per Telefon seine Sekretärin, ihnen Kaffee zu bringen. Umständlich räumte er einige Blätter zur Seite und versuchte vergeblich, eine Handvoll dicker Aktenordner übereinanderzustapeln. Der Turm rutschte jedoch immer wieder auseinander, sodass Peters schließlich die Ordner auf den Boden neben den Tisch legte, wo sie eindrucksvoll das Bild eines an der Belastungsgrenze arbeitenden leitenden Beamten unterstrichen, wie Peters für sich befriedigt feststellte. Für Katja Greets und Untiedt entbehrte die ganze Prozedur nicht einer gewissen Komik, was sie dazu veranlasste, ihm einen flüchtigen, aber vielsagenden Blick zuzuwerfen, woraufhin Untiedt zwar ein Grinsen über das Gesicht huschte, er aber sonst nicht weiter reagierte.

Peters sah den Blick trotzdem, und ihm wurde selbst das Linkische dieser Übung bewusst, was ihm zuerst seinen zufriedenen Gesichtsausdruck nahm und dann nur noch weiter zu seiner Verunsicherung beitrug. Er wirkte auf einmal auffällig nervös und fahrig.

„Also“, begann er und zog das Wort dabei unnatürlich in die Länge, „weswegen ich Sie hierhaben wollte: Gemeinsam mit Frau Matthiessen habe ich mich durch die Vorgänge gearbeitet, mit denen Herr Boetius befasst war.“ Mit ausladender Bewegung schwangen seine Arme über die auf dem Tisch wogenden Aktenordner, und seinem Blick sah man an, dass er das biblische Ausmaß der von ihm vollbrachten Arbeit selbst kaum fassen konnte. „Und tatsächlich konnte ich, … ähm … mit

Frau Matthiessen, … also wir. Wir konnten dabei einige Unregelmäßigkeiten entdecken. Quasi zutage fördern."

Fast zeitgleich richteten sich Untiedt und Katja Greets in ihren Stühlen auf. Peters hatte ihre ungeteilte Aufmerksamkeit.

„Es sind nicht die ganz großen Beträge", sagte er nun schon etwas ruhiger und dämpfte gleich wieder die zuvor geweckten Erwartungen. „In sechs Fällen, vielleicht sind es auch sieben oder acht, das muss weiter geklärt werden, aber auf jeden Fall in sechs Fällen hat Herr Boetius Steuerbescheide verschickt, die eindeutig falsch und insgesamt im hohen fünfstelligen Bereich zulasten des Fiskus sind."

„Das heißt, die Gjatas haben ihre Steuern nicht ordentlich gezahlt, und Günther Boetius hat das vertuscht?", fragte Katja Greets.

„Das heißt es nicht, Frau Kriminaloberkommissarin", sagte Peters, der hocherfreut war, dass er der Polizei das ganze Ausmaß seiner Entdeckung ausbreiten konnte. „Das heißt höchstwahrscheinlich, dass Boetius mit einer Steuerberaterin unter einer Decke steckt. Denn alle betroffenen Kunden haben über sie ihre Steuererklärungen abgegeben." Peters stand da, als erwartete er Applaus.

Stattdessen hakte Untiedt nach: „Aber die Gjatas sind dabei?"

Peters stutzte. Zögernd ging er um den schwer beladenen Besprechungstisch zu seinem eigentlichen Arbeitsplatz. Dort zog er eine Schublade auf und holte einen Zettel hervor. Dann sagte er: „Nein, ein oder mehrere Gjatas sind nicht dabei. Aber der Buchstabe G gehört eindeutig zu Günther Boetius' Kundenstamm."

Karsten Untiedt stand die Enttäuschung ins Gesicht geschrieben, und auch Katja Greets konnte nicht verbergen, dass sie etwas anderes erhofft hatte.

„Okay", sagte Untiedt, nachdem er sich gesammelt hatte, „es wäre sehr hilfreich, wenn Sie uns die Namen der Kunden und der Steuerberaterin mit Kontaktadressen auflisten und zuschicken könnten, Herr Peters."

Damit stand er auf, und auch seine Kollegin schob bereits ihren Stuhl zurück. In dem Gefühl, irgendwie um seinen großen Auftritt betrogen worden zu sein, bekam Peters' Gesichtsausdruck etwas Ungläubiges. Katja Greets war bereits im Gehen, als ihr Blick auf einen Aktendeckel fiel: 2005G.

In ihrem Gehirn begann es zu arbeiten. Sie guckte nach weiteren Beschriftungen: 2004I, 2007G, 2007I.

„Sind das Jahreszahlen auf den Ordnern?", fragte sie schon mit einem konkreten Hintergedanken.

„Ja, wenn wir erst einmal in den Jahren 2015/16 angekommen sind, wird es einfacher. Ab da ist das meiste digitalisiert. Das wird aber noch ein Weilchen dauern."

„Wir sprechen bei den ‚Unregelmäßigkeiten' also von welchen Jahren?", fragte Untiedt und setzte sich wieder hin.

Auch Katja Greets nahm wieder Platz. Durch Untiedts Reaktion bestärkt, war sie sich jetzt sicher, die richtige Intention zu haben. Außerdem war es ein fast erhebendes Gefühl, dass ihr Partner sie auch ohne Absprache verstand und ihren Weg mitging. Schon wieder.

Irritiert guckte Peters noch einmal auf seinen Zettel. „Zweites Halbjahr 2004 und 2005. Wenn man das so hochrechnet, kann da ganz schön was zusammenkommen", sagte er, ohne zu wissen, worauf das Ganze hinauslaufen sollte.

„Sie haben bisher also nur die Akten von 2004 und 2005 gesichtet?", fragte Katja Greets.

„Na ja, also ‚nur' würde ich jetzt nicht sagen", sagte Peters mit leicht beleidigter Stimme und demonstrativem Blick über die Aktenberge, „aber in der Sache ist es richtig. Bis jetzt haben wir schon 2004 und 2005 geschafft. Der ganze Rest liegt noch vor uns."

„So habe ich das nicht gemeint", versuchte Katja Greets die Wogen zu glätten, „ich kann mir lebhaft vorstellen, welche Arbeit das bedeutet. Gerade, wenn man nur allein oder zu zweit davorsitzt." Peters nickte besänftigt. „Sie haben jetzt schon zwei Jahre untersucht, und die Schadenssumme ist schon nennenswert?", fuhr sie fort.

„Kann man durchaus sagen, Frau Kriminaloberkommissarin."

„Einfach Frau Greets, Herr Peters", sagte sie und an Untiedt gewandt: „Das kann eine hübsche Summe sein, wenn man das bis heute hochrechnet. Hemke merkt es, Boetius ..."

„... hat immer noch entweder zu große oder zu kleine Füße, um als Täter infrage zu kommen ", unterbrach sie

Untiedt, „und die Gjatas waren 2005 vielleicht noch gar nicht im Spiel!“

Kapitel 48

Trotz der neuen Erkenntnisse hatte das Finanzamt sich als wenig ergiebig erwiesen, jedenfalls fürs Erste. Auf ihre Bitte hin hatte Peters zugesagt, die Akten der letzten drei Jahre unter die Lupe zu nehmen und dabei ganz gezielt auf den Namen Gjata zu achten. Vor Peters konnten Untiedt und Katja Greets ihre Enttäuschung noch verbergen, aber spätestens als sie das Finanzamtsgebäude verlassen hatten, ließen beide ihrem Frust freien Lauf. Anstatt mit konkreten Hinweisen auf Berührungspunkte zwischen Gjata, Boetius und Hemke würden sie jetzt mit einer weiteren offenen Spur, nämlich der Steuerberaterin, die Heimreise nach Dithmarschen antreten müssen. Zusätzlich verfinsterte die Aussicht, auf Peters' Arbeitseifer angewiesen zu sein, ihre Mienen.

Mitten in ihre Lästereien über Peters' antiseptisch sauberen Schreibtisch ploppte eine Kurznachricht von Schmidt und hellte die Stimmung wieder auf. Um 13 Uhr sollte es im Husumer Revier eine kleine Besprechung in Sachen des vermissten Günther Boetius geben. Die Aussicht auf neue Informationen und Zeit genug für ein Mittagessen im Sitzen zu haben, verjagte die grauen Wolken. Und ein Knöllchen hatten sie auch nicht bekommen.

Sie fuhren keine fünfhundert Meter, schämten sich dafür und parkten direkt am Hafen. Dieses Mal beschloss Katja Greets, einen Parkschein zu lösen. Ihre Erfahrungen als Tagestouristin hatten sie gelehrt, dass quasi jede Person, die in Husum einen dunkelblauen Parka trug, vom Ordnungsamt sein konnte. Besonders direkt am Hafen musste irgendwo ein Nest sein, aus dem die Knöllchenverteiler sofort ausschwärmten, wenn in der Nähe ein Motor verstummte. Dass sie vor dem Finanzamt ungeschoren davongekommen waren, war einfach Glück gewesen, und das sollte man nicht unnötig strapazieren.

Während Katja Greets sich noch suchend nach einer Gelegenheit für eine schnelle warme Mahlzeit umschaute, marschierte Untiedt zielstrebig drauflos, sodass ihr nichts anderes übrig blieb, als ihm hinterherzustolpern. Mit wenigen langen Schritten hatten sie einen engen Stichweg mitten durch die erste Häuserreihe erreicht, der sie leicht ansteigend nach oben führte. Aus dem Dunkel dieser kleinen Gasse heraus öffnete sich unvermittelt ein Blick auf ein Ensemble aus modernen architektonischen Fehlgriffen und einer Vielzahl bezaubernder historischer Gebäude. „Weißt du, wo du mit mir hinwillst?", fragte Katja Greets, die bemerkte, dass Untiedt innehielt, um sich zu orientieren.

„Ja", kam die prompte Antwort, „ich suche nach einem Geheimtipp von Hansen. Ich hoffe, du magst asiatisches Essen." Ohne ihre Antwort abzuwarten, wandte er sich nach links und verschwand kurz darauf in einem Kaffee-Shop. Was er darin suchte, war ihr schleierhaft. Sie folgte ihm trotzdem hinein, erstaunt über sich selbst, dass sie es fertigbrachte, Untiedt ohne Flüche und Verwünschungen einfach so hinterherzudackeln.

In den Duft von Kaffee und Pralinen gehüllt, entdeckte sie gleich den Eingang zu einem winzigen Asia-Imbiss. Ihr Kollege setzte sich bereits in einen urigen Erker mit exklusivem Blick auf das Treiben in Husums Einkaufsmeile. Tatsächlich versprach die Karte eine riesige Auswahl an unterschiedlichsten Gerichten. Bei genauerem Studium konnte man aber feststellen, dass eine überschaubare Anzahl an Zutaten geschickt in immer anderen Kombinationen entweder süßsauer oder scharf arrangiert war. Nur wenige Minuten des Wartens, und sie bekamen einen reichlich gefüllten Teller mit Reis, Gemüse und Fleischstreifen.

„Ist dir bei Sabine und Özcan heute Morgen etwas aufgefallen?“, fragte Katja Greets und hielt ihren Blick weiter starr aus dem Fenster gerichtet.

Ein Lächeln schlich sich in Untiedts Gesicht. „Die beiden haben was miteinander. Da gehe ich jede Wette ein. Die konnten ihre Augen doch gar nicht voneinander lassen.“

Jetzt schaute sie ihren Kollegen an. „Und geschäkert haben sie auch. Das ist neu bei den beiden. Manchmal waren die sogar wie Hund und Katze.“ Sie dachte kurz nach, dann sagte sie: „Was meinst du, erkennt man das immer so leicht wie bei den beiden, wenn zwischen Kollegen etwas im Gange ist?“

Untiedt ahnte, worauf sie hinauswollte. „Immer wohl nicht, aber wenn sich da bei Kollegen im Privaten irgendetwas verändert, muss man doch schon fast ignorant sein, um nichts mitzubekommen, oder was denkst du?"

„Ich war jedenfalls total baff, als du mich auf Holger angesprochen hast." Die Offenheit tat ihr gut. Sie genoss das Gefühl, etwas, das sie bewegte, einfach so sagen zu können. Warum sie das ausgerechnet jetzt bei Karsten Untiedt konnte, wusste sie nicht. Aber es ging.

Sie hatte das Gespräch zaghaft in diese Richtung gelenkt, und er war drauf eingestiegen, hatte ihr den Ball zurückgespielt. Trotzdem überraschte sie ihn mit ihrer Direktheit.

„Okay, aber da warst …, bist …, ich weiß nicht, geht mich ja auch nichts an … jedenfalls, da bist du ja ein Teil der Geschichte. Wenn man dazugehört, fällt einem das vielleicht nicht so auf. Aber von außen …" Karsten Untiedt hatte das Gefühl, jedes Wort auf die berühmte Goldwaage legen zu müssen. Auf keinen Fall wollte er seiner Kollegin zu nahetreten oder sie verletzen, auch wenn sie mit dem Thema angefangen hatte. Oder gerade deshalb. Er hatte noch ein paar Mal über ihre Geschichte nachgedacht und war immer wieder zu dem Schluss gekommen, dass sie unfassbar blind gewesen sein musste, und vor allem, dass dieser Jungbier ein schwanzgesteuertes Riesenarschloch war. Das konnte er so natürlich nicht sagen. Zusätzlich noch Salz in die Wunde zu streuen half auch niemandem.

Sie sah ihm an, wie er mit sich rang. „Ist okay, Karsten. Ich weiß, wie dämlich ich dabei aussehen muss. Trotzdem nett, dass du mir nicht sagst, was für eine dumme Gans ich bin." Sie lächelte ein eher trauriges Lächeln. „Aber Femke?"

Das war schon ein starkes Stück, das der Jungbier sich mit den beiden Frauen da leistete, aber vielleicht gar nicht so ungewöhnlich, wie man zunächst annehmen mochte, dachte er. Verdient hatten beide nicht, dass so mit ihnen umgegangen wurde. Allerdings, schränkte er für sich ein, konnte er die Lage von Femke Oberhauser gar nicht beurteilen. Vielleicht war sie alles andere als ein unschuldiges Opfer. Unwahrscheinlich, dachte er, aber möglich.

„Entschuldige, Katja, aber ich glaube, dieser Holger ist der Typ Mann, der alles vögelt, was nicht bei drei auf den Bäumen ist. Das wird der immer schon so gemacht haben, und das macht der auch weiter so. Du bist die Dumme, Femke wahrscheinlich auch und seine Frau sowieso. Vielleicht versuchst du es so zu betrachten: Du hattest deinen Spaß mit ihm, und nun ist gut. Jetzt suchst DU dir was Neues oder auch nicht."

„So einfach?", fragte sie mit matter Stimme.

„So einfach!", sagte er, aber auch in seiner Stimme lagen Traurigkeit und Leere. Das ausgerechnet er seinen Senf zu Beziehungsfragen dazugab, hatte schon eine tragikomische Note.

Für einen Moment schwiegen beide. „Femke tut mir leid", sagte Katja in die Stille hinein.

„Ich dachte, du magst sie nicht."

„Ach Quatsch, sie ist einfach nur so ..." Katja zögerte, und Karsten sah sie belustigt an.

„... so, so hübsch und jung und ..."

„Jetzt machst du blöder Sack dich über mich lustig", lachte sie und boxte ihm auf den Oberarm.

„Au ... du bist eifersüchtig auf sie!", vervollständigte er seinen Satz und rieb sich übertrieben die Stelle, wo ihn Katjas Knuff getroffen hatte.

„Ja schon! Wahrscheinlich hab' ich doch irgendwie unterschwellig gemerkt, dass da zwischen ihr und Holger was läuft, und wollte es nicht wahrhaben. Aber jetzt ist sie schwanger, und eigentlich hat sie mir nie etwas getan. Im Grunde ist sie sogar ganz nett." Katja machte eine kurze Pause. „Vielleicht weiß sie ja noch nicht einmal etwas von Holger und mir."

„Möglich", sagte Karsten, „oder sie ist ganz einfach nur genauso doof wie du." Er lachte kurz auf und Katja mit ihm. „Mir tut sie auch leid. Kannst du sie dir als alleinerziehende Mutter vorstellen? Oder lässt Holger seine Familie für sie sitzen?"

„Nie im Leben! Seine Tochter ist sein Ein und Alles." Katja war dankbar für das Gespräch und Karstens Offenheit, aber auch dafür, dass sich das Gespräch jetzt wieder von ihr wegbewegte, auch wenn sie selbst damit angefangen hatte. „Was Femke angeht: Ich kann sie mir nicht als Alleinerziehende vorstellen. Ich hab immer gedacht, dass sie nur für die Arbeit lebt."

„Echt?“ Karsten war ehrlich überrascht. „Ich hätte bei ihr auf Reihenendhaus mit kleinem Grundstück in Kiel-Suchsdorf getippt.“

Katja zuckte mit den Schultern. Auch wenn sich Reihenendhaus nicht besonders aufregend oder sexy anhörte, wurde ihr klar, dass auch Karsten Untiedt diese kleine, zierliche Fleißbiene attraktiv fand. Auch das konnte ihr egal sein. War es aber nicht. „Zahlst du? Ich hab’ mein letztes Geld in den Parkscheinautomaten geworfen.“

„Muss ich dann ja wohl“, sagte Untiedt. „Aber nicht, dass ich mir dafür wieder stundenlang diese Chauvi-Vorwürfe anhören muss.“

Kapitel 49

Hansen holte sie am Eingang des Polizeireviers ab und führte sie die Treppen hoch zu einem kleinen Besprechungsraum. Außer ihnen waren noch zwei Kolleginnen, die sie nicht kannten, und ein weiterer Mann im Raum. Katja Greets wusste nicht, was sie erwartet hatte, aber sicher nicht einen ein Meter neunzig großen, sportlichen Endvierziger mit vollem Schnurrbart und Föhnwelle. Tatsächlich sah Polizeioberrat Schmidt aus, als wäre er einer 80er-Jahre-Detektiv-Fernsehserie entsprungen. Ihrer Meinung nach war Schmidt ein hervorragendes Beispiel für die Fragwürdigkeit des Wiederaufkommens dieser Mode, auch wenn sie zugeben musste, dass ihm dieser Look eine deutliche Männlichkeit verlieh.

Schmidt stand auf, begrüßte beide mit Handschlag, und Katja Greets fiel auf, dass er Untiedt nicht mehr Aufmerksamkeit schenkte als ihr. Wenn sie nicht während der Telefonate danebengesessen hätte, wäre sie sicher nicht auf die Idee gekommen, dass Untiedt und Schmidt sich kennen. Auch ihr Kollege machte ob Schmidts Reserviertheit einen leicht irritierten Eindruck, ließ sich aber sonst nichts weiter anmerken.

Gleich nach der merkwürdigen Begrüßung stellte Schmidt ihnen die beiden anderen anwesenden Frauen als Polizeirätin Brosinski und Polizeioberrätin Koll vor, die ebenfalls aufstanden und, wie sie jetzt erfuhren, Kolleginnen von der Bundespolizei waren. Sobald alle wieder saßen, erteilte Schmidt der kleineren der beiden Kolleginnen, die in etwa Katja Greets' Alter haben musste, das Wort.

„Zunächst einmal möchte ich mich bei Ihnen, Herr Schmidt, für die gute Zusammenarbeit hier vor Ort und in diesem besonderen Fall bedanken. Auch Sie, Frau Greets, und Sie, Herr Untiedt, bestellen bitte Herrn Michels und Frau Wischnorek meine besten Grüße und meinen Dank für die vorbildliche Kooperation!"

Untiedt und Katja Greets schauten sich kurz über die Schulter an. Nur wenige Worte, und Polizeioberrätin Koll hatten klargestellt, wer hier über alles Bescheid wusste, wo die Informationen zusammenliefen und wer schon einmal gar nichts zu melden hatte. Nämlich sie beide. Untiedt und Katja Greets lächelten freundlich und murmelten unisono ein „Gerne", so wie es von ihnen erwartet wurde.

Dann fuhr Polizeioberrätin Koll fort und richtete sich dabei direkt an Untiedt: „Auch bei Ihnen möchte ich mich natürlich bedanken, dass Sie bisher auf eine Befragung der Gjatas verzichtet haben. Mir ist durchaus bewusst, dass Sie tief in den Ermittlungen eines Tötungsdelikts stecken, und ich hoffe, dass wir Ihnen hier und heute helfen können, Ihre Arbeit voranzutreiben."

Zwischenzeitlich hatte Polizeirätin Brosinski einen Laptop unter dem Tisch hervorgezaubert und ihn mit dem Beamer verbunden.

„Vielleicht stärken wir uns mit einem Kaffee, bis der Rechner hochgefahren ist. Was meinen Sie, Herr Schmidt?", sagte Koll mit einem Blick zu Untiedts Ausbildungskameraden, der diese Episode seiner Laufbahn vergessen zu haben schien. Nach der Begrüßung hatte er Untiedt jedenfalls noch keines weiteren Blickes gewürdigt.

Koll, Schmidt und Untiedt standen auf, und die beiden Männer bewegten sich eher unschlüssig und zögerlich zu den bereitstehenden Kaffeetassen und dem lieblos auf einen Teller geworfenen Gebäck. Brosinski, die mit der Technik kämpfte, und Katja Greets selbst, die keinen Kaffee wollte, blieben sitzen. So konnte sie beobachten, wie Untiedt und Schmidt wortlos und beklommen am Kaffeespender standen und nicht wussten, wie sie miteinander umgehen sollten. Schließlich starrten beide wie gebannt auf das sich drehende Lade-Symbol auf der Leinwand, als gäbe es nichts Spannenderes auf diesem Planeten. Die Erleichterung war greifbar, als endlich ein sterngesäumter Adler auf gelbem Grund groß auf der weißen Fläche prangte. Zügig nahmen Koll und die Männer wieder Platz.

Ob oder wie gut die beiden Bundespolizistinnen Schmidt kannten, wusste Katja Greets nicht. Aber auch sie schienen die Peinlichkeit dieser Begegnung zu spüren. Brosinskis einleitenden Worte waren wie eine Befreiung für alle im Raum, umso mehr, als sie schnell zur Sache kam. Schon das zweite Foto zeigte Boetius, den Katja Greets und Untiedt bisher ja auch nur von wenigen Bildern aus dessen Wohnung kannten. Mit auf dem Foto war eine auffallend kleine, aber kräftige Person, die Brosinski als einen der Gjata-Brüder identifizierte.

„Was können Sie uns über Günther Boetius sagen?", fragte Untiedt und vermied dabei eine direkte Anrede, da ihm noch nicht klar war, ob Brosinski nur vortrug oder auch auf Nachfragen antworten durfte.

Und tatsächlich schaute sie erst ihre Chefin an, bevor sie etwas sagte. „Wir wissen, dass Günther Boetius einen aufwendigen Lebensstil pflegt und regelmäßig Kontakt zu Agim Gjata hat. Seine genaue Rolle in dem Spiel scheint zwar klar zu sein. Für uns ist Boetius aber nicht mehr als eine Randfigur in dem Geflecht, deshalb haben wir ihn bisher auch noch nicht genauer durchleuchtet." Wieder schaute sie ihre Chefin an, die augenscheinlich mit der Antwort zufrieden war.

„Wieso scheint seine Rolle klar zu sein?", fragte Katja Greets.

„Boetius ist Finanzbeamter. Wir gehen davon aus, dass er den Gjatas hilft, ihr Geld zu waschen."

„Aber dann ist er doch keine Randfigur in dem Spiel, wie Sie sich ausdrücken. Wenn er die Geldwäsche organisiert, würde ich ihn doch eher als eine zentrale Figur einschätzen", sagte Untiedt.

Jetzt war es Koll, die antwortete: „Wir sprechen hier von größeren Dimensionen, Herr Untiedt. Boetius hilft den Gjatas vermutlich bei deren Geld, also bei dem, was bei den Gjatas für ihre Dienste hängen bleibt. Das lässt sich recht präzise hochrechnen. Wenn Sie alle Dönerläden, Friseursalons und den Hausmeisterservice zusammenzählen, summiert sich das zu einer beträchtlichen Summe. Die setzt sich aber aus zwei Geschäftsfeldern zusammen."

„Drogen", sagte Untiedt, „und ...?"

„Geld!"

„Geld?", fragte Katja Greets verwundert nach.

„Ja, Geld!", wiederholte Koll. „Wir sind uns sicher, dass über Husum in großem Stil Bargeld nach Deutschland gebracht wird. Die Gjatas machen in Drogen. Aber das macht nur den kleineren Teil ihrer Aktivitäten aus. Ein Zubrot sozusagen. Vor allem organisieren sie die illegale Einfuhr von großen Mengen Bargeld nach Deutschland und die anschließende Weiterleitung. Nach allem, was wir wissen, hat dieser Günther Boetius nur insofern etwas damit zu tun, als er die Gewinne der Gjatas aus diesem Geschäft verschleiert. Mit der Organisation und Durchführung des Schmuggels dieser Gelder hat er nichts zu tun. Auch nicht mit der Waschung des geschmuggelten Geldes. Er ist, soweit unsere Erkenntnisse diese Aussage erlauben, nicht Teil des eigentlichen Schmugglerkartells."

„Das erklärt Ihre Einschätzung, dass Günther Boetius nur eine Randfigur ist", sagte Katja Greets und zögerte. Zwar hatte sie schon einmal irgendwie davon gehört, dass Geld aus illegalen Geschäften nach

Deutschland gelangte. Aber mit dem Warum hatte sie sich noch nicht beschäftigt. Sie wollte es wissen, scheute sich aber vor der Frage aus Angst, sich damit zu blamieren.

„Wieso schickt die Mafia, oder wer auch immer, das Geld nach Deutschland?", fragte Untiedt, bevor Katja Greets es tun konnte. Die Frage war geschickt, stellte sie fest. Vielleicht hatte er genauso wenig Ahnung vom Geldschmuggel wie ich, dachte sie. Aber mit dem Zusatz ‚Mafia oder wer auch immer' hatte Untiedt mit einer klugen Beiläufigkeit den Fokus verschoben.

„Ihnen ist sicher bekannt, dass unsere Gesetzgebung es immer noch sehr einfach macht, Luxuswaren wie Uhren und teuren Schmuck, Luxuskarossen, ja ganze Häuser zumindest teilweise bar zu bezahlen", stellte Polizeioberrätin Koll fest.

Durch die Weise, wie sie es sagte, war allen sofort klar, dass das als Erklärung reichen musste. Gerade auch, was die Drahtzieher des Ganzen anging. Mehr würden sie zu den Hinterleuten nicht erfahren, war sich Katja Greets sicher. „Nur aus reinem Interesse", fragte sie, „haben Sie da konkrete Zahlen?"

„Konkret ist da gar nichts. Schlussendlich interessieren wir uns mehr für die Vortaten. Und das ist generell so. Wir wollen den Geldfluss verfolgen, um an die Figuren im Hintergrund zu gelangen. Geldwäsche ist nur ein Nebenschauplatz. Ich persönlich finde das bedauerlich, aber so ist es. Deshalb gibt es auch kaum belastbare Zahlen. Aber gehen Sie einmal davon aus, dass 15 bis

30 Prozent der Immobiliengeschäfte in Deutschland in irgendeiner Form der Geldwäsche dienen."

Untiedt waren diese Zahlen nicht fremd. „Das Ausmaß ist bekannt, Frau Koll, aber Bargeld? Ist nicht der Anteil von Bargeld für die Verwendung für kriminelle Zwecke rückläufig?"

„Deutlich rückläufig sogar", bestätigte Koll, „aber wir sprechen weltweit trotzdem über hohe Milliardenbeträge. Und sicher ist Husum nicht der Nabel der weltweiten Finanzkriminalität. Aber ein Baustein. Das Bargeld, das über Husum nach Deutschland kommt, fließt in Sanierungsmaßnahmen und den Kauf kleiner, eher unauffälliger Immobilien."

„Okay, so weit habe ich das verstanden, aber warum ausgerechnet Husum?"

„Husum hat einen kleinen, unauffälligen Hafen, Herr Untiedt!", sagte jetzt Frau Brosinski.

Bisher hatte der Husumer Hafen in ihren Überlegungen keine Rolle gespielt. Doch instinktiv ahnte Katja Greets, dass hier ein Schlüssel für die Lösung ihres Falls verborgen liegen konnte. Aber dafür mussten sie die Zusammenhänge besser verstehen. Sie hakte nach: „Etwas genauer wäre schon gut! Wenn wir verstehen sollen, was da gespielt wird und wieso wir die Gjatas nicht anfassen sollen, brauchen wir mehr Infos."

Wieder schauten Brosinski und Koll sich an. Katja Greets spürte, was in den Kolleginnen vorging. Sie wissen nicht, ob sie uns trauen können, dachte sie. Sie kannte eine Studie von Transparency International.

Danach wird auch in Deutschland bis ganz nach oben geschmiert, und so kleine Kriminalbeamte wie Untiedt und sie konnten da schnell zu einem Leck werden. Entweder hatten sie selbst die falschen Kontakte, oder sie hatten Vorgesetzte, die plaudern. Wenn die Koll also an einer größeren Nummer im organisierten Verbrechen dran war, tat sie gut daran, nicht zu viel preiszugeben.

„Das ist uns nach wie vor ein Rätsel", sagte Koll, und Brosinski klickte mit der Maus zum nächsten Foto. Es zeigte neben Agim Gjata und Günther Boetius noch eine dritte Person. „Wir haben eine Zeit lang die Reederei Ingversen im Verdacht gehabt." Dabei nahm sie ihren Kugelschreiber aus der Jacketttasche, der sich im nächsten Moment als Pointer entpuppte, und markierte die dritte Person. „Der Geschäftsführer und Mitinhaber der Reederei ..."

„... ist harmlos", fiel ihr Schmidt ins Wort. „Laurenz ist sicher etwas gewöhnungsbedürftig, und seine Ansichten zu gesellschaftlichen Fragen sind vielleicht nicht immer sehr reflektiert, aber ansonsten ist er ein seriöser Geschäftsmann. Erst letzte Woche hatten wir gemeinsam einen zwar langsamen, aber total netten und entspannten Flight."

Für einen Moment schien jede Person im Raum den Atem anzuhalten. Untiedt sah, wie die beiden Bundespolizistinnen Schmidt ausdruckslos anschauten, wie Hansen die Augen niederschlug und Katja Greets erst die Kinnlade herunterfiel und es dann aus ihr herausplatzte: „Sie kiffen ganz gechillt mit diesem Laurenz und posaunen das in dieser Runde einfach so heraus?“

Nun richteten sich die Augenpaare auf Untiedts Kollegin, und dieses Mal war es Schmidt, der zuerst die Worte fand: „Verehrte Frau Kriminaloberkommissarin Greets! Wenn Sie nicht so genau wissen, wovon die Rede ist, empfehle ich Ihnen zukünftig, einfach erst einmal den Mund zu halten, bis Sie verstanden haben, worum es überhaupt geht. Andernfalls geben Sie sich der Lächerlichkeit preis.“ Ein überlegenes Lächeln machte sich auf Schmidts Gesicht breit und Applaus heischend schaute er in die Runde. Allerdings vermieden alle anderen Anwesenden einen Blickkontakt mit ihm. Katja Greets ihrerseits fühlte sich, als hätte sie den Bus verpasst. Dass ihre Wortwahl eventuell etwas drüber war, hatte sie gewusst, als der Satz ihre Lippen verlassen hatte. Aber war es nicht Schmidt, der hier gerade eine Ungeheuerlichkeit in den Raum gestellt hatte?

Brosinski klickte schnell zwei Bilder weiter und fing an zu erklären, warum die Gjata-Brüder nach Meinung der Bundespolizei nichts mit dem Mord an Hemke zu tun haben konnten. Niemand hörte ihr zu.

Untiedt beugte sich zu seiner Kollegin herüber. „Ich weiß zwar selbst nicht, was es bedeutet, aber Flight ist ein Begriff aus dem Golfsport.“

Sie lief rot an und war der Kollegin Brosinski auf einmal unheimlich dankbar, dass sie versuchte, die für sie unendlich peinliche Situation zu überspielen. Allen war klar, dass die Besprechung im Grunde gelaufen war.

Tatsächlich gab es außer ein paar Bildern, die belegten, dass Boetius und Gjata sich regelmäßig trafen, nichts Interessantes mehr. Zudem war Untiedt abwechselnd mit seinen Gedanken bei Schmidt, den er überhaupt nicht wiedererkannte, und bei seiner Kollegin. Die war im Moment ausschließlich mit sich selbst beschäftigt.

Als Katja Greets aus ihren Grübeleien wieder auftauchte, sah sie, dass Schmidt und Koll gemeinsam im Begriff waren, das Besprechungszimmer zu verlassen. Sie schaute den beiden hinterher. Schmidt muss die Blicke in seinem Rücken gespürt haben. Jedenfalls drehte er sich noch einmal um und bedachte sie mit einem breiten, überlegenen Grinsen, bevor er mit Koll im Flur verschwand. Ihr war zum Kotzen zumute. Sämtliche Klischees, für die Schmidts Äußeres stand, hatte er in nur einer Stunde Lagebesprechung in ihren Augen bedient. Sie war sich sicher, einen Widerling ersten Ranges kennengelernt und, entscheidender noch, sich mit ihrem unbedachten Spruch zum Feind gemacht zu haben. Was das langfristig für sie bedeuten konnte, war noch nicht abzusehen. Vielleicht nichts. Bei solchen Typen wie Schmidt war es ihrer Erfahrung nach aber viel wahrscheinlicher, dass die Rache kalt serviert wurde. Wenn sie es am wenigsten erwartete, wenn sie schon gar nicht mehr an diesen Vorfall dachte, würde dieser Schmidt ihr aus dem Hinterhalt das sprichwörtliche Messer in den Rücken rammen, und zwar einfach nur, weil er es konnte. Genauso schätzte sie Schmidt ein. Sie war gespannt, was Untiedt zu der Sitzung und zu diesem Schmidt sagen würde. Für den Moment war aber das Schlimmste, dass sie diesem Schmidt mit ihrer Golf-Unwissenheit und der Kiffer-Bemerkung den Knüppel in die Hand gedrückt hatte, mit dem er so lustvoll auf sie hatte einprügeln können.

Ebenso wie sie hatte auch Untiedt noch keine Anstalten gemacht aufzustehen. Hansen war schon gegangen. Nun musste nur noch Brosinski sich ihren Laptop unter den Arm klemmen und verschwinden, damit sie endlich allein über das soeben Gehörte sprechen konnten. Brosinski schien aber keine Eile zu haben. In größter Ruhe wickelte sie die Kabel zusammen und sortierte alles fein säuberlich in eine passende Tasche. Endlich machte auch sie sich daran zu gehen. Aber anstatt einfach durch die Tür zu gehen, schloss sie diese von innen, kam mit wenigen langen Schritten zu ihnen und setzte sich. Überrascht sahen Untiedt und Katja Greets sie an.

„Haben Sie noch einen Moment?", fragte Brosinski mit gedämpfter Stimme.

„Ja", kam Katja Greets' prompte Antwort. Schlagartig waren sie und Untiedt wieder hellwach.

„Gut", sagte Brosinski und schaute kurz über die Schulter zur Tür in ihrem Rücken. „Um es kurz zu machen, alle unsere letzten Aktionen hier in Husum liefen ins Leere. Wir haben die kleinen Getreidefrachter der Reederei in Zusammenarbeit mit dem Zoll unter die Lupe genommen. Nichts. Trotzdem sind wir uns sicher, dass die Reederei da mit drinhängt, also mindestens Teile der Besatzung. Aber an der Stelle kommen wir nicht weiter. Egal, was wir in den letzten Wochen probiert haben, das blieb ein dunkler Fleck."

„Wollen Sie damit etwas andeuten, Frau Brosinski?", fragte Untiedt, dem die Zwischentöne nicht verborgen geblieben waren.

„Andeuten will ich gar nichts, Herr Untiedt", sagte Brosinski und an Katja Greets gewandt: „Ich war übrigens genauso überrascht wie Sie. Ich wusste auch nicht, dass ‚Flight' ein Begriff aus dem Golfsport ist."

Ein verschwörerisches Lächeln huschte über Brosinskis Gesicht. Jedenfalls interpretierte Katja Greets es so. Sie lächelte zurück. „Was ist mit den Gjatas?"

„Die Gjatas haben wir rund um die Uhr im Auge. Die gehen nicht einmal pinkeln, ohne dass wir es mitbekommen. Aber Boetius' Verschwinden ist ein Problem."

„Sie haben doch gesagt, dass Boetius für Sie keine Rolle spielt", sagte Untiedt.

„Richtig. Trotzdem hatten wir ihn auf dem Radar. Aber nicht an dem Tag, als er auf einmal verschwand."

„Was soll das denn nun wieder bedeuten?", fragte Untiedt. „Hatten Sie ihn nun unter Beobachtung oder nicht?"

„Boetius wurde nicht von uns observiert. Wenn Sie mich so verstanden haben, Herr Untiedt, war das ein Missverständnis. Aber wir haben ihn komplett durchleuchtet."

„Wir glauben, dass er sein Verschwinden nur vorgetäuscht haben könnte", sagte Katja Greets.

Brosinski räusperte sich. „Haben wir gehört. Es gibt nach unserem Wissen nichts, was diese These stützt. Kein Ort, wo er hinkönnte, keine Geldverschiebungen. Haben wir alles schon geprüft. Und wie Sie wissen dürften, fehlt nicht einmal eine Unterhose aus seinem Schrank."

Untiedt und Katja Greets schauten sich an. Die Kontobewegungen hatten sie gecheckt. Um einen möglichen Fluchtort auszuschließen, hatte ihnen bisher schlicht die Zeit gefehlt, aber ihr Team war auch da dran. Aber auf die Idee, anhand der Anzahl der Unterhosen auf eine mögliche Reise oder Flucht zu schließen, waren sie nicht gekommen. Trotzdem mochte sich Katja Greets noch nicht von der Vorgetäuschte-Flucht-Theorie verabschieden. „Das mag sein", sagte sie, „aber mit Vorbereitung ist das leicht möglich. Bargeld lässt sich horten. Unterhosen auch."

„Wir beobachten ihn schon länger, Frau Greets", sagte Brosinski unbeeindruckt, „möglich ist das, was Sie sagen. Aber nach unserer Einschätzung nicht sehr wahrscheinlich."

Katja Greets drehte sich zu Untiedt um und sprach direkt zu ihm: „Dann sind doch wieder die Gjatas im Spiel!"

„Hören Sie mir nicht zu, Frau Greets?" Brosinski wurde etwas lauter. „Die Gjatas haben wir nicht nur die ganze Zeit im Blick. Wir wissen auch, dass die Brüder regelrecht Panik schieben, weil die ohne Boetius nicht wissen, wie sie ihre Finanzen geregelt kriegen."

„Die Spurenlage ist aber eindeutig. Alles sieht nach vorgetäuschter Entführung aus. Da sind wir uns doch einig, Karsten?"

Untiedt nickte.

„Wenn also nicht Boetius sein Verschwinden vortäuscht, dann tut es jemand anderes. Wir sollen glauben, dass Boetius abgehauen ist!", sagte Katja Greets, und sie wusste, dass sie diese Idee ganz am Anfang schon einmal gehabt, sie damals aber nicht weiterverfolgt hatten. Es hatte schlicht keine Anhaltspunkte für eine solche Theorie gegeben.

„Wenn das stimmt, dann ist er vermutlich schon tot", sagte Untiedt.

„Und wenn es nicht die Gjatas sind, welches Motiv gibt es denn dann? Wem nützt es?"

„Das ist Ihre Fragestellung!", sagte Brosinski und legte eine Visitenkarte auf den Tisch. „Es wäre nett, wenn Sie UNS auf dem Laufenden halten können."

Katja Greets sah ihr direkt in die Augen. „Habe ich Ihre Betonung richtig verstanden?"

„Ja, davon gehe ich aus." Dann stand Brosinski auf. „Beinahe hatte ich es vergessen ..." Mit diesen Worten legte sie ein dunkles Foto auf den Tisch, das einen Mann auf einem Fahrrad zeigte.

„Wer ist das?", fragte Untiedt.

„Den hat einer unserer Männer in Schobüll in der Nähe von Boetius' Haus fotografiert. Nach Ihren Ermittlungsprotokollen müsste das in der Nacht des vorgetäuschten Einbruchs bei Boetius aufgenommen worden sein. Unser Mann sagt, dass das vielleicht ein Fischer ist."

„Hat der was damit zu tun?"

„Wissen wir nicht, Herr Untiedt. Also dann ..." Brosinski klopfte zur Verabschiedung zwei Mal auf den Tisch. „Ich hoffe, von Ihnen zu hören!"

Katja Greets und Untiedt schauten sich an, und beide sahen die Überraschung über diese Wendung im Gesicht des anderen. „Ein mögliches Leck hier in Husum, hat sie das gemeint?"

„Ich jedenfalls hab' das so verstanden", sagte Untiedt.

Kapitel 50

Mit gefesselten Armen und Beinen lag ihr Bruder da. Obwohl er bewusstlos war, hatte sie Friedjof Andresen angewiesen, ihm die Augen zu verbinden. Sie hatte sich mit allen Konsequenzen entschieden, diesen Weg zu gehen. Trotzdem ließ der Anblick ihres Bruders sie nicht kalt. Erst wenn er endgültig verschwunden war, konnte alles in die richtige Ordnung kommen.

Zum dritten Mal schon schaute Friedjof auf die Seite des Deutschen Wetterdienstes. Die Sturmwarnungen wurden eindringlicher. Hier im Hafen rüttelte nur eine gelegentliche Böe am Wellblech der Halle. Aber auf der Nordsee musste mittlerweile die Hölle los sein. „Allein kann ich da heute nicht mehr raus. Das ist Selbstmord." Das letzte Wort wäre ihm beim Aussprechen fast im Halse stecken geblieben.

Für sie wäre das natürlich die optimale Lösung gewesen. Friedjof versenkt die Leichen in der Nordsee und versinkt dann selbst mit seinem Kutter. „Aber dass die beiden hier so schnell wie möglich wegmüssen, ist dir klar?" Seit einer geschlagenen halben Stunde redete sie auf Friedjof ein.

Der zog sein Handy noch einmal aus der Tasche und studierte die Sturmwarnung. „Frühestens um 22 Uhr", sagte er, „aber ich brauch Hannes. Alleine krieg ich das bei dem Sturm nicht hin."

„Dann ruf ihn halt an. Kann ja nicht so schwierig sein!"

„Der fährt nicht mehr mit mir raus. Der will jetzt auf'm Bau arbeiten."

„Stell dich nicht so verdammt blöd an. Ruf ihn an. Sag ihm, dass du irgendwelches Zeugs für die Gjatas in der Nordsee entsorgen sollst und dass das viel Geld gibt. Lass dir was einfallen. Aber ein Nein gibt es nicht!"

Am besten ersäuft der auch noch, dachte sie. Aber so viel Glück würde sie nicht haben. Also musste alles glattlaufen, damit die Verbindungen zu ihr unsichtbar blieben. Deshalb war es Zeit für sie zu gehen.

„Kann ich mich darauf verlassen, dass du ihn genauso verstaust wie Boetius?"

„Dein Bruder passt nicht in die Tonne!"

„Dann brich ihm halt die Beine, Friedjof! Das kann doch nicht so schwierig sein, mal ein bisschen mitzudenken." Sie hatte gehofft, dass Offensichtliche nicht aussprechen zu müssen, aber so war es nun einmal. Friedjof würde es tun, und wahrscheinlich würde er wieder kotzen. Und damit es ihr nicht ebenso erging, musste sie hier weg.

Es kam ihr selbst abwegig vor. Laurenz endlich tot und weg zu wissen würde wie eine Befreiung sein. Aber zuzusehen, wie ihm die Beine gebrochen wurden, konnte sie nicht ertragen.

„Kann ich mich jetzt auf dich verlassen, oder muss ich um zehn persönlich die Leinen losmachen, damit du deinen Job erledigst?“

Friedjof machte nur eine wegwerfende Handbewegung. In seinem Magen rumorte es wieder, und er konnte es kaum abwarten, dass diese Teufelin seinen Schuppen endlich verließ. Er sah ihr hinterher, bis sich die Metalltür geräuschvoll hinter ihr wieder schloss. Er atmete auf. Aber nur kurz. Dann nahm er sein Handy und suchte nach Hannes' Nummer.

Kapitel 51

Nun saßen Untiedt und Greets allein in dem Besprechungsraum. „Es gibt zig Menschen, die ein Interesse an Boetius' Verschwinden haben könnten. Im Grunde jeder, der mit seiner Hilfe Steuern hinterzogen hat."

„Aber von denen dürfte keiner eine Verbindung zu Hemke haben. Wenn wir weiter davon ausgehen, dass beides zusammenhängt, fallen die alle weg", sagte Katja Greets.

„Richtig. Was ist mit Peters? Vielleicht steckt der mit Boetius unter einer Decke und versucht jetzt, alles ihm in die Schuhe zu schieben."

„Denkbar!" Katja Greets machte eine Pause. „Dazu würde sein Auftritt von heute Morgen passen. Hat er nicht alles dafür getan, dass wir in Boetius einen korrupten Finanzbeamten sehen?"

„Was er offensichtlich ja auch ist."

„Punkt für dich", sagte sie. Dann fiel ihr Blick auf das Foto, das noch vor ihnen lag. „Was ist mit diesem Typen, lohnt sich das?"

„Wir könnten Hansen fragen. Der kennt hier doch jeden bunten Hund", sagte Untiedt.

„Sollen wir das riskieren? Brosinski ist doch ziemlich deutlich geworden. Im Grunde könnte jeder auf dem

Husumer Revier das Leck sein. Falls es eins geben sollte."

„Und wenn schon, Katja. Wir fragen Hansen nach dem Typen, und gut ist. So viele Fischer wird das hier im Hafen nicht mehr geben. Früher oder später finden wir den Typen dann sowieso. Das weiß Hansen auch. Außerdem können wir jetzt schlecht alle unter Generalverdacht stellen."

Sie musste zugeben, dass er recht hatte. Also sagte sie: „Probieren wir's halt aus!"

Untiedt stand schon auf, als Katja Greets ihn am Arm hielt, damit er noch einen Moment sitzen blieb. „Was hat die Brosinski eigentlich davon, dass sie uns das alles steckt?"

„Du hast es doch selbst eben gesagt. Die Bundespolizei ist sich nicht sicher, ob die ein Leck hier im Husumer Revier haben."

„Ja, das ist klar. Aber wir sollen Boetius hinterherjagen und Hemkes Mörder finden und dabei die Gjatas nicht aufschrecken. A) Was soll das? B) Wie soll das gehen?"

Untiedt schaute seine Kollegin an. Sie hatte so etwas Rebellisches, fast schon Anarchisches. Das macht dich zu einer richtig guten Ermittlerin, dachte er, und verdammt attraktiv. Schnell wischte er den Gedanken weg und sagte: „Katja: A) Ich hab' keine Ahnung, und vermutlich werden wir es nie erfahren. B) Fangen wir bei Hansen mit dem Foto an."

Hansen saß allein in seinem Büro und sah nicht sehr beschäftigt aus. Untiedt und Katja Greets schlossen die

Tür hinter sich und legten Hansen das Foto auf den Tisch. „Kennst du den, Volker?“, fragte Untiedt ohne Umschweife.

„Klar, das ist Hannes. Hannes Ploog. Wieso?“

„Weißt du, wo wir den finden?“

„In der Fischersiedlung!“

„Das soll doch ein Witz sein, oder?“ Katja Greets war nach der Blamage vorhin nicht zu Scherzen aufgelegt, und das war ihr auch deutlich anzuhören.

„Nein, das ist kein Witz, Katja. Das heißt tatsächlich Fischersiedlung. Wenn ihr nach Heide zurückfahrt, hinter der Eisenbahnbrücke rechts rein. Das Wohngebiet auf der linken Seite. Was wollt ihr denn von dem?“

„Die Brosinski meint, dass der für uns interessant sein könnte. Bist du so gut und ziehst uns mal eben die Adresse von Hannes Ploog aus dem Rechner?“

Volker Hansen setzte sich gerade an seinen Schreibtisch, und nach ein paar Mausklicks hatte er die gewünschte Information. Katja Greets beobachtete ihn, wie er die Adresse auf einen Notizzettel schrieb. Hansen faszinierte sie. Das hätte sie jederzeit unumwunden zugegeben. Er hatte so eine natürliche Gelassenheit, der aber nichts Lässiges anhaftete. Er strahlte Sicherheit aus. Auf einmal war das Gefühl zurück, dass sie während der Stürmung von Boetius’ Haus gehabt hatte. In Hansens Gegenwart hatte sie sich stets sicher gefühlt, ohne dass sie hätte erklären können, warum. Genau so war das. Schade, dass du nicht zehn Jahre jünger bist, dachte sie in dem Moment, als Hansen ihr den Zettel mit der Adresse reichte. „Danke“, sagte sie stattdessen.

Eigentlich hätte sie erwartet, dass Hansen sie fragte, ob er zur Befragung von Hannes Ploog mitkommen solle. Tat er zu ihrer Überraschung aber nicht. „Wieso hast du den Ploog überhaupt sofort erkannt?“

„Den kennt man einfach. Der ist ein Unikum, Katja. Nicht besonders helle, früher gerne mal mit dabei, wenn es zu fortgeschrittener Stunde in irgendeiner Spelunke noch was in den Frack gab. Aber an sich kein unrechter Kerl. Dann hat er irgendwann Moni kennengelernt. Die hat bei dem großen Fischlokal am Hafen unten hinter dem Tresen gestanden. Auch nicht besonders helle, aber das Herz am rechten Fleck. Seitdem sie Hannes unter ihrer Fuchtel hat, ist er auch kein Kunde mehr bei uns.“

„Du weißt nicht zufällig auch, was oder wo der arbeitet?“

„Soviel ich weiß, ist Hannes bei Andresen mit auf'm Kutter. Seit Jahren schon.“

„Andresen?“, fragte Untiedt nach.

„Ja, Friedjof Andresen. Einer von den letzten Fischern hier in Husum. Auch ein Unikum.“

„Was der Dorfsheriff nicht so alles weiß“, sagte Untiedt anerkennend und verabschiedete sich mit zwei Klopfern auf die Schreibtischplatte.

„Wenn wir hier durch sind“, sagte Katja Greets, „dann musst du uns mal auf ein, zwei Bier durch deine Spelunken führen, Volker!“

„Sind ja leider keine richtigen Hafen-Kaschemmen mehr übrig", sagte Hansen, „aber das mit dem Bier sollten wir wohl hinbekommen."

Kapitel 52

Auf dem Weg zum Auto schaute Katja Greets auf ihr Handy. Gleich 18 Uhr, und Özcan Onay hatte zweimal versucht anzurufen. Sie stellte den Ton wieder an, den sie vor der Besprechung ausgeschaltet hatte. „Fahren wir noch zu diesem Hannes Ploog, oder machen wir das morgen?"

Besonders motiviert war Untiedt nicht mehr. Trotzdem sagte er nach einem Blick auf die Uhr: „Wenn wir schon einmal hier sind ... Und so wie Volker sagt, liegt es ja eh auf dem Weg."

Katja Greets war das nur recht. Sosehr sie Hansen auch mochte, Brosinskis Worte hatten ihr Unbehagen bereitet. Offen hatte sie zwar nichts gesagt. Aber die Andeutungen waren schon der sprichwörtliche Wink mit dem Zaunpfahl gewesen. Über irgendein Leck sickerten Informationen aus dem Husumer Revier nach außen. Es war zu dumm, aber sie konnten nicht mehr allen trauen. Und da war es ganz sicher die beste Lösung, wenn sie sich diesen Hannes sofort vorknöpften, bevor ihnen noch etwas Unerwartetes in die Quere kommen konnte.

Die Adresse war genauso einfach zu finden, wie Hansen gesagt hatte. Streng genommen wären sie zu Fuß vom Revier aus auch nicht wirklich langsamer gewesen als mit dem Wagen. Etwas überrascht, schon da zu sein, parkten sie ein paar Hausnummern vor der angegebenen Adresse. Untiedt rechnete nach. Es musste das letzte Haus in der Sackgasse sein. Beide hatten mit einer längeren Fahrt gerechnet und hingen deshalb noch ihren Gedanken nach, als sie ankamen. Gut möglich, dass die Befragung von Hannes Ploog eine Sackgasse war, wie die Straße, in der er wohnte. Vielleicht war dieser Hannes Ploog aber eine wichtige Spur. Auf keinen Fall wollte Katja Greets unvorbereitet vor diesem Fischer stehen. Untiedt sah es genauso, und so legten sie sich noch im Auto sitzend eine Strategie zurecht.

Als sie ausstiegen, blendete sie die untergehende Sonne, die sich langsam in ein sanftes, warmes Rot verfärbte. Eine kalte Böe erfasste sie und ließ ein Gefühl für diese Abendstimmung gar nicht erst zu. In Richtung Westen zeichnete sich eine schwarze Wand am Horizont ab. Weit draußen auf der Nordsee braute sich etwas zusammen. Aber bis das zu hüsen anfängt, dachte Untiedt, würde er schon wieder in dem kleinen Häuschen seines Vaters sitzen.

Nur wenige Schritte später standen sie bei Hannes und Monika Ploog vor der Tür. Sie klingelten, und sofort öffnete ihnen eine adrette, etwas kräftigere Frau.

„Frau Ploog, nehme ich an“, sagte Untiedt. Die Frau nickte. Er zückte seinen Dienstausweis, und auch Katja Greets holte ihren hervor. „Kriminalhauptkommissar Untiedt, das ist meine Kollegin Kriminaloberkommissarin Greets. Dürfen wir einen Moment reinkommen?“

„Ja, natürlich“, stammelte Monika Ploog, trat erschrocken und eingeschüchtert beiseite und ließ sie ein.

„Ist Ihr Mann zu Hause?“, fragte Katja Greets.

„Ja, kommen Sie“, sagte sie, und in ihrer nervösen Aufgeregtheit zuppelten ihre Hände unkontrolliert an allen Enden ihrer Kleidung herum. Trotzdem schaffte sie es, sich wieder einigermaßen zu fangen, und sie führte Untiedt und Katja Greets einen Flur entlang. An dessen Ende öffnete sie mit einladender Geste die Tür und ging mit ihnen gemeinsam in ein Wohnzimmer, wo Hannes Ploog ausgestreckt auf dem Sofa lag. „Hannes ... Hannes! Die Polizei!“

Hannes schreckte aus dem Schlaf hoch und drehte sich mit einem Ruck um. Dann setzte er sich auf, und Katja Greets und Untiedt sahen, wie er sich mit den Händen auf dem Sofa abstützen musste, weil durch das plötzliche Hochschnellen sein Kreislauf durchsackte.

Katja Greets verlor keine Zeit. Sie klatschte das Foto, das sie von Brosinski bekommen hatte, vor Hannes auf den Tisch. „Sie sind gesehen worden, Herr Ploog. Erklären Sie uns das mit der Verwüstung von Günther Boetius’ Haus!“

Hannes Ploog zog das Foto zu sich heran und erkannte sich sofort. Er atmete tief ein und stützte sich wieder ab, wobei sich dieses Mal seine Finger regelrecht ins Polster krallten. Treffer, dachte Untiedt, der auf eine derartige Reaktion gehofft hatte.

„Woher wissen Sie, dass ich ..." Weiter kam er nicht.

Mit einem entschlossenen Schritt war Moni bei ihm und versetzte ihm eine Ohrfeige vom Allerfeinsten. Das laute Klatschen hallte nach, und seine linke Gesichtshälfte fing an, sich leuchtend rot zu verfärben. „Hast du doch wieder mit Friedjof irgendwelche Schweinereien gemacht!" Nun holte sie mit der Linken aus, und Untiedt, der ihr am nächsten stand, schaffte es nicht rechtzeitig, ihren Arm zu greifen. Wieder klatschte es fürchterlich. Auch Hannes' rechte Gesichtshälfte verfärbte sich. Er nahm es einfach hin. Wieder holte sie aus, schlug aber nicht zu. „Du hast mir doch hoch und heilig versprochen …"

Weiter sprach sie nicht. Eine Träne rann über ihre Wange. Untiedt nahm ihren zum Schlag erhobenen Arm sanft, aber bestimmt am Handgelenk und drückte ihn nach unten. Er stand nun zwischen ihr und ihrem Mann. Auch Katja Greets trat an sie heran, fasste sie an den Schultern und drehte sie weg. Mit beruhigenden Worten führte sie Monika Ploog aus dem Zimmer. Untiedt blieb bei Hannes.

Hannes Ploog wartete, bis seine Frau zusammen mit Katja Greets aus dem Wohnzimmer verschwunden war. Dann fing er ohne weitere Aufforderung zu reden an: „Friedjof hat gesagt, dass ich das Haus durchwühlen soll. Für die Versicherung."

Er erklärte weiter, dass Friedjof Andresen ihm einen Schlüssel in die Hand gedrückt hätte und er dann im Dunkeln da hineinsollte, das Haus durchwühlen und die Möbel beschmieren. Dafür hätte er Geld bekommen. Das sei ihm zwar alles ziemlich dämlich vorgekommen, hätte aber zweihundert Euro gegeben, und der Besitzer, so Andresen, wäre ein Freund, dem mit der Versicherung geholfen werden müsste. Mehr wisse er nicht.

Untiedt ließ ihn erzählen. Als er fertig war, fragte er: „Hat Ihre Frau das gemeint, als sie sagte, dass Sie wieder mit Friedjof Schweinereien gemacht hätten?“

„Ja, auch!“

Hannes wollte reden. Untiedt nahm sein Handy heraus, legte es auf den Tisch und aktivierte die Aufnahmefunktion.

In der Küche war aus der überaus resoluten Monika Ploog ein schluchzendes Häufchen Elend geworden. „Hannes ist gar nicht so“, wiederholte sie immer wieder, schniefte und schluchzte abermals.

Katja Greets zog ein Päckchen Papiertaschentücher aus der Jackentasche und reichte es ihr. Danach dauerte es eine ganze Weile, bis sie endlich zu Monika durchdrang.

„Wie ist er denn, Ihr Hannes?“, fragte sie.

„Mein Hannes ist ein ganz Lieber. Der tut so was doch eigentlich nicht.“

„Was tut er denn nicht, Frau Ploog?“

„Na das mit dem Schnaps schmuggeln von Helgoland und so.“ Wieder schüttelte sie ein Heulkrampf.

Katja Greets sah sich in der Küche um und entdeckte eine Rolle Küchenpapier. Die musste als Taschentuchersatz reichen. Die Papiertaschentücher waren schon aufgebraucht.

Monika Ploog schnäuzte sich mehrfach, bevor sie weitersprach: „Als er bei Friedjof angefangen hatte, dachte ich, dass er damit aufhört."

„Mit dem Schnapsschmuggel?", fragte Katja Greets und versuchte Monikas Gedankensprüngen zu folgen.

„Ja. Das war ja auch nicht so viel. Immer nur ein paar Flaschen und ein paar Stangen Zigaretten. Die hat er dann an die Wirte hier in Husum verkauft. Aber ich wollte das nicht. Das hab' ich ihm auch gesagt, und er hat mir versprochen, dass er das nicht mehr tut."

„Das hat er dann aber doch weiterhin gemacht?"

„Als er bei Friedjof angefangen hat, hat er gesagt, er macht das nicht mehr, und ich hab' ihm das geglaubt. Aber dann hat er mir erzählt, dass Friedjof ihm jetzt mehr Lohn bezahlt."

„Wie lange ist das her, Frau Ploog?"

„Sagen Sie doch lieber Moni, Frau Kommissarin. Das sagen alle."

„Also gut, Moni. Wie lange ist das denn nun her, dass Friedjof Hannes mehr Lohn bezahlt?"

„Genau weiß ich das nicht mehr. Bestimmt schon ein paar Jahre. Ich konnte mir das auch erst nicht vorstellen. Der Friedjof ist doch schon immer so ein knickeriger Kerl gewesen. Aber Hannes hatte dann doch mehr Geld, und das konnten wir auch gut gebrauchen mit dem Haus."

„Sie haben sich das Haus hier mit Hannes zusammen gekauft?"

„Ja", sagte Moni, und der Stolz in ihrer Stimme war anrührend, „in meiner Familie hatte noch niemand ein eigenes Haus und in Hannes' Familie auch nicht."

Viel mehr war nicht zu erfahren. Offensichtlich schämte sich Moni, weil sie immer mal wieder geahnt hatte, dass ihr Hannes ein Extra-Geschäft machte, damit das Glück im eigenen Heim weitergehen konnte. Sie dachte dabei aber immer nur an den nicht ganz legalen Weiterverkauf von zollfreien Waren, die es auf Helgoland zu kaufen gab. Katja Greets ließ die Befragung immer weiter in eine Plauderei abgleiten, damit ihr Kollege genug Zeit und Ruhe für seine Befragung hatte.

Eine Viertelstunde später kam Untiedt in die Küche, Hannes trottete ihm mit gesenktem Kopf hinterher.

„Nehmen Sie meinen Hannes jetzt mit ins Gefängnis?", fragte Moni.

„Nein, Frau Ploog! Ihr Mann bekommt in den nächsten Tagen von uns eine Vorladung. Dann muss er zu uns aufs Polizeirevier kommen und seine sehr hilfreiche Aussage wiederholen. Wie das dann weitergeht, kann ich Ihnen nicht sagen. Aber wenn Ihr Mann weiter so kooperativ ist ..." Etwas versprechen, was er nicht halten konnte, wollte Untiedt nicht, also brach er den Satz ab.

Den Weg zur Tür mussten beide alleine finden. Hannes Ploog blieb wortlos und mit hängenden Schultern in der Küchentür stehen, und auch Moni war noch nicht wieder in der Lage, sich zu bewegen. Ihr Lebenstraum war im Begriff zu zerplatzen, aber immerhin hatte der Kommissar ihr einen Hauch Hoffnung gelassen.

Kapitel 53

Katja Greets startete den Motor und lenkte den Wagen aus der eng bebauten Siedlung. „Jackpot!", sagte Untiedt und zog sein Handy aus der Tasche. Ihr Plan, die Befragung anzugehen, war voll aufgegangen, und das Ergebnis übertraf ihre Erwartungen noch bei Weitem.

In Heide angekommen, hatten sie begriffen, wie das Bargeld nach Husum kam. Auf dem Parkplatz des Reviers stellte Untiedt den Motor aus und bemerkte, dass es fast dunkel war. Zu früh für die Jahreszeit. Eine dicke dunkelgraue Wolkendecke verfinsterte den Himmel. Er ließ seinen Blick in den Abendhimmel unkommentiert und rutschte schlaff noch tiefer in seinen Sitz. „Das ist gleich halb neun, Katja. Den Bericht kannst du doch auch morgen noch schreiben. Meinst du nicht, dass der Tag lang genug war?"

Insgeheim gab sie Untiedt recht. Müde und erschöpft war sie außerdem. Trotzdem verschaffte ihr dieser Durchbruch die berühmte zweite Luft. Die Frage war nur, wie lange sie halten würde. Vor allem aber fürchtete sie sich vor dem, was sie zu Hause erwartete. Nämlich nichts! Also würde sie noch eine Stunde ins Büro gehen und ihren Bericht tippen. Zudem konnte sie so auch noch eine Meldung für ihre Kolleginnen von der

Bundespolizei vorbereiten. Hannes Ploogs Aussage war genau das Puzzleteil, auf das Koll und Brosinski so dringend hofften. Und ohne es zu wissen, hatten sie ihnen genau den Schlüssel in die Hand gedrückt, der ihre eigene Frage löste.

„Ich geh noch mal hoch und schreibe den Bericht", sagte sie zu Untiedt, auf dessen Gesicht sich ein mitleidiges Lächeln andeutete. „Wenn du möchtest, kann ich ihn aber auch dir überlassen."

„Mach man", sagte Untiedt und stieg aus. Er ahnte, was in ihrem Kopf vorging, und konnte sie verstehen.

Mit schweren Gliedern schälte sich auch Katja Greets aus dem Auto und schloss den Wagen ab. „Kommst du erst aufs Revier, oder soll ich dich morgen abholen, wenn wir uns Friedjof Andresen vornehmen?", rief sie ihm übers Autodach hinterher.

„Wäre nett, wenn du mich abholst. 8 Uhr?"

„8 Uhr!"

„Übertreib es nicht, Katja. Einen schönen Abend noch!"

„Ebenso, Karsten. Bis morgen!" Ohne sich umzudrehen, ging sie schnurstracks zum Hintereingang des Reviers und sperrte auf. Der hintere Teil des Gebäudes, ein reiner Bürotrakt, war um diese Uhrzeit komplett verwaist. Als sie das Licht einschaltete und sich ausmalte, wie es wohl von außen aussah, wenn mitten in einer großen Gebäudefront ein einzelnes Fenster aufleuchtete, wurde ihr ihre Einsamkeit noch einmal umso bewusster. Jedes Geräusch, ob die Rollen des

Bürostuhls oder das Knacken, Sirren und Klicken des Computers, stand für sich allein und schien so unendlich viel lauter, so störender und penetranter als zu normalen Zeiten in einem belebten Haus.

Mit Gewalt schob sie ihre Grübeleien beiseite und begann, die Ereignisse des Tages in ihrem Bericht zusammenzufassen. Dank Hannes Ploogs Aussage wusste sie jetzt, dass die Gjatas mithilfe von Schiffen der Reederei Ingversen und des Fischers Friedjof Andresen Bargeld in größerem Stil nach Husum und dann weiter schafften. Zu Boetius hatte Hannes Ploog tatsächlich nicht viel sagen können, aber mit dem neuen Wissen, das sie nun hatten, lag die Vermutung auf der Hand, dass Boetius den Gjatas half, ihre illegalen Gelder zu waschen, und es war sehr wahrscheinlich, dass auch die Reederei Ingversen in den Genuss von Boetius' Diensten kam. Das gleiche Geldwäsche-System wie in Husum hatten die Gjatas dann vermutlich auch im Heider Raum aufziehen wollen, und Hemke war darüber gestolpert und ihnen auf die Schliche gekommen. Ohne es zu wissen, hatte er vermutlich mit seiner Nachfrage bei Boetius den Alarm ausgelöst, der zu seiner Ermordung führte.

So weit die Theorie. Aber wieso wurde er in Husum erschlagen, und dann ausgerechnet bei der Observation einer Dönerbude der Gjatas? Ihm musste jemand aufgelauert haben, jemand, der wusste, wo er ihn finden konnte.

In diese Überlegung hinein schlug etwas gegen das Fenster. Katja Greets stand auf und schaute nach. Waren zunächst nur schwarze Wolken mit etwas Wind aufgezogen, hatte sich das Ganze mittlerweile zu einem handfesten Sturm entwickelt. Kleine Ästchen flogen durch die Luft, und die Bäume bogen sich. Ihr war's egal. Sie saß warm und trocken. Nur vor dem Gang zu ihrem Auto graute ihr schon jetzt.

Dann klingelte das Telefon. Sie schaute auf das Display: 21:30 und eine Nummer, die sie nicht kannte. Gerade jetzt war sie dabei, alle losen Teile zusammenzustecken. Auf keinen Fall wollte sie sich dabei stören lassen, also drückte sie den Anrufer weg. Sie schloss die Augen und versuchte, sich auf das Grundstück der Ruine in Husum zurückzuerinnern. Wieder klingelte es. Dieselbe Nummer. Sie war raus. „Danke!", fluchte sie. Dieses Mal nahm sie ab. „Was?", fragte sie unangebracht wirsch.

„Katja?"

Die Stimme am anderen Ende der Leitung kam ihr bekannt vor. Die Nummer nicht. „Wer ist dran?"

„Katja? Volker hier."

Sie wusste, dass sie den Anrufer kennen sollte. Aber sie kam nicht drauf.

Als sie nichts sagte, wiederholte der Anrufer seinen Namen etwas verunsichert: „Volker, Volker Hansen."

„Sag das doch gleich, Volker. Was verschafft mir zu so später Stunde die Ehre?" Augenblicklich war das Gallige aus ihrer Stimme verschwunden.

„Hallo Katja, ich hab' schon versucht, Karsten zu erreichen. Aber er geht nicht ran."

Okay, sie war also nicht erste Wahl. Tatsächlich fühlte sie sich ein wenig beleidigt. „Worum geht es denn?“

„Eigentlich wollte ich euch erst morgen anrufen. Aber ich kaue da jetzt schon eine Weile drauf herum. Ungefähr eine Stunde, nachdem ihr gegangen seid, hat jemand auf dem Revier angerufen. Für eine Fahrzeughalteridentifizierung. Das habe ich nur im Vorbeigehen mitbekommen. Ich hatte grade Dienstschluss.“ Hansen merkte, dass er den Faden verloren hatte. Mit ihr zu telefonieren machte ihn tatsächlich ein bisschen nervös. Etwas, von dem er in seinem Alter eigentlich gedacht hatte, drüber weg zu sein.

Dankbar, dass Katja Greets am anderen Ende des Hörers ihm die Zeit dazu gab, setzte er neu an: „Also, da hat jemand von der Husumer Werft angerufen. Ein Fahrer von denen hat beim Herumrangieren ein parkendes Auto beschädigt. In der Reederei war schon alles dicht, und weil er nicht länger warten wollte, hat er die Polizei angerufen.“

Zwar hatte Katja Greets geduldig zugehört, aber trotzdem verstand sie gar nichts. „Kannst du mir das Ganze mal in einen Zusammenhang stellen, den ich auch verstehe, Volker?“

„Entschuldige!“, sagte Hansen, und unter dem Scheitel kribbelte ihm die Kopfhaut. „Die Werft und die Reederei sind Nachbarn. Das Auto, das beschädigt wurde, gehört dem Geschäftsführer, Laurenz Matthiessen. Vielleicht erinnerst du dich an heute Nachmittag. Der Golfspieler.“

Und wie sie sich erinnerte. War es das oder etwas anderes, was auf einmal einen inneren Aufruhr bei ihr verursachte? Adrenalin schoss ihr in die Adern, aber sie wusste noch nicht, warum.

„Jedenfalls konnte der Kollege ihn nicht erreichen", sprach Hansen weiter, „und damit war die Sache auch eigentlich durch. Aber ich bin da eben noch einmal vorbeigefahren, Katja, und der Wagen steht immer noch dort."

„Und nun?"

„Der Typ war nicht zu erreichen, und sein Auto steht immer noch da. Was ist, wenn der auch noch verschwunden ist? Erst Boetius, dann dieser Laurenz ... Ich weiß nicht so recht. Ich hab' einfach ein komisches Gefühl dabei."

Ihr ging es schlagartig genauso, und ihr Hirn fing an zu rasen. „Volker, sag doch bitte noch einmal, wie der Typ, dieser Laurenz, mit Nachnamen heißt."

„Matthiessen, Katja, Laurenz Matthiessen heißt der!"

„Danke Volker", sagte sie. „Bleib bitte in der Nähe des Telefons, ja? Ich muss da was klären." Auf einmal wusste sie, wonach sie suchte.

Kapitel 54

Sie schaute auf ihre Armbanduhr. Ein wunderschönes Schmuckstück. Filigran gearbeitet, mit echten Brillanten besetzt und wahnsinnig ungenau. Man musste es lieben. Sie liebte es. Ihre Mutter hatte dieses Kunstwerk nie getragen. Vermutlich war es einst ein Ablass, den ihr Vater ihrer Mutter nach einem seiner Fehltritte geschenkt hatte. Natürlich bezahlt mit dem Geld der Firma, die eigentlich ihre hätte sein sollen, wenn man ihre Mutter nicht übergangen hätte. Ihr sollte das nicht passieren. Wieder schaute sie auf die Uhr. Sie musste sich zwingen, Andresen nicht anzurufen. Nach ihrer Schätzung musste der alte Diesel auf Friedjof Andresens Kutter schon laufen. Gleich würde er auslaufen mit den beiden Tonnen an Board. Noch ein, zwei Stunden weiter, und Andresen würde Boetius und ihren Bruder in der Nordsee für immer verschwinden lassen.

Nur zu gerne hätte sie dem Kutter hinterhergesehen. Am Hafenbecken stehen und gucken, wie all ihre Sorgen Richtung Horizont hinausfahren. Ein verlockender Gedanke. Aber für eine solche Gefühlsduselei ihren Erfolg zu riskieren war ihre Sache nicht. Nur noch kurz zusammenreißen, dann hieß es: Keine Leiche, kein Mord und keine Spuren, die zu ihr führten. Laurenz würde weiter vermisst bleiben, Boetius auch. Es war gut möglich, dass man die Gjatas hochnahm, aber die würden die Schnauze halten. Sollten die trotzdem anfangen zu plaudern, würden sich deren Geschäftspartner mit Sicherheit schnell darum kümmern. Umso besser für sie. Es konnte also nur noch wenige Wochen dauern, bis sie die Geschäfte übernahm. Erst kommissarisch, dann offiziell. Ihrem Vater bliebe nichts anderes mehr übrig, als sie zur Geschäftsführerin zu machen. Alles Weitere würde sich ergeben.

Kapitel 55

Der Bericht konnte warten. Katja Greets speicherte den Entwurf und durchsuchte die Ermittlungsakten im Computer. Keine zwei Minuten später fand sie die digitale Ausgabe dieses widerlichen Fotoalbums. Sie griff zum Hörer und drückte Sabine Lüders' Nummer. Im selben Augenblick klingelte jenseits des Flures ein Telefon. Sie legte auf. Automatisch hatte sie Sabines Durchwahl gewählt. Schon echt spät, altes Mädchen, dachte sie und nahm ihr Handy. In den Kontakten wurde sie fündig. Kurz vor zehn. Keine schöne Zeit, aber es war wichtig.

Nach dreimal Klingeln nahm Sabine Lüders ab. „Hallo Sabine, Katja hier. Wie weit bist du mit den Namen aus dem Fotoalbum?"

„Weißt du eigentlich, wie spät es ist, Katja?"

„Gleich zehn. Ich hätte dich nicht angerufen, wenn es nicht wirklich wichtig wäre. Also, hast du was erreicht mit den Namen?"

Sabine stöhnte hörbar auf, was ihre Chefin aber ignorierte. „Özcan hat heute Nachmittag versucht, dich ans Telefon zu kriegen. Wir haben alle Namen!"

Katja Greets' Herz schlug höher. „Ist eine Matthiessen dabei?" Eine kurze Pause entstand. Es hörte sich für sie so an, als würde Sabine mit jemandem sprechen.

„Ja, Anna-Lena Matthiessen. Deswegen hat Özcan versucht, dich zu erreichen. Er war noch einmal mit den Namen bei Selina Zielinski, Hemkes Freundin aus Itzehoe. Mit der Anna-Lena Matthiessen hatte Hemke auch was. Also mehr als nur diese Fotogeschichte. Und jetzt kommt's ..."

„... Anna-Lena Matthiessen arbeitet auf dem Finanzamt in Husum!", vollendete Katja Greets den Satz.

„Woher weißt du das?" Sabine Lüders' Überraschung war fast greifbar.

„Jetzt ist keine Zeit für Erklärungen, Sabine. Danke und sag Özcan einen schönen Gruß von mir."

Sie legte auf, ohne eine Antwort abzuwarten. Stattdessen wählte sie sofort Untiedts Nummer. Aber auch bei ihr ging er nicht ans Telefon. Sie dachte kurz nach. Was sie brauchte, waren die Adressen von Anna-Lena Matthiessen und von Friedjof Andresen. Sie griff zur Maus, und das Schwarz auf dem Bildschirm verschwand. Ein paar Klicks, dann war sie im richtigen Programm. Sie hatte die Suchanfragen kaum gestartet, da meldete sich auch schon der Drucker. Sie sprang auf, riss den Ausdruck aus dem Drucker und eilte aus dem Büro.

Im Laufschritt versuchte sie es ein weiteres Mal bei Untiedt. Wieder nichts. Ihr blieb nur die Hoffnung, dass er in dem kleinen Häuschen seines Vaters war. Sonst müsste sie alleine losziehen. Oder mit Hansen. Hätte er sich mit seiner Befürchtung gemeldet, wenn er die undichte Stelle im Husumer Revier war? Wohl kaum. Trotzdem hatte diese Brosinski es geschafft,

Zweifel in ihr zu säen. Das Handy verschwand in der Jackentasche, dann schwang sie sich ins Auto. Einem ersten Impuls folgend, griff sie ins Handschuhfach und zerrte das Blaulicht heraus. Eile war sicher geboten. Aber Gefahr in Verzug? Eher nicht. Also ließ sie es auf dem Beifahrersitz liegen. Gerne hätte sie das Pedal durchgetreten, aber sie zwang sich, einen kühlen Kopf zu bewahren. Immer sinnig, Katja, ermahnte sie sich.

Mit hundertvierzig Sachen jagte sie Richtung Koog. Fast zu spät fiel ihr ein, dass am Ende einer jeden langen Geraden in den Kögen eine scharfe Kurve lauerte. Die Reifen winselten, als sie ihren Passat um die nächste Kehre quälte. Sofort stieg sie wieder aufs Gas, immer in der Hoffnung, dass ihr kein Reh in die Quere kommen würde. Die Begrenzungspfähle flogen in einem fort an ihr vorbei, bis sie schließlich im Lichtkegel ihrer Schweinwerfer dieses deplatzierte Industriegebäude sah, das ihr sagte, sie war da. In der Siedlungsstraße brannte kein Licht. Wie ausgestorben lag sie vor ihr, als Katja Greets mit heulendem Motor hineinjagte.

Vor seinem Haus riss sie die Fahrertür auf und sprang heraus. Sie klingelte und klopfte gleichzeitig, bis endlich ein Licht im Flur anging. Untiedt öffnete. Sie schaute an ihm runter. Zu ihrer Erleichterung trug er wenigstens eine Unterhose. „Zieh dich an, Karsten. Ich erklär dir alles im Auto.“

Untiedt, der schon fast geschlafen hatte, war sofort hellwach und hastete zurück ins Haus. Minuten später saß er neben seiner Kollegin im Auto, die das Pedal sogleich wieder aufs Bodenblech presste. „Was ist passiert?", fragte er außer Atem.

„Laurenz Matthiessen ist der Bruder von Anna-Lena Matthiessen."

Untiedt verstand nicht.

„Lena Matthiessen! Aus dem Finanzamt! Sie ist die Schwester von Laurenz, dem Geschäftsführer der Reederei. Und außerdem kannte sie Hemke. Sie, also ihre ... du weißt schon, ist in dem Fotoalbum!"

„Verdammt!", sagte Untiedt, dem es wie Schuppen von den Augen fiel. „Wenn Hemke sich an Boetius gewandt hat und abgeblitzt ist, spricht er mit ihr."

„Oder vielleicht hat er bei seinen Schnüffeleien auch ihren Bruder zusammen mit Boetius und den Gjatas gesehen. Denk an die Fotos von Brosinski und Koll!"

„So oder so. Sie ist die Verbindung. Aber das könnten wir auch morgen klären, Katja."

„Hansen hat mich angerufen. Laurenz Matthiessens Auto steht schon den ganzen Tag bei der Reederei, und Matthiessen selbst ist nicht aufzufinden. Hansen denkt, dass da was faul ist. Und außerdem kann das gut sein, dass das was mit Boetius' Verschwinden zu tun hat."

„Gut möglich. Also fahren wir zuerst zu Lena Matthiessen?"

„Jap!"

„Und wenn sie nicht da ist?"

„Fahren wir zu Andresen!" Obwohl halb elf schon durch war, fühlte Katja Greets sich wieder absolut wach und euphorisch. Sie wusste, dass das ein gefährlich trügerisches Gefühl war und nur dem Adrenalin geschuldet. Aber so war es.

„Wenn es Lena Matthiessen war", sagte Untiedt nach einer Zeit, „vielleicht gemeinsam mit Andresen, welches Motiv steckt dahinter?"

Darüber hatte sie auch schon nachgedacht. Die Antwort war so einfach wie banal. „Habgier! Sie will die Reederei. Hemke wurde mit seinen Schnüffeleien der Reederei gefährlich und Boetius ihr. Wenn auch noch ihr Bruder verschwindet, ist der Weg frei. Stell dir vor, dass die beide weg sind, also Boetius und ihr Bruder, dann haben wir einen möglichen Mörder und zwei Schuldige für die Steuertricksereien, ja selbst für den Schmuggel müsste sich niemand mehr verantworten, denn die Verantwortlichen wären ja weg. Auf der Flucht, tot, keiner weiß es." Auf einmal, so hatte sie das Gefühl, entfaltete sich alles klar vor ihren Augen.

Kurz vor elf hielten sie vor einem schmucken Neubau in Schwesing bei Husum. „Lebt sie eigentlich allein?"

„Wir werden sehen", sagte Katja Greets und klingelte. Die Tür öffnete sich einen Spalt. Vor ihnen stand eine offensichtlich überraschte junge Frau im Jogginganzug.

„Ja bitte?"

„Frau Matthiessen, erinnern Sie sich? Katja Greets. Und mein Kollege Karsten Untiedt!" Noch während sie sprach, war die Veränderung in Anna-Lena Matthiessens Gesicht abzulesen. „Wir würden gerne mit Ihnen sprechen. Wollen Sie uns nicht hineinlassen?"

Nur zögerlich machte Anna-Lena den Weg frei und bat beide herein. „Was verschafft mir die Freude um …“, sie schaute auf die Uhr, und ein leichtes Zucken umspielte ihren Mundwinkel, „… um elf Uhr nachts?“

„Nun“, begann Untiedt, „wir hätten ein paar Fragen zu Thoralf Hemke. Zuallererst einmal hätten wir aber gerne gewusst, warum Sie uns nicht gesagt haben, dass Sie und Hemke ein Paar waren?“

„Und das hatte keine Zeit bis morgen?“, fragte sie mit der so freundlichen und verbindlichen Stimme, die Katja Greets schon im Husumer Finanzamt aufgefallen war.

„Nein, Frau Matthiessen, sonst wären wir wohl kaum hier!“, sagte Untiedt scharf.

„Weil wir kein Paar waren, Herr Hauptkommissar. Wir haben nur gefickt!“ Urplötzlich änderte sich ihr Tonfall. „Und falls es Sie interessiert, das konnte Thoralf ziemlich gut. Mit ihm zu vögeln hat wahnsinnig viel Spaß gemacht. Aber das war es dann auch, Herr Untiedt. Oder möchten Sie, dass ich Ihnen alles bis ins Detail beschreibe?“

Katja Greets war geschockt. Diese Frau hatte von jetzt auf gleich nichts mehr mit dem jungen Mädchen gemein, dass sie damals im Finanzamt kennengelernt hatte. „Vielleicht kümmern wir uns lieber erst um die Frage, wo Ihr Bruder steckt.“

„Zu meinen Bettgeschichten mit Thoralf könnte ich Ihnen wenigstens etwas erzählen, und wie mir scheint, ist Ihr Kollege ganz scharf darauf. Aber zu meinem Bruder? Ich sehe ihn nur selten.“

Die Provokation war nur allzu durchschaubar. Untiedt hielt sich komplett bedeckt und verschwand fast hinter seiner Kollegin, die das Gespräch sofort übernahm. „Wann haben Sie ihn denn zuletzt gesehen?"

Anna-Lena Matthiessen drehte sich weg und ging langsam den Flur hinunter. „Kommen Sie doch mit. Wie ich sehe, haben Sie etwas mehr Zeit für mich eingeplant", sagte sie und winkte Untiedt und Katja Greets hinter sich her. „Möchten Sie bequem sitzen oder gesund?" Dabei zeigte sie auf eine Couchgarnitur und eine Sitzgruppe samt Esstisch.

„Bleiben wir doch bei der Frage, Frau Matthiessen. Wann haben Sie Ihren Bruder zuletzt gesehen?"

„Wird er denn vermisst?", fragte sie ihrerseits und schaute Katja Greets dabei nur kurz über die Schulter an. Untiedt sah den Blick und folgte ihm. Zunächst konnte er nichts Auffälliges erkennen. Seine Kollegin mühte sich weiter mit Fragen ab, aber Anna-Lena Matthiessen lavierte geschickt um alles Konkrete herum. Irgendwann ging ihr Blick zum dritten Mal in die gleiche Richtung. Das Einzige, was Untiedt da sehen konnte, war ein elektronisches Hygrometer oder Barometer. Nichts Besonderes im Haus einer Reederstochter, wie er fand. An der Stimme seiner Kollegin konnte er hören, dass sie langsam ungeduldig wurde, und ihm ging es ebenso. Reflexartig schaute er auf seine Uhr, um festzustellen, dass er sie in der Eile gar nicht umgebunden hatte. Doch nun verstand er Anna-Lena Matthiessens Blicke. Das Hygrometer war auch eine Uhr. Sie spielte auf Zeit.

„Frau Anna-Lena Matthiessen, Sie sind vorläufig festgenommen“, sagte Untiedt mitten in den Satz seiner Kollegin hinein. Sie schaute ihn überrascht an, aber Untiedt betete den Standardsatz weiter herunter: „Gegen Sie besteht ein dringender Tatverdacht, an der Tötung von Thoralf Hemke beteiligt gewesen zu sein!“

Ohne dass Katja Greets genau wusste, was Untiedt zu dieser Volte veranlasst haben könnte, zog sie ihre Handschellen aus dem Futteral und legte sie Anna-Lena Matthiessen an, was aber keinerlei tieferen Eindruck auf die junge Frau machte.

„Ruf Hansen an, Katja“, sagte er. „Das Biest hat uns hingehalten.“ Dann führte er Anna-Lena Matthiessen aus dem Haus, setzte sie auf die Rückbank des Wagens und sich dazu. Kurz darauf nahm Katja Greets hinter dem Steuer Platz und startete den Motor. „Wir treffen uns bei Andresen“, sagte sie ins Telefon.

Auch wenn Schwesing nur wenige Minuten von Husum entfernt war, kam Untiedt die Fahrt schrecklich lang vor, was besonders an dem provokanten Grinsen seiner Sitznachbarin lag. Die Handschellen machten ihr ganz offensichtlich nichts aus. Im Gegenteil, sie strahlte von Minute zu Minute mehr Zuversicht aus, was zum einen seine Gewissheit bestärkte, dass sie auf der richtigen Spur waren, zum anderen aber seine Hoffnung schwinden ließ, Boetius und Laurenz Matthiessen lebend zu finden. Plötzlich war es ein Rennen gegen die Zeit geworden. Und wenn er sich Anna-Lena Matthiessen anschaute, war die Wahrscheinlichkeit groß, dass sie es verlieren könnten. Dabei wussten sie immer noch nicht, warum genau sie so rannten oder wohin.

Es klingelte. Katja Greets ließ das Gespräch über die Freisprecheinrichtung des Autos laufen. Hansen meldete sich: „Zu Hause bei Andresen ist keiner. Ich hab' in der Hafenbehörde angerufen. Andresen hat sich über das sogenannte zentrale Meldeportal des Bundes abgemeldet."

„Was heißt das?", fragte Katja Greets.

„Dass er mit seinem Kutter raus zum Fischen ist!", sagte Anna-Lena Matthiessen von der Rückbank.

„Hast du das gehört, Volker?"

„Ja, Katja, hab' ich. Das stimmt, was sie sagt. Jedes Schiff, das den Hafen verlässt, muss klarmachen. Dazu gehört es, sich abzumelden."

„Kannst du überprüfen, wann der Kutter ausgelaufen ist?"

„Ich kann's versuchen."

„Mach das. Wir vermuten, dass Andresen Boetius und Matthiessen in seiner Gewalt hat."

Viel zu schnell jagte der Passat über die Kreisel auf der Flensburger Chaussee geradewegs Richtung Hafen. Anna-Lena Matthiessen lehnte entspannt am Fenster und grinste zufrieden vor sich hin. Alle Anspannung war von ihr abgefallen, und sie schloss die Augen.

Der Wagen schoss weiter Richtung Innenstadt. Mitten ins Schweigen hinein meldete sich Hansen wieder: „Die Abmeldung kam schon um 19 Uhr. Aber orten können sie ihn nicht. Vielleicht hat er seine Geräte abgeschaltet. Und wegen des Sturmes sind nur wenige Schiffe draußen, die ihn sichten könnten."

„Danke", sie hatte genug gehört und stieg vom Gas. Mit normaler Geschwindigkeit ging es die letzten Meter zum Außenhafen. Untiedt konnte es nicht fassen. Lena Matthiessen lehnte mit engelsgleichem Gesicht an der Seitenscheibe und schien selig lächelnd zu schlafen. Der Hafen war stockfinster, aber als der Lichtkegel ihres Wagens um die Kurve schwenkte, war das Erste, was sie sahen, ein vertäuter Kutter. Hoffnung keimte auf. Sie hielten, Katja Greets nahm sich eine Taschenlampe aus dem Handschuhfach und stieg aus. Der Sturm riss ihr fast die Tür aus der Hand. Untiedt blieb bei Lena Matthiessen.

Mit schnellen Schritten rannte Katja Greets auf den Schuppen zu, von dem sie annahm, dass es Andresens sein musste. Der Wind rüttelte an einem Wellblechdach. Langsam schob sie sich um die Ecke einer großen Lagerhalle und befand sich plötzlich in einem Korridor, an dem links und rechts die Wände meterhoch aufragten. Vom Sturm war hier nichts zu spüren.

Sie schaltete ihre Taschenlampe an und suchte eine Tür, die sie schnell fand. Behutsam zog sie an ihr. Sie war unverschlossen. Katja Greets wechselte auf die andere Seite und stieß das Türblatt einen größeren Spalt weiter auf. Kein Licht fiel nach draußen. Es war absolut dunkel. Vorsichtig strich sie mit dem Schein ihrer Taschenlampe so gut es ging über das Innere der Halle. Ohne Vorwarnung schob sich der Lichtkegel über eine auf dem Boden ausgestreckt liegende Gestalt. Sie hielt den Atem an und zwang sich, in immer weiteren Bögen das Licht um diese Stelle kreisen zu lassen. Nichts. Unschlüssig, ob sie sich hineinwagen sollte, verharrte sie im Eingang. Endlich hörte sie Motoren, und gleich darauf knirschten Reifen. Halb hinter der Türzarge verborgen blieb sie, wo sie war, mit dem Schein ihrer Taschenlampe eher ziellos die Halle absuchend. Schlagende Türen, gebellte Befehle und nicht zuletzt das Flackern der Blaulichter sagten ihr, dass Hansen mit seinen Leuten eingetroffen war. Das gab ihr Sicherheit, doch trotzdem hoffte sie, dass bald eine Kollegin oder ein Kollege bei ihr sein würde.

Und dann stand auf einmal Untiedt neben ihr. „Wo ist die Matthiessen?", flüsterte sie.

„Hansen hat sie übernommen!" Auch Untiedt versuchte sich zu orientieren und leuchtete ebenfalls in die dunkle Halle hinein. Er ahnte mehr den fragenden Blick, als dass er ihn sah. „Von Hansen!", erklärte er die große Stabtaschenlampe in seiner Linken.

Auf ein Zeichen Untiedts hin tasteten sich beide in geducktem Gang und mit gezogener Waffe in den Schiffsschuppen hinein. Ihre Schritte hallten. Sie hörten ihren Atem. Wieder ging der Lichtkegel von Katja Greets' Taschenlampe über den liegenden Körper hinweg.

„Noch mal zurück", sagte Untiedt gepresst und richtete auch sein Licht auf den Körper. „Ich glaub', er hat sich bewegt." Er machte Katja Greets ein Zeichen, zur

Schuppenwand zurückzuweichen, knipste seine Taschenlampe aus und hastete im Bogen zu dem liegenden Körper. „Er lebt!", rief Untiedt, als über ihnen ein metallisches Scharren erklang. Automatisch hechtete er ohne nachzudenken von dem Körper weg und stieß schwer gegen eine Tonne, die sich unter seinem Aufprall nicht einmal bewegte. Reflexartig leuchtete Katja Greets in die Richtung des Scharrens, stellte aber fest, dass sich über ihr eine Art Galerie befand. Staub rieselte im Lichtschein ihrer Lampe von oben herab.

„Komm raus!", schrie sie. Untiedt nutzte den Moment, um hinter der Tonne in Deckung zu gehen. Nun richtete auch er seine Waffe und die Taschenlampe in die Richtung des Geräusches und erkannte ebenfalls die Galerie, die sich über der Tür zur Halle in voller Länge erstreckte. Mit dem Lichtkegel leuchtete er daran entlang, bis im Schein der Lampe ein Paar Stiefel auf dem Geländer stehend auftauchte. Langsam schwenkte Untiedt das Licht nach oben. In den Stiefeln steckte eine schwarze Arbeitshose, darüber schloss ein grober blauer Seemannspulli an. Schließlich blinzelten Untiedt zwei verheulte Augen aus einem wettergegerbten Gesicht an, das aussah, als wäre es in den vergangenen Stunden um Jahre gealtert. „Friedjof Andresen?", sprach Untiedt die Person an.

Mit überwachen Sinnen kam auch Katja Greets wieder unter der Galerie hervor, vorsichtig, einen Schritt vor den anderen setzend und mit dem Blick nach oben gerichtet, bis sie das Szenario überblickte. Schräg über sich sah sie die Sohlen von Stiefelspitzen über das Geländer ragen. Außerdem führte ein langes Seil, dem sie mit ihrer Taschenlampe folgte, von der Person weg zu einer handbetriebenen Winde an der Schuppenwand. Genauso vorsichtig, wie sie sich aus der Deckung der Galerie hervorgewagt hatte, verschwand sie wieder darunter und schlich in Richtung der Winde weiter. Neben der Winde führte eine schmale Treppe empor. Untiedt begriff, was seine Kollegin vorhatte. „Herr Andresen, lassen Sie das. Steigen Sie von der Brüstung.“ Jetzt war er es, der auf Zeit spielte, doch Andresen schien in seiner eigenen Welt versunken zu sein. Kein Laut war von ihm zu hören, kein Schniefen, kein Schluchzen, nichts. Nur Tränen liefen an seinen Wangen herab.

Unterdessen hatte seine Kollegin die Treppe erreicht und stieg sie Stufe um Stufe nach oben, bis ein Trittbrett unter ihren Füßen knarzte. Erschrocken blieb sie stehen und blickte in Andresens Richtung, der nach wie vor regungslos dastand. Untiedt indes hatte im Schreck zu ihr geschaut und Andresen dabei kurz aus dem Kegel seiner Lampe verloren. Hastig versuchte er ihn wieder mit dem Licht einzufangen.

Immer weiter arbeitete sich währenddessen Katja Greets nach oben vor, bis sie endlich auf der Galerie stand, die nichts anderes als unbehandelte Gerüstbretter auf einem grob zusammengeschweißten Eisengestell war. Vielleicht fünf Meter trennten sie von Friedjof Andresen. Sie überlegte, ob sie es wagen sollte, mit einem schnellen Sprint ihn einfach vom Geländer zu reißen, den Überraschungsmoment ausnutzend, als wie in Zeitlupe Andresens Körper begann, nach vorne zu kippen.

„Katja!", schrie Untiedt, als er begriff, was da passierte, und dann erst realisierte, dass seine Kollegin schon zu Andresen stürzte. Untiedt sah Katja Greets' Hand nach Andresens Stiefel greifen. Sie hatte ihre Faust um den Knöchel geschlossen, doch den Fall konnte sie nicht aufhalten. Andresen sackte immer weiter vor, ohne dass sich, dank ihres festen Griffes, sein linkes Bein vom Geländer löste. Vielmehr senkte sich der Körper weiter in die Waagerechte. Mit einem Ruck spannte sich das Seil, und der Henkersknoten, den Andresen sich zuvor unter das Kinn geschoben hatte, rutschte ihm in den Nacken. Fast gleichzeitig verdrehte sich der ganze Körper und wand sich so aus Katja Greets' Hand. Ein lautes „NEIN!" schrie durch die Dunkelheit, die nur Sekunden später von etlichen Taschenlampen durchschnitten wurde, bis jemand kurz darauf den Lichtschalter fand.

„Die Winde!", schrie Katja Greets von der Galerie. Einige Köpfe drehten sich nach ihr um, nur Untiedt begriff und rannte zu der Winde an der Wand. Ratlos stand er davor, als er erkannte, dass alle Holzgriffe aus ihrem Rad entfernt worden waren. Hilflos drehte er sich zu Katja um, und gemeinsam sahen sie, wie Andresen frei im Raum hängend noch zuckte, dann still blieb und sich schließlich seine Hose dunkel verfärbte, als alle seine Muskeln ihre Spannung verloren.

Ohne rechte Wahrnehmung blickte Untiedt sich in der Halle um. Bei Licht wirkte sie noch größer, kahler und kälter. Überall wimmelten plötzlich Leute, von denen er nicht wusste, wo sie herkamen. Sanitäter kümmerten sich um die Person am Boden, eine Kollegin führte ihn von der Treppe weg, und schließlich fand er sich mit einer Decke um die Schultern im geöffneten Heck eines Kombis sitzend wieder. Neben sich Katja Greets.

KAPITEL 56

Die Pressekonferenz war gut gelaufen. Jedenfalls fand Untiedt das. Die Wischnorek würde die Veranstaltung sicher anders bewerten und ihn das vermutlich auch bald wissen lassen. Zumindest interpretierte er ihren Blick so, den sie ihm zugeworfen hatte, als sie gemeinsam mit dem hochzufrieden in die Welt blickenden Michels an ihm vorbeimarschiert war.

„Das war echt anständig von dir", sagte Özcan Onay und reichte Untiedt die Hand.

Ja, musste Untiedt zugeben, das war es. Aber spätestens als er erkannt hatte, dass die Wischnorek hier aufgetaucht war, um die Lorbeeren für die Arbeit für sich einzuheimsen, fiel es ihm ganz leicht, Katja das Rampenlicht allein zu überlassen. Außerdem war er immer noch müde und erschöpft und insgeheim heilfroh, dass sie die Fragen der Journaille beantwortet hatte. „Ich muss mich bei euch bedanken", sagte er, „besonders bei dir. Keine Ahnung, wie du das mit meinem Dienstwagen hinbekommen hast, Özcan. Aber ich musste nicht eine einzige dumme Frage beantworten."

Onay grinste über das ganze Gesicht. „Meinem Onkel gehört das Abschleppunternehmen. Und eine Autoverwertung auch. Der weiß, was in so einem Bericht stehen muss."

„Jedenfalls danke, Özcan." Erst jetzt ließ er dessen Hand wieder los. „Sind Sabine und Katja schon rüber?"

„Ja, ich bin gerade auf dem Sprung. Du kommst doch auch noch, oder?"

„Ich räume hier nur eben auf. Dann komme ich nach."

„Na dann bis gleich", verabschiedete sich Özcan Onay, und Untiedt widmete sich wieder dem Wust auf seinem Schreibtisch, der in Kürze wieder ganz allein seiner Kollegin dienen würde. Nachdenklich schob er ein paar Akten zusammen. Wenn Friedjof Andresen tatsächlich auch Laurenz Matthiessen in so ein Fass mit Beton gesteckt hätte, wie er es mit Boetius getan hatte, und wenn er beide auch noch in der Nordsee versenkt hätte ... Wahrscheinlich wäre Lena Matthiessen mit allem durchgekommen. Sie schien so eine nette junge Frau zu sein, und dann ist sie kalt wie Eis.

Mit einem Pappkarton unter dem Arm ging er den Flur zur Treppe entlang. Das Gefühl des Abschieds beschlich ihn, und es wuchs sich bis zu einem Kloß im Hals aus, als er bei der Pförtnerin stand, ihr den Schlüssel reichte und mit seiner Unterschrift die Rückgabe quittierte. Der Weg zu seinem Granada kam ihm ungewöhnlich lang vor. Er stand vor dem Kofferraum und suchte mit der freien Hand in all seinen Jacken- und Hosentaschen nach dem Schlüsselbund, den er vor nicht einmal drei Minuten im Heider Polizeirevier noch in der Hand gehalten hatte. Resignierend stellte er schließlich den Pappkarton auf den Kofferraumdeckel und tastete sich selbst mit beiden Händen ab. Natürlich fand er die Schlüssel nun sofort, nahm den Karton, öffnete den Kofferraum und blickte in eine tiefe leere Schlucht. Der Karton wirkte darin seltsam verloren, und Untiedt starrte ihn noch einen Moment lang an, bis er den Deckel mit einem endgültigen Schwung schloss.

Auf dem kurzen Weg in den Schumacher Ort wurden seine Schritte immer schneller. Die letzten Meter zum Buddy's joggte er regelrecht. Schon durchs Fenster sah er seine Kollegen am Tresen sitzen, Katja Greets mitten unter ihnen. Und plötzlich war es da, das alte Gefühl. Ewig verschüttet unter so viel Ballast. Er hatte sie schon gar nicht mehr gekannt, diese Leichtigkeit von früher.

Ein Lächeln eroberte sein Gesicht, er ergriff die Türklinke, und nach kurzem Zögern trat er ein, hörte er die Musik und schmeckte den Rauch, den es hier schon lange nicht mehr gab.

Danksagung

Danke Bernd. Du hast es geschafft, mir in wenigen Sätzen einige wichtige Zusammenhänge zu erklären.

Danke Kai, Jessica, Stefan und Christina. Ihr seid fantastische Erstleserinnen und Erstleser. Eure wirklich akribischen Rückmeldungen sind emotional und in der Sache eine unschätzbare Hilfe.

Danke an das Team von CW Niemeyer. Ich fühlte mich vom ersten Augenblick an gut aufgehoben.

Danke Elke, Sjard und Pit!

Im Verlag CW Niemeyer bereits erschienen ...

Eine rätselhafte Mordreihe hält die Kripo Nordfriesland in Atem. Ein Serienmörder drapiert seine Opfer an öffentlichen Plätzen. Offenbar möchte er mit seinen perfiden Taten Aufmerksamkeit erregen, Angst und Schrecken verbreiten. Welche Verbindung besteht zwischen den Mordopfern? Kommissarin Wiebke Ulbricht und ihr Partner Jan Petersen liefern sich ein Wettrennen mit dem Killer, dem es immer wieder gelingt, die Polizisten auf falsche Fährten zu locken. Der Skandal um eine Ärztin, die ihre Patienten als „Todesengel von Husum" erlöst haben soll, bekommt eine neue Brisanz, als die Frau ermordet im Tine-Brunnen am Husumer Marktplatz gefunden wird.

Andreas Schmidt. WattenZorn
480 Seiten. Klappenbroschur. ISBN 978-3-8271-9363-6
E-Book 978-3-8271-8435-1 (Epub)

Im Verlag CW Niemeyer bereits erschienen ...

Der arbeitslose Handwerker Tom Jakobs wird tot am Rande der A 7 entdeckt. Zunächst scheint es sich um einen Suizid zu handeln, doch bald steht fest: Jemand hat nachgeholfen. Die Flensburger Kommissare Andresen und Weichert ermitteln. Jakobs lebte mit drei anderen alleinstehenden Männern in einer WG. Hatte einer der Mitbewohner mit dem Opfer eine Rechnung offen? Oder besaß Jakobs' Bruder, ein erfolgreicher Flensburger Künstler, ein Motiv für den Mord?

Britta Bendixen. List und Lüge
512 Seiten. Klappenbroschur. ISBN 978-3-8271-9368-1
E-Book 978-3-8271-8430-6 (Epub)

#niemeyerbuch

Jetzt kein Buch mehr verpassen